KB058806

밤의 괴물

YORU NO BAKEMONO
© Yoru Sumino 2019
All right reserved.
Original Japanese edition published in Japan in 2019 by Futabasha Publishers Ltd., Tokyo.
Republic of Korean version published by Somy Media, Inc.
Under license from Futabasha Publishers Ltd.
Korean translation rights © 2020 by Somy Media, Inc.

밤의 괴물

스미노 요루 지음
양윤옥 옮김

소미미디어
Somy Media

목
차

*일러두기
작품 속 맞춤법에 어긋나는 일부 표현은 작가의 의도를 반영하기 위하여 원문을 살려 표기하였습니다.

밤이면 나는 괴물이 된다.

화요일·밤

어두운 방에서 나 혼자, 잠을 자도 앉아 있어도 서 있어도 웅크리고 있어도 그것은 한밤중에 느닷없이 찾아온다. 어느 때는 손가락 끝에서부터, 어느 때는 배꼽에서부터, 그리고 어느 때는 입에서부터.

오늘은 눈에서부터 검은 알갱이가 눈물 한 방울의 모습으로 떨어져 내렸다. 한 방울 한 방울, 그치지 않는 눈물 같은 그것은 서서히 기세를 올리더니 이윽고 폭포처럼 양쪽 눈에서 쏟아졌다. 우글우글 꿈틀거리는 검은 알갱이는 얼굴을 덮고 목에서 가슴, 팔, 허리, 그리고 손가락 하나하나에까지 흘러가 온몸을 뒤덮어 나갔다.

몸의 표면에서부터 검정 이외의 색깔을 상실하고, 그때부터는 내 몸이 어떤 식으로 변화하는지 객관적으로 본 적이 없어서 잘 모르겠다. 다만 온갖 뼈란 뼈, 살이란 살, 피부란 피부가 모두 검은 알갱이들과 동화하면서 몸의 형태가 바뀌어가는 감각이 든다. 그 광경은 아마도 엄청 끔찍할 것이다. 아니, 객관적으로 본 적이 없으니까 꼭 그렇다고는 할 수 없는 건가. 어쩌면 숯 검댕이* 처럼 귀여울지도 모른다.

어쨌거나 잠시 뒤에는 여섯 개의 발을 가진 야수처럼 변해버린

---

*마쿠로 쿠로스케. 〈이웃집 토토로〉, 〈센과 치히로의 행방불명〉에 나오는 까맣고 동그란 모양의 요괴.

내 몸뚱이를, 머리 부분에 뽕뽕 뚫린 여덟 개의 눈알로 드디어 볼 수 있다. 거울에 비친 내 모습은 잘디잘게 꿈틀거리는 검은 몸통에 흰 눈 부분만 번뜩이고 어느샌가 뚫린 입 안쪽은 밑바닥이 없는 것처럼 어둡다.

이 모습을 처음으로 목격한 날 밤에는 너무 놀라서 표피의 검은 알갱이가 미쳐 날뛰며 온 방 안의 물건들을 죄다 후려쳤다. 하지만 익숙해지고 보니 이건 텔레비전 게임에 나오는 몬스터나 애니메이션에서 본 괴수 같다, 라고 의외로 쉽게 받아들일 수 있었다. 현대에 태어난 게 그나마 참으로 다행이다 싶다.

변신할 때의 맨 처음 크기는 대형견 정도다. 좀 더 커지고 싶을 경우에는 내 의지에 따라 검은 알갱이를 흔들면 산처럼 커질 수 있다. 하지만 지금 이 방 안에서는 괜히 큼직해져봤자 별 의미도 없다.

밖으로 나가자.

처음 괴물이 되었던 날처럼 창문을 와장창 깨뜨리지 않게 나는 조심조심 가볍게 폴짝 뛰어서 창문의 조그마한 빈틈에 슬슬 몸을 밀어 넣어 2층에 있는 내 방을 빠져나왔다.

일단 액체처럼 뿔뿔이 흩어졌던 내 몸은 유선형이 되어 공기를 가르고, 몇 초 뒤에는 소리도 없이 맨땅에 착지했다. 집에서 삼백 미터쯤 떨어진 곳에 자리한 공터다. 이전에는 적당히 쿵쿵 뛰어다녔지만, 지난번에 잘 알지도 못하는 남의 개집을 밟아 뭉개버린 뒤부터는 이 공터를 착지점으로 삼기로 결정했다. 가엾은 개에게는 나중에 몰래 육포를 갖다 줬다. 불행 중 다행인 것은 그 개가 마침 자기 집 밖에서 잠을 잤다는 것이었다.

상쾌한 밤바람과 기분 좋은 고요함 속에, 잠이 깬 길고양이가 지켜보는 곁에서 나는 몸의 크기를 세 배쯤 부풀렸다. 다양한 크기를 시험해본 끝에 안정감이 가장 좋은 사이즈는 이 정도인 것으로 판명되었다. 자리가 딱 잡힌 모습 같은 것이다. 갑작스럽게 거대해진 시커먼 괴물을 보면 아직 잠이 덜 깬 길고양이도 쏜살같이 달아나버린다. 미안해, 달콤한 잠을 방해해서.

도로 폭에 거의 꽉 찰 만큼 거대한 괴물인 나는 여섯 개의 발을 곤충처럼 저어가며 아무도 없는 길을 활보한다. 평소 같으면 이제부터 뭘 할까 궁리를 하는데 오늘은 목적지가 한 군데 정해져 있었다.

도중에 고양이를 못살게 구는 떠돌이 개를 쫓아주기도 하면서 이윽고 사거리로 접어들었다. 어젯밤에는 여기서 왼편으로 돌아 바다에 갔었다. 한밤중의 바닷가는 조용해서 파도 소리가 이 검은 몸뚱이의 쿵쿵 뛰는 맥박을 상쾌하게 받아주었다. 시간은 아직 많다. 해야 할 일을 하기 전에 오늘도 바다에 들러보는 게 좋을지도 모른다.

어젯밤의 좋은 기억에 마음을 내맡기고 몸을 왼편으로 기울인 순간, 비명 소리가 들렸다. 나는 푸르르 몸을 떨었다.

돌아보니 자전거를 타고 호쾌하게 달려오던 한 남자가 나의 존재를 부딪히기 직전에 알아본 모양이었다. 남자는 큰 비명소리를 내지르며 그 자리에서 요란하게 굴러 넘어졌다. 딱하다고는 생각했지만 나는 아무것도 할 수 없기 때문에 일단 바다와는 반대쪽 길을 향해 속보(速步)로 도망치기로 했다. 인간의 기척은 금세 멀어져갔다. 그 남자는 내일이면 꿈을 꾼 모양이라고 착각을 해줄 것이다. 실제로는 꿈이 아니다. 나는 이곳에 있고 창문은 깨졌고 개집도 여전히 밟아 뭉개져 있다.

밤의 내 속보는 좀 지나치게 빠른 속보여서 어느새 낯선 장소에 와 있다. 이곳이 어디인지, 대략적인 위치를 파악하기 위해 근처에 있는 공원에서 내 몸을 집들보다 더 크게 키웠다. 전봇대도 훌쩍 넘어선 눈높이에서 주위를 둘러보니 정말 꽤 멀리까지 와버린 것 같았다. 한참 저 멀리로 어제 풍성한 시간을 보낸 바다가 보였다.

해가 뜨기 전까지는 내 방으로 돌아가 있어야 한다. 그러지 않으면 파자마 차림에 맨발로 길바닥에 서 있는 이상한 사람이 되어버린다. 지금 내가 어디에 있는지를, 그리고 동쪽 하늘의 색깔이 어떤지를 확인하는 것은 매우 중요한 작업이다.

자취를 감춰버릴 목적이 아니라면 너무 빠르게 이동하는 것은 별 의미가 없다. 그래서 우선은 도로 폭 정도의 크기로 되돌아가 길을 따라 천천히 바다에 가보기로 했다.

갑작스럽게 남의 눈에 띄어버리면 상대를 놀래키는 수밖에 없지만, 이를테면 맞은편에서 자동차가 달려오는 게 보여도 나는 크게 위로 뛰어올라 차가 아무 일 없이 지나가도록 한다. 딱히 자동차와 부딪쳐도 나는 죽지도 않고, 자동차도 나한테 부딪쳐봤자 검은 알갱이를 헤치고 가듯이 직진이 가능한 모양이라서 굳이 피하지 않아도 괜찮다. 차를 피해주는 것은 소스라치게 놀란 운전자가 사고를 일으키는 것을 미연에 방지한다는 의미가 있고, 좀더 말하자면 사람을 놀래키는 재미에는 진즉에 싫증이 났다.

오늘도 정면에서 달려오는 자동차를 훌쩍 뛰어올라서 지나쳤다. 몸이 이렇게 생겼지만 그래도 밤바람을 느낀다. 멀리서 울리는 자그마한 사이렌 소리도 듣는다. 밤이라는 시간이, 다정하다.

바닷가에 도착하니 오늘밤도 바다는 아름답게 달을 비추고 있었다.

다만 오늘은 먼저 온 자들이 있었다. 거리는 꽤 멀지만, 둘이서 어깨를 맞대고 모래사장에 앉아 있는 자들이었다. 그들도 풍성한 바다를 즐기러 온 것이리라. 그런 때에 괴물이 나타나서는 모든 게 엉망이 된다. 나는 유감스럽게 생각하면서도 얌전히 바닷가를 떠나기로 했다. 배려할 줄 아는 나 자신을 아주 조금, 훌륭하다고 생각했다.

어쩔 수 없네, 일단 해야 할 일부터 하자.

목적지까지는 자전거로 가면 우리 집에서 십 분쯤 걸린다. 이런 몸으로 달려가면 십 초도 안 걸리는 거리다. 하지만 점점 더 서두를 필요가 없게 된 나는 아무 관계도 없는 사람들을 놀래키지 않도록 느릿느릿 그곳으로 향했다.

이십 분쯤 시간을 들여 목적지에 도착했다. 주택가에서 한참 벗어나 자연에 둘러싸인 그곳은 고요히 가라앉아 있었다. 나는 말 그대로 등을 곧추세우고 담장 위를 넘어다보았다. 당연히 아무도 없었다.

즉각 내 몸이 녹는 이미지를 떠올려서 담장 사이의 작은 구멍으로 흘러들어가 교정(校庭)으로 잠입했다.

몇 시간 전, 욕조에 몸을 담그고 있을 때였다. 학교에 갔다 와야겠다는 생각을 하게 된 것은 잠시 잠깐의 변덕도 아니고 장난을 칠 마음이 난 것도 아니고, 더구나 내가 다니는 중학교를 너무 좋아해서도 아니다. 내일의 수업 시간표 변경, 나아가 숙제를 사물함 안에 깜빡 잊어버리고 왔기 때문이다.

검은 알갱이들이 다시 모여서 괴물의 몸을 만들어냈다. 학교 건물 쪽을 바라보니 안에서 번쩍 빛이 보였다. 경비 아저씨가 순찰을 하는 것이리라. 들켜서 깜짝 놀라게 하는 일이 없도록 주의하지 않으면 안 된다.

몸을 약간 작게 줄여 대형견인 척하면서 가능한 한 교정의 가장자리를 타고 걸어갔다. 하긴 그런 척해봤자 자칫 누군가 다가오기라도 하면 찢어진 입과 여덟 개의 눈, 그리고 여섯 개의 발, 거기에 네 개의 꼬리가 목격자의 마음을 위협하게 된다. 몸 전체의 크기를 바꾸는 것이나 순간적으로 변형하는 것은 가능해도 기본적인 이 모습은 유지하도록 규칙이 정해져 있는 모양이다. 누가 그런 규칙을 정했는지는 모르겠지만.

두 동의 건물 중 운동장에서 봐서 안쪽 편에 있는 건물에 다다르자 벽에 찰싹 달라붙어 옥상까지 단숨에 올라갔다. 불필요한 소리가 나지 않게 철망을 뛰어넘어 조용히 착지했다. 사실은 중간에 있는 창문을 통해 신속하게 침입하면 될 일이었지만, 잠깐 이쪽에 들렀다 가고 싶어졌다.

옥상에 와 본 것은 분명 1학년 때, 학교 견학을 왔을 때 이후로 처음이다. 묘한 고양감에 마음이 들떴고, 야간에도 충분히 잘 보이는 내 눈은 가장자리에 떨어진 담배꽁초까지 찾아냈다.

바람과 이 공간을 지배했다는 성취감을 실컷 맛본 뒤에 옥상 입구, 묵직한 철문의 열쇠구멍으로 몸을 밀어 넣었다.

아무 소리도 없다. 아니, 환기구인지 뭔지 묵직한 전자음 같은 낮은 소리가 난다. 아예 깜깜한 것은 아니다. 비상등이며 달빛으로 학교 안은 어슴푸레했다.

다만 소리가 있고 빛이 있어도 한밤중의 학교라는 건 솔직히 별로 기분 좋은 곳은 아니다.

이를테면 누군가를 덜컥 마주친다고 해도 놀라는 건 그쪽일 거고, 여차하면 거대하게 변신할 수 있으니까 귀신인지 유령인지가 나타나더라도 내가 밀릴 일은 없다. 그런데도 등짝에 서늘한 공기덩어리가 달라붙은 듯한 느낌이 들었다. 좋아, 얼른 할 일을 해치우고 여기서 나가자.

이 건물은 5층이고 내가 날마다 다녀야 하는 3학년 교실은 3층에 있다. 천천히 계단을 내려가는 도중, 소리도 없이 몸의 표면에서 우글우글 꿈틀거리는 검은 알갱이들도 뭔가 불안한 것 같았다. 도서실이며 미술실이 있는 4층을 지나갔다. 창문으로 비쳐드는 달빛에 검은 몸뚱이가 비쳤다. 오늘은 보름달이다.

나의 경우에는 매일매일이지만, 보름달이 뜨는 밤에만 변신한다는 몬스터, 이를테면 늑대인간 같은 게 있다면 생활리듬이 깨져서 힘들지 않을까. 그런 아무려나 상관없는 생각들을 하면서 3층에 도착하자 정확히 계단 옆 화장실에서 물 흐르는 소리가 나서 나는 순간적으로 펄쩍 날아올라 몸을 감췄다. 하지만 그건 단순한 자동 세정(洗淨)이었던 모양이어서, 이런 모습인 주제에 당당하게 행동하지 못하는 나 자신이 좀 한심하다고 생각했다.

한 걸음 한 걸음 교실로 다가갔다. 나는 2반이다. 두 개의 교실 앞을 지나가는 동안, 이제는 가슴 속에 있는지 없는지도 모르겠는 심장의 혈관이 턱턱 막히는 듯한 느낌이 들었다.

실제로는 짧은 시간이었는데도 이상하게 길게 느껴진 침입극도 끝나간다. 2반 교실의 뒷문 틈새를 통해 안으로 미끄러져 들어갔다. 교실에 들어가보니 작은 이명(耳鳴)이 시끄럽게 느껴질 만큼 고요해서 마치 또 다른 세계에 내팽개쳐진 듯한 기분이었다.

어제 당번이 일을 제대로 못해서 책상 줄이 삐뚤빼뚤했다. 하지만 그런 것을 바로잡아줄 의리 따위는 없어서 나는 냉큼 내 사물함을 꼬리로 열었다. 정리정돈 좋아하는 낮 시간의 내가 일부러 약간 어질러놓은 사물함 안은 언제 봐도 짜증스럽다.

자유롭게 조종할 수 있는 꼬리로 수학 교과서, 문제집, 프린트 등을 휘감아 꺼냈다. 그러고 보니 나갈 때는 교실 문을 열고 먼저

15

이걸 밖에 내놓지 않으면 안 된다. 틈새를 통과할 수 있는 것은 내 몸뿐이다. 그렇다면 화단이 내려다보이는 창문 쪽과 복도 쪽, 둘 중 어디로 나가는 게 힘이 덜 들까. 창문 아래로 떨어뜨리는 것은 절대 안 된다. 그러면 한 차례 옥상에 교과서며 문제집 등을 갖다 놓고 나중에 다시 창문을 닫으러 오는 게 좋을까. 에이, 귀찮아.

생각할 때면 머리를 더듬는 버릇을 손이 아니라 꼬리로 하면서 나는 무심코 칠판 쪽을 돌아보았다.

"거기 서뭐하 고있어?"

내내 나 혼자뿐이라고 생각했었다.

그런 내 눈에 불쑥 들어온, 교탁에 손을 짚고 서 있는 여학생의 모습. 너무도 갑작스러운 일에 숨이 컥 막히고 목소리도 나오지 않았다.

그 대신 온몸에 소름이 돋는 느낌과 동시에 검은 알갱이가 폭주했다.

알갱이는 눈 깜짝할 사이에 바람이 되고 태풍이 되었다. 책상을 후려쳐 넘어뜨리고 벽에 붙은 시간표를 뜯었다. 책상이 바닥에 쓰러지는 큰 소리가 거듭 울렸다. 알갱이는 미친 듯이 날뛰면서 교실 전체를 뒤덮고, 교탁과 그 여자애에게도 손을 뻗었다.

"아, 앗!"

내 마음의 태풍을 마침내 멈추게 한 것은 몸을 웅크린 그 여자애의 비명 소리였다. 알갱이들은 날뛰기를 멈추고 당황한 기색을 보이면서도 서서히 내 몸으로 되돌아왔다.

되돌아온 뒤에도 알갱이들은 평소의 상태를 유지해주지는 않았다. 온몸이 큼직하게 부풀어 거친 심장 박동처럼 물결쳤다.

그녀는 머뭇머뭇하는 기색으로 이쪽을 보고 있었다. 여덟 개의 눈 중에서 두 개가 그녀의 눈과 마주쳤다. 왜? 대체 왜 이런 시간에 여기에?

상대도 나의 존재를 의아하게 생각했겠지만 나도 상대의 존재를 의아하게 생각했다.

침묵, 그리고 서로 응시하기.

도망친다는 것을 잊어버린 건 아니었다. 단지 나는 걱정되는 게 있었다.

사물함을 뒤적뒤적하는 장면을 이 여자애가 봤을까, 그리고 지금 내 발치에 떨어진 교과서는 봤을까, 만일 봤다면 어떻게 해야 할까.

균형을 깬 것은 그녀였다.

"까, 까, 까, 깜짝놀 랐네."

마치 놀람이 이제야 덮쳐온 것처럼 그녀는 새삼 몸을 부르르 떨었다. 아니, 이 여자애라면 너무 둔해빠져서 놀람에도 뒤처졌는지 모른다.

그녀는 어깨를 들썩거리며 거동수상자처럼 주위를 흘끔흘끔 살펴보았다. 현재 자신이 처한 상황을 확인하는 기색이었다. 나는 어떻게 해야 좋을지 몰라 그냥 지켜보았다.

그러자 그녀의 두뇌가 뭘 어떻게 이해했는지는 모르겠으나 나를 향해 양쪽 손바닥을 내보였다.

"자, 자, 잠 깐만기 다려."

그렇게 말하고 그녀는 허둥지둥 교실을 나갔다. 앞문, 열려 있었구나.

작은 뒷모습을 확인하고, 그녀가 이곳에 있는 이유며 행동의 의미는 어찌됐든 일단 나는 서둘러 교과서와 참고서를 주워들고 사물함을 닫았다.

증거를 인멸하고 나자 다시 온갖 생각이 머릿속을 휘저었다. 왜 이 시간에 저 아이는 여기에 있는가, 그리고 어디로 간 것인가. 아니, 그보다 왜 괴물을 보고도 아무렇지도 않게 말을 건네는가.

사실은 무슨 영문인지 몰라 자질구레한 상상을 굴리는 그 시간에 얼른 도망쳤으면 좋았을 텐데 그 여자애가 혹시 경비 아저씨에게 잡히지나 않을까 걱정이 되어 멍하니 기다리고 말았다.

그녀는 의외로 금세 돌아왔다. 빙긋이 웃는 얼굴로.

"기다렸 지? 내가잘 설명하 고왔으 니까이 제괜찮 아."

설명? 깜빡 그렇게 물어보려다가 순간적으로 입을 꾹 다물었다. 내 목소리가 상대에게 어떻게 들릴지, 아직 알지 못했기 때문이다. 만일 평소 목소리가 그대로 이 여자애의 귀에 들어간다면 괴물이 나라는 것을 눈치채버릴지도 모른다. 그것만은 어떻게든 피하지 않으면 안 된다.

그런 속셈으로 나름대로 잘 피했다고 생각했는데, 괴물이 되었을 때의 내 목소리가 어떻게 나오는지, 그 문제에 대한 답을 나와 그녀는 그 직후에 바로 알아버렸다.

"그건그 렇고여 기서뭐 하고있 어?"

나는 대답하지 않았다.

"너, 앗치맞 지?"

"엉?"

굳게 다물고 있었을 터인 내 입에서 이상한 소리가 나왔다. 저절로 튀어나와버렸다.

땀을 흘리는지 안 흘리는지는 모르겠으나 온몸에서 식은땀을 느꼈다. 가라앉아가던 몸속의 박동이 다시 커졌다.

어떻게 나인 줄 알았지?

흘끗 뒤를 돌아보았다. 역시 사물함을 열어보는 장면을 들킨 것인가.

"아, 역시역 시앗치 목소리 다."

그녀는 과장스럽게 손뼉을 타악 쳤다. 뭔가 연극적이어서 진짜 짜증난다는 말을 듣는 그 동자은 한밤중에도, 괴물 앞에서도, 빈함이 없었다.

나는 대답하지 않았다. 그 대신 이 자리에서 어떻게든 그녀 안의 인식을 바꿔놓을 수 없을까 하고 일단 크르릉 소리를 내보았다. 내가 짖을 수 있다는 것은 이전에 떠돌이 개를 쫓아낼 때 알았다.

그녀가 고개를 갸우뚱하길래 자신이 예상한 게 틀렸다고 인식한 모양이라고 생각했다.

"너, 배고 파?"

아니었다. 그녀는 알아먹기 힘들게 중간에서 뚝뚝 끊는 그 말투로, 다다다 발소리를 울리며 내 눈앞까지 다가와 이쪽 얼굴을 빤히 올려다보았다. 나는 몸을 거대하게 부풀리는 것도 깜빡 잊은 채 주춤 뒤로 물러서려다가 발이 턱 걸렸다.

어떡하지. 지금 당장 도망쳐야 할까. 하지만 이대로 그녀를 놔두고 도망갔다가 한밤중에 괴물인 나를 만났다고 여기저기 떠들고 다니기라도 하면 큰일이다. 물론 아무도 그 말을 믿어주지는 않겠지만, 어떻든 이 일로 그녀와 나 사이의 거리가 무너지는 것은 좋시 않다.

마음이 뒤흔들린 것이 그녀에게 전해졌는지도 모른다. 그녀는 빙긋이, 아무 생각도 없는 것처럼 웃었다.

"아, 그, 근데."

"……."

"앗치가 아닌척 하면이 거다말 해버린 다?"

"너, 진짜, 아, 아니."

그녀의 협박에 초조해져서 깜빡 평소 목소리를 내버렸다. 내 목소리를 들은 것이 그렇게 기쁜 일일 리도 없는데 그녀는 다시 웃음이 짙어졌다.

"아이, 괜 찮아, 괜 찮아."

뭐가 괜찮다는 건가.

"아무한 테도말 안해."

믿을 수도 없었고, 그 말의 뭐가 괜찮다는 것인지도 알 수 없었다.

"그대신 내가여 기있었 다는것 도말하 지말아 줘. 좋지?"

그녀의 제안에 나는 적잖이 놀랐다.

교환 조건을 내걸다니, 그건 내가 그녀에 대해 품고 있던, 둔하고 분위기 파악 못하는 바보, 라는 이미지와는 상당히 달랐기 때문이다.

그녀의 큼직한 눈이 이쪽을 지그시 들여다보았다.

나는, 져버렸다.

생각해본 끝에 꾸벅 고개를 끄덕여버렸다. 어떻게 될지 모르는 불안감 쪽에 기대기보다는 상대의 약점을 잡고 그걸 교환 조건으로 걸어두는 게 더 낫다고 생각한 것이다. 이런 괴물이 나라는 것을 뻔히 다 알아버린 그녀를 이대로 풀어놓는 것은 너무도 위험하다. 그녀는 항상 쓸데없는 말만 입에 담는 그런 인간이다.

나중에 생각해보니, 나는 누군가 괴물이 된 나를 알아봐줬으면 했던 게 아닌가 싶다. 아마도 자랑하고 싶었을 것이다.

마음을 정하고, 목소리가 뒤집히지 않게 조심조심 말했다.

"알았어."

내 대답에 그녀는 다시 빙긋이 웃었다. "다,행이 다"라고도 말했다. 다행인 건지 뭔지, 애초에 이 여자애와는 맞닥뜨리지 않는 게 최상이었다.

그렇다, 애초에 왜 이 아이는 이런 한밤중에 학교에 몰래 들어와 있는가.

물어볼까 말까 망설이는데 그녀 쪽에서 먼저 묘한 질문을 던졌다.

"앗치, 그거인 형탈이 야?"

그녀가 팔을 내밀어 내 앞발을 만지려고 하는 바람에 순간적으로 풀쩍 피했다. 나를 만지면 대체 어떻게 될지, 아직 알지 못했기 때문에 피한 것이다. 갑자기 남의 몸을 만지려고 하는 놈이 이 여자애 말고 또 있을까.

"아냐."

"아, 하긴그 렇다. 지금의 앗치는 인형탈 을입고 있는느 낌은아 니야."

위협을 하려고 크르릉거리는 목소리로 대꾸했는데도 그녀는 전혀 주춤하는 기색이 없을 뿐만 아니라 또다시 만지려고 했다. 뭐야, 얘? 그러니 다들 너를……

게다가 아까부터 앗치, 앗치, 라니.

"앗치라니, 너한테 그렇게 부르라고 한 적 있었어?"

상대의 페이스에 말려들어, 태연한 척 대화를 하려다가 나 스스로 앗치라는 것을 발설하고 말았다.

하지만 그녀는 괴물이 평소의 클래스메이트처럼 말을 건네는 것이 전혀 아무렇지도 않다는 듯이 고개를 과장스럽게 가로저었다.

"그런적 없어. 하지만 다들그 렇게부 르잖아? 난 야노 사쓰키인데, 기억나? 이름으 로부르 는파? 아니면 별명파?"

"……이름으로 부르는 파. 야노, 너, 왜 지금 교실에?"

"놀러왔 어. 근데이 건좀너 무심하 다. 다시정 리하자."

대답도 기다리지 않고 야노는 내가 넘어뜨린 책상들을 일으켜 줄을 맞추기 시작했다. 내가 넘어뜨렸으면서 그냥 손 놓고 지켜보기만 할 수도 없어서 나는 꼬리를 이용해 하나씩 책상을 맞춰나갔다. "와아, 편 리하네"라는 그녀의 감상은 무시해버렸다.

처음 왔을 때보다 책상 줄을 더 깨끗이 맞춰놓고 시간표는 다시 벽에 붙이고 나자 그녀는 땀을 훔치는 듯한 동작을 하면서 나를 보았다.

"수고했 어."

"아냐."

반에서도 학급위원 모임에서도 동아리에서도 함께였던 적이 없다. 아니, 그보다 되도록 말을 섞고 싶지 않은 여학생과의 작업에서는 기분 좋은 피로감 같은 건 느껴지지 않았다.

야노는 다시 한 번 손뼉을 타악 쳤다.

"아, 그래, 맞다!"

뭔지는 모르지만 분명 또 이상한 소리를 꺼낼 거라고 예상했는데 의외로 괜찮은 말을 내놓았다.

"아까네 가나에 대해물 어봤지 만, 그거인 형탈이 아니라 면, 앗치, 넌 왜그런 모습인 지그게 훨씬더 궁금해."

어떻게 대답해야 할지 몰라 적당히 둘러대볼까 하고 입을 열려고 했을 때, 갑작스레 귀에 익은 큰 소리가 교실 전체를 울렸다.

나는 소리에 민감한지도 모른다. 움찔 몸이 움츠러들었다.

여태껏 알지 못했다. 수업 벨소리는 한밤중에도 시간마다 울리는 것인가. 주변에 집들은 별로 많지 않다지만 혹시 수면에 방해가 된다는 항의가 들어오지는 않을까.

돌아보니 야노는 전혀 놀란 기색이라고는 없었다. 즉 그녀는 이 침입이 처음이 아니고, 그래서 수업 벨소리가 울린다는 것을 이미 알고 있다, 라고 생각했는데, 그런 게 아니었다.

"아, 밤의쉬 는시간 끝났다."

그녀가 호주머니에 핸드폰을 꺼내 터치하자 벨소리가 딱 멈췄다.

"왜, 왜 하필 수업 벨소리를?"

"아, 이건 예약알 람이야. 벨소리가 안나면 깜빡잊 어버릴 까봐서. 밤의쉬 는시간 끝나기 십분전 으로예 약해뒀어."

밤의 쉬는 시간이라니, 그게 뭔가. 이상한 행동에 이상한 말만 꺼내는 야노에게 나는 약간 짜증이 났다. 하지만 그런 감정을 노골적으로 드러낸 검은 괴물의 얼굴을 보면서도 이 여자애는 전혀 짐작이 안 되는지 내게 손바닥을 쓱 내보였다.

"자, 그럼 이이야 기는내 일또하 자."

"내, 내일?"

설마 내일 학교에서 또, 라는 뜻인가? 그건, 뭐랄까, 절대로, 안 될 일이다. 야노와 말을 섞는다거나, 하물며 혹시라도 친한 것처럼 보일 만한 행동을 취하거나 해서는 안 된다.

"저기, 야노."

"괜찮아, 괜찮아. 낮에그 러자는 거아니 야. 내일, 조금더 일찍 또 여기로 와."

"여기로?"

"응, 여기 로. 올거지?"

야노가 직접적으로 그렇게 말한 것은 아니지만 만일 내가 내일 여기에 오지 않으면 아이들에게 오늘 밤 일을 다 불어버린다는 협박처럼 들렸다. 실제로 그 점을 인질로 삼을 것처럼 슬쩍 내비친 것은 효과 직방이었다. 말이 교환 조건이지, 그걸 깼을 때의 대미지가 훨씬 더 큰 것은 내 쪽이다.

나는 어쩔 수 없이 고개를 끄덕였다.

괴물이 되었는데도 이런 쬐그만 여자애의 명령을 들어야 하다니, 도대체 어쩌다가 일이 이렇게 되었을까.

야노의 흐뭇해하는 얼굴은 어쩐지 쳐다보기도 짜증이 나서 나는 더 이상 말을 섞는 일 없이 창문 쪽의 작은 빈틈을 미끄러져 밖으로 뛰쳐나왔다.

숙제할 프린트를 또다시 잊어버리고 온 것은 해가 뜨고 사람 모습으로 돌아오고 난 다음에야 깨달았다.

밤 시간을 망쳐버렸다.

괴물이 된 뒤로 밤에 잠을 자는 일이 없어졌다.

그런데도 오랜만에, 꿈을 꾼 것인지도 모른다고 생각했다.

괴물의 모습으로 변신한 채 한밤중에 학교에 갔더니 우리 반 여학생이 그곳에 있다가 나한테 말을 걸었고 그 아이와 밀회 약속을 했다, 라니 그런 꿈을 왜 꾸었는지 모르겠다. 몇 주 동안 괴물이 되었다는 것까지 포함해, 모든 게 다 꿈이었다.

그래, 엄청 아쉽기는 하지만, 그렇게 생각하는 게 아무리 생각해도 정상이다. 그나저나 그런 꿈을 꾸다니, 내 머리 진짜 맛이 간 모양이다. 괴물 따위로 변신하고, 그리고 하필이면 꿈속에서 만난 사람이 그 야노라니.

이미 결정난 일처럼 그렇게 굳게 믿었건만. 자전거로 등교하는 길에 짓밟혀 뭉개진 개집을 목격한 내 심정을 대변해줄 사람이라고는 이 세상에 없었다.

"야, 앗치!"

신발장 앞에서 등짝에 꽤 묵직한 펀치를 먹었다. 누군지는 알고 있었지만, 깜짝 놀란 척하며 돌아보았다.

"안녕? 어, 머리스타일 바꿨냐?"

"에헤헤헤, 남자 놈이 알아봐주는 거, 하나도 안 기쁘다."

그렇게 말하면서도 내심 기뻐하는 표정의 가사이는 이를 내보이며 스텝이라도 밟는 것처럼 실내화를 신었다. 나보다 한참 키가 작은 가사이의 파마를 나는 금세 알아봤다. 뭐, 저 정도면 혼날 일은 없겠다고 생각하자마자, 계단을 올라가려는 참에 뒤에서 부르는 소리가 들렸다.

"가사이! 그 파마머리, 다 뽑아버린다?"

무시무시한 위협을 당한 친구와 함께 뒤를 돌아보니 잔뜩 찌푸린 얼굴의 양호 선생님이 있었다. 이름은 노토.

"빡빡 미는 게 아니고 뽑아버리는 거예요?"

어떤 선생님에게 혼이 나도 항상 그렇듯이 가사이가 까불거리며 장난처럼 말하자 노토 선생은 "처벌이라는 건 진심으로 반성하게 하지 않고서는 의미가 없거든"이라고 한마디 던지고 자리를 떴다. 내가 학교에 침입했었다는 것을 혹시라도 노토 선생이 알게 된다면 과연 어떤 말을 할까. 내 멋대로 불길한 상상에 젖어 있는 사이에 가사이는 벌써 계단을 올라가고 있었다. 서둘러 쫓아갔다.

"앗치, 너 노토 선생을 홀린 듯이 쳐다봤지? 아줌마가 취향이냐?"

"아니야. 근데 그 선생님, 나이가 그 정돈가?"

"서른쯤 됐을걸?"

3층까지 올라가자 복도가 시끌시끌했다. 올해는 입시에 대비하는 해, 라고 선생님들은 얘기하지만 우리 사이에는 아직 그런 의식이라고는 없었다.

교실 쪽을 향해 한 걸음, 두 걸음. 시선은 저절로 우리 반 교실로 향하고 있었다. 그 상자 같은 교실의 입구를 클래스메이트들이 마치 개미집마냥 들락날락하고 있었다.

그중 한 사람이 이쪽으로 걸어와서 가사이와 함께 손을 들어 가볍게 인사를 했다.

이어서 또 한 사람, 맞은편에서 걸어온 클래스메이트를 시야 한 귀퉁이에서 포착하자마자 내 등짝에 긴장감이 내달렸다.

교실에서 나온 그녀는 손에 든 걸레를 흔들흔들 내두르면서 빙긋이 웃는 얼굴로 이쪽으로 걸어왔다.

야노 사쓰키는 우리를 보자마자 웃는 얼굴 그대로 당연한 일인 것처럼 입을 열었다.

"안녕, 좋 은아침!"

이상한 데서 끊기고 끝에는 꼭꼭 악센트를 붙이는 묘한 말투의 인사. 우리는 소리가 나는 쪽을 쳐다보지도 않고, 곁을 지나 사라질 때까지 말도 건네지 않았다. 후우, 가슴을 쓸어내렸다.

복도에까지 들려오는 교실 안의 떠드는 소리. 안으로 들어서면서 가사이가 인사를 하자 교실 전체가 반응을 보였다. 그 뒤를 이어 가사이의 기세에 업혀 나도 인사를 하고 교실로 들어갔다. 오늘은 가사이의 머리스타일이 바뀌어서 다행이다. 그를 놀리는 말들이 날아오는 틈에 나는 얼른 자리에 앉아, 한참 전부터 여기 있었어, 라는 얼굴로 풍경에 섞여들었다.

어젯밤에 결국 가져가지 못한 수학 교과서를 사물함에서 꺼내 내 책상으로 옮겼다. 이 시간에 쓱쓱 해치워버리면 되지만, 숙제를 깜빡했다고 그걸 열심히 만회하려고 하는 녀석은 이 교실에는 없다. 범생이라고 놀리면 진짜 괴로우니까 오늘은 얌전히, 안 해 왔습니다, 라고 자진 신고하는 수밖에 없을 것 같다.

그래서 나는 아침 이 시간에는 딱히 할 일이 없어서 괜히 휴대 폰이나 만지작거리고 등교하는 주변 자리의 친구 놈들과 인사를 하고 시시한 잡담이나 하는 것뿐인 한때를 보내게 된다. 옆자리 에서 쪽 고른 이를 내보이며 웃는 구도는 1학년 때부터 계속 같은 반이라 나름대로 친하기도 하고 뭐, 그리 나쁜 시간은 아니다.

잠시 지나서 야노가 걸레를 흔들흔들 내두르면서 돌아왔다. 제 대로 물기를 꽉 짜지 않았는지 교실 바닥에 물이 뚝뚝 떨어져서 주위 사람들을 짜증나게 했다. 그 과도하게 젖은 걸레로 뭘 하려 는 건가 했더니 그녀는 자기 책상 앞에 서서 천천히 그 위를 닦기 시작했다. 그건 내 시야의 한 귀퉁이에 비친 광경이다. 맨 뒤의 내 자리에서 장기의 각(角)*이 두 칸 건너간 만큼의 위치에 있는 야노의 자리. 책상에 무엇이 있었는지는 모르겠지만, 뭔가 당했 다는 것은 뻔히 알고 있었다.

꼼꼼하게 책상 위를 닦더니 만족했는지 아니면 포기했는지, 야 노는 다시 걸레를 흔들흔들 내두르며 교실 앞쪽으로 걸어갔다. 그리고 앞쪽에 몰려 있던 가사이와 다른 친구들 옆을 지나갈 때, 상대의 기분은 전혀 아랑곳하지 않는 말투로 "머리스 타일바 꿨 네?"라고 빙긋이 웃으며 신나게 말을 걸었다. 물론 아무도 야노

---

* 일본 장기의 말 중 하나로, 대각선으로만 움직일 수 있다.

쪽은 돌아보지 않는다. 야노도 그걸 알고 있기 때문에 반응이 전혀 없는 것에 딱히 별다른 반응을 보이지 않고 교실을 나갔다.

야노가 교실을 나가자 몇몇 크게 혀를 차는 소리가 날아왔다. 익숙하게 봐온 일련의 흐름. 신경을 쓰기로 들면 한도 끝도 없고, 애초에 신경을 쓰지도 않는 나는 화장실에나 다녀오기로 했다. 복도로 나가 야노가 간 곳의 반대쪽으로 갔다. 야노도 화장실에서 걸레를 빨고 있을 것이고 그 화장실 쪽이 명백히 더 가깝긴 하지만 덜컥 마주쳐 말이라도 걸면 귀찮아진다. 야노도 자기 얘기가 퍼지는 것은 원치 않을 테니까 어젯밤 일을 섣불리 언급하지는 않겠지만, 그래도.

화장실에서 나 스스로도 잘 알 수 없을 만큼 꼼꼼하게 손을 씻고 복도로 나오자 마침 그곳에 미도리카와 후타바가 있었다.

마치 연예인이나 만화 캐릭터 같은 이름을 가진 그녀는 책을 손에 들고 등까지 길게 기른 머리칼을 찰랑거리며 부루퉁한 얼굴로 이쪽을 흘끔 쳐다보았다. 아침부터 대조적인 여학생 두 명을 접견하다니, 피잉 현기증이 난다. 하지만 그런 생각을 들킬 수는 없는지라 나는 누구에게나 던지는 작은 웃음을 지으며 그녀에게 인사를 했다.

"안녕?"

"응."

미도리카와는 웃었는지 말았는지 알 수 없을 만큼 미묘하게 입 끝을 올리며 작은 소리로 대꾸했다. 그리고 쓸데없는 말은 한 마디도 않고 마치 나를 만난 기억 따위 이미 잃어버린 것처럼 교실을 향해 걸음을 옮겼다. 화가 나 있는 것은 아니다. 항상 이 아이는 이런 것이다.

늘 히죽히죽 웃고 목소리 크고 쓸데없는 말만 하는 야노와는 그야말로 대조적인 미도리카와의 등을 보며 나도 뒤따라갔다. 그녀의 등도 야노의 구부정한 어깨와는 달리 꼿꼿이 서 있었다.

미도리카와가 교실에 들어서자 입구 근처에 있던 몇몇이 환한 목소리로 저마다 "안녕?"이라고 말했다. 그녀는 거기에 한꺼번에 "응"이라고 고개만 끄덕이고 단 한 번도 "안녕?"이라는 말은 하지 않은 채 자기 자리에 앉았다. 자리에 앉자마자 이번에는 근처 자리의 여학생이 "후타바, 또 도서실?"이라고 묻고 있었다. 그 질문에 미도리카와는 다시 "응"이라고 대답하고 책을 펼쳤다. 대화할 생각이 전혀 없다. 그런 식인데도 상대 여학생은 싫은 표정하나 없이 또 다른 클래스메이트와의 이야기로 옮겨갔다.

야노와 똑같은 정도로 분위기 파악을 못하는데도 미도리카와는 우리 반의 그 왕따 아이와는 대조적인 대접을 받고 있다. 이유는 이래저래 다양하다.

내가 옆자리의 구도와 아무것도 아닌 얘기를 주고받으며 시간을 보내고 있으려니 시야 한 귀퉁이에 다시 야노가 들어왔다. 아무도 접근하지 않는 자기 자리에 앉아 웃는 얼굴로 다리를 흔들흔들하고 있었다.

이윽고 벨소리가 울리고 담임인 고이케 선생님이 들어와 인사를 했다. 홈룸이나 수업은 거의 정해진 움직임을 정해진 대로 하면 되니까 편해서 좋다.

1교시 국어 수업을 적당히 흘려듣고, 2교시 수학에서 숙제를 깜빡한 것을 자진 신고했더니 선생님이 "네가 웬일이냐?"라고 말했다. 사실은 꼭 그런 것은 아니다. 나는 적당히 숙제를 깜빡한다. 그래서 특별히 그런 말까지 해주실 것은 없었는데. 내일 꼭 해오라는 지시를 받고 내 책상으로 돌아왔다.

3교시 지리 수업이 끝나자 그다음은 달갑지 않은 체육 수업이었다.

탈의실로 이동할 때, 여학생들이 야노의 눈앞에서 기운차게 밀어내기 벌칙 가위바위보를 하고 있었다. 아, 오늘은 여학생 수가 짝수구나. 체육 선생님은 여학생 수가 홀수일 때, 유연체조의 짝만들기에서 번번이 야노 혼자만 남아버리는 게 단순한 우연이라고 생각하는 걸까. 어른들은 자기들이 중학생이었을 때를 기억하지 못하는 건가.

우리는 어른들이 생각하는 것보다 훨씬 더 잔혹한 마음을 지닌 채 살아가고 있다.

옷을 갈아입고 체육관으로 이동해 코트 없이 피구를 하고 있는데 선생님이 호루라기를 불었다. 정렬한 뒤, 유연체조가 끝나자 그대로 각각 짝을 지어 배구 토스를 주고받았고, 연습 시합 때는 운동부 친구들이 활약하는 것을 슬슬 봐가면서 어시스트로 눈에 띄지 않을 만큼만 득점을 결정지었다.

수업은 여학생들과 체육관을 둘로 나눠 따로 이루어진다. 가사이와 하이파이브를 하는 참에 문득 여학생들 쪽에 시선을 던지자 운동할 때만 긴 머리를 올려 묶는 미도리카와가 이구치가 토스해 준 공을 놓치는 모습, 그리고 그 너머로 천장을 향해 쓰러져 있는 야노가 보였다. 코에 흰 것이 하늘거리는 걸 보면 코피가 났던 것이리라. 참관만 하는 여학생들도 있었지만 아무도 야노에게 가보려 하지 않았다.

"앗치, 누구를 그렇게 쳐다보냐? 내가 다리 좀 놔줄까?"

느물느물 웃는 가사이에게 무심한 "아니야"를 건네주고 나는 코트로 돌아갔다.

한 걸음 늦게, 체육 선생님에게 한 소리 듣고서야 가사이도 코트로 들어왔다. 아, 가사이도 누군가를 보고 있었구나. 누군지는 모르지 않지만. 아하, 자기가 그러니까 나도 누군가를 점찍어 홀린 듯 바라본다고 생각하는 건가.

"수고하 셨습니 다!"

수업이 끝나고, 우리를 향해 다른 여학생과 마찬가지로 야노도 인사를 했다. 콧구멍을 막은 티슈에는 역시 피가 배어 있었다. 물론 어느 누구에게서도 대답 따위는 듣지 못한 채 야노는 작은 몸을 흔들며 내 눈앞을 터벅터벅 걸어갔다. 행여 뒤돌아서서 느닷없이 어젯밤 얘기를 꺼내지는 말아줘, 라고 마음속으로 빌었다. 야노의 경우, 절대 그런 짓은 안 한다, 라고 단언할 수 없다는 생각이 들었다.

나의 우려는 괜한 걱정이었는지 야노는 그런 짓은 하지 않았다.

하지만 분위기 파악을 못하고 주위를 살필 줄 모르는 아이는 항상 다양한 방식으로 주위에 피해를 끼친다.

내가 가능한 한 그 작은 등을 쳐다보지 않도록 조심하며 아이들과 수다를 떨고 있는데 갑자기 야노가 앞에서 웅크리고 앉았다. 아니, 그런 모양이었다. 나는 보고 있지 않았다. 그래서 위태위태할 때까지 나는 그걸 알아차리지 못했고 깜짝 놀라 순간적으로 피하려고 했지만 그녀의 오른발을 가볍게 걷어차고 말았다. 제 몸을 다루는 게 서툰 야노는 앗 하는 비명과 함께 넘어졌다. 나도 모르게 돌아보니 엉덩방아를 찧은 그녀 앞에 피 묻은 티슈가 떨어져 있었다.

야노는 크게 놀란 기색으로 나를 보고 있었다. 나는, 아무 말도 하지 않았다.

아무 말도 하지 않고, 마치 아무 일도 일어나지 않은 것처럼 가사이랑 친구들과의 대화로 다시 돌아갔다. 그들도 그런 나를 받아주었다.

뒤쪽에서 "깜짝놀 랐네"라는 목소리가 들려왔어도 돌아보지 않았다.

딱히 별일도 없이 다른 친구들의 뒤를 따라 남자 탈의실로 들어가자 두툼한 손이 내 어깨를 세게 쳤다. 야구부의 모토다였다. 이 정도는 굳이 짜증난 얼굴을 드러낼 만한 일도 아니다.

"제법이네. 너, 걔한테 발차기 먹였다면서?"

웃으면서 큰 소리로 말했으니까 복도에까지 다 들렸을 것이다. 내가 미간을 좁히고 체육복을 벗으면서 "눈앞에서 갑자기 웅크리고 앉은 사람이 잘못이지"라고 대답하자 모토다는 휘파람을 날렸다.

옷을 갈아입고 나자 갑작스레 배가 고팠다. 괴물로 변신하게 되면서부터 유난히 공복감을 자주 느낀다. 다음은 점심시간이다. 급식이 없는 우리 학교에서는 수업 끝나는 종이 울리자마자 식당 팀은 잽싸게 식당으로 달려간다. 그 줄에 나도 따라붙어서 식권을 사고 우동과 돈가스덮밥을 획득했다.

먼저 와서 라면을 먹고 있던 가사이의 대각선 맞은편 자리에 앉자 그는 이를 내보이며 웃었다.

"앗치, 너 뚱보 되고 싶냐?"

와하하핫 웃는 악의 없는 가사이에게, 덥석 돈가스를 베어먹고 나서야 "히끄러"라고 대꾸했다.

그 수더분한 웃음 덕분에 가사이는 꽤 인기가 있다. 여학생에게도 남학생에게도. 식당에 몰려온 클래스메이트들이 한 테이블에 큰 패거리를 만들고 나자 가사이가 불쑥 말했다.

"근데 앗치, 너 그거 아냐?"

"뭐?"

"요즘 밤마다 괴수가 나온다는 얘기."

젓가락으로 집어든 고기를 나도 모르게 우동 국물 속에 빠뜨렸다.

"괴, 괴수?"

내 놀라는 연기가 영 서툴렀는지, 테이블에 앉은 놈들 모두가 비웃음을 날렸다.

"응, 요즘에 봤다는 애들이 몇 명 있는데, 한밤중에 바깥을 보니까 뭔가 큼직한 게 지나갔다는 거야. 분명 자다가 꿈을 꾼 거겠지만, 다들 하는 얘기가 똑같더라고. 눈이 여러 개 달렸고 다리도 여러 개고, 우글우글 꿈틀거렸대."

"그런 게 큼직하기까지 해? 으, 무서라."

진짜로 시치미를 뚝 뗀 얼굴이라는 게 바로 지금의 내 얼굴일 것이다. 우동 국물에 적셔진 돈가스를 입에 넣었고, 그것도 나름대로 맛이 있었을 텐데 가사이에게 지나치게 주의를 기울이느라 전혀 아무 맛도 느끼지 못했다.

"어때, 잡으러 가볼래?"

"한밤중이라며, 자야지."

"그치, 우리 앗치, 착실한 놈이지."

한밤중에 여자친구 집에 몰래 들어가려다 파출소 경찰에게 훈계를 들은 적이 있는 가사이에게는 잠을 자야 한다는 이유로 이런 얘기를 거절하는 놈은 착실한 놈인 것이다. 밤에 자주 놀러나가는 가사이와 덜컥 마주치지 않게 조심해야겠다고 생각하다가, 문득 깨달았다. 들키더라도 괴물이 나라는 것을 들킬 일은 없다. 사물함 뒤지는 것을 들키지만 않는다면.

어찌됐든 벌써 그런 소문이 퍼졌다니.

"가사이, 하지 마! 앗치는 너랑 다르단 말이얏!"

그 발언에 와 하고 웃음이 끓어올랐다. "그래, 앗치에게 접근하지 말아줘, 제발"이라고 여학생 쪽에서 날아온 동의의 목소리에 다시 한바탕 웃음바다. 입으로는 앗치, 앗치, 라고 하면서도 다들 가사이 쪽을 보고 있었다. 나도 가사이를 향해 일단 웃어뒀다.

"거참, 시끄럽네. 잘 먹었습니다. 앗치, 축구나 하러 가자."

가사이는 손을 내둘러 아이들의 놀려대는 소리를 탈탈 털어내고 자리에서 일어서더니, 무심코 머리를 더듬고 있는 나를 보며 말했다. 반사적으로 고개를 끄덕이자 그는 다른 놈들 한 명 한 명에게 눈짓을 보내며 시합 가능한 선수 숫자 확보에 나섰다. 남학생들이 일제히 남은 음식을 다급하게 입에 몰아넣는 것을 보고 여학생들이 "날마다 축구, 축구. 질리지도 않나?"라면서 웃고 있었다.

불룩한 배를 떠안고 우리는 점심시간의 남은 삼십 분을 축구에 쏟아부었다. 솔직히 축구를 그리 잘하는 편은 아니지만, 가사이와 다른 친구들의 어시스트 역할만 하면 되니까 아무 생각 없이 찰 수 있어서 좋다. 인간에게는 지미디 역할이니 입장이리는 게 있다. 서로 간에 그런 점을 잘 이해하지 않으면 안 된다.

그런 걸 그 아이는 도무지 알지 못한다.

축구 플레이에는 무관심한 채 오늘 밤 일만 생각하며 우울해하다가 공이 날아오는 것도 알지 못했다. 몸집 좋은 농구부 친구와 부딪히면서 미처 마음의 준비를 못했던 나는 당연히 힘에 밀려 엉덩방아를 찧었다.

"앗치, 오늘 왜 그래? 엇, 팔꿈치에 피!"

시합이 다시 시작되었는데도 가사이가 혼자서 나한테 뛰어왔다. 팔꿈치를 보니 아닌 게 아니라 살갗이 쓸려나가 피가 나고 있었다. "양호실에 데려다줄까?"라는 가사이의 큼직한 목소리가 울리는 것과 동시에 축구공이 날아가 골에 꽂혔다.

"어린애도 아니고, 괜찮아. 잠깐 소독만 하고 올게."

가사이는 한순간 위를 보고 나서 "오호, 그래"라고 맞장구를 쳤다.

"앗치, 너, 노토 선생 만나려고 일부러 다쳤구나! 그렇다면 내가 따라가면 안 되지!"

느물느물 웃는 얼굴에 "아니야"를 던지자 가사이는 "어린애가 아니라는 건 그런 뜻이고?"라느니 뭐니 해가면서 골포스트 근처에 서 있는 친구들 쪽으로 뛰어갔다.

그다음은 가사이가 애들에게 잘 얘기해줄 것이다. 나는 운동장에서 교실 쪽으로 돌아가며 내심 안도했다.

선언한 대로 양호실에 가서 노토 선생님에게 소독을 부탁하기로 했다. 노크를 하자 곧바로 대답이 있었다. 나는 양호실 문이 열리는 순간의 냄새가 좋다. 소독약 냄새를 말하는 게 아니다. 술래잡기를 하다가 세이프존에 들어선 것처럼 둥실둥실 떠오르는 듯한 냄새다.

양호실 안에 다른 아이들은 없고, 노토 선생님은 책을 읽는 중이었던 모양이다. 책상 위에 문고본이 놓여 있었다. 인간실격. 읽은 적은 없지만, 밤이면 괴물이 되는 이야기 같은 것일 거라고 생각했다.

"죄송합니다, 살갗이 벗겨져서 소독 좀 했으면 하는데요."

"응, 그래, 오랜만이네, 아다치."

노토 선생님은 화가 났을 때 이외에는 목소리가 다정하다.

"아침에 만났었는데요."

"아니, 여기 오는 거."

내가 둥근 의자에 앉자 노토 선생님은 손 빠르게 소독을 해주었다. 쓸린 상처라서 반창고는 붙여주지 않았다.

감사 인사를 하고 나오려고 하자 노토 선생님이 "아, 잠깐"이라고 불러 세웠다.

"요즘 어때?"

"요즘…… 뭐, 그냥 괜찮아요."

설마, 밤이면 괴물로 변합니다, 라는 말은 할 수 없었다. 혹시 말한다면 당장 카운슬링이 시작될 것이다.

"아직 점심시간 십 분쯤 남았는데, 좀 쉬었다기 가지? 요즘 무리하는 거 아니니?"

"……아뇨, 친구들이 기다려서요."

실례합니다, 라고 인사하고 나는 양호실을 나왔다. 심장이 평소보다 조금 빨리 뛰었다.

노토 선생님은 주의를 줄 때는 말투가 험하지만, 늘 친절하게 잘 돌봐주는 양호실 선생님이다. 그걸 귀찮다고 생각하는 학생이 많은 것도 사실이지만 나는 그렇지 않다. 그래서 노토 선생님의 제안을 무시한 것은 혐오와는 다른 종류의 이유가 있었다.

어쩌면 노토 선생님도 야노와 마찬가지로 뭔가의 이유로 내 정체를 눈치챈 것은 아닌지, 내심 찜찜했던 것이다.

가만 생각해보면 그럴 리는 없다. 그런데도 이런 쓸데없는 걱정을 해버리는 것은 역시 어젯밤에 야노를 덜컥 마주친 것 때문이다.

나는 다친 것까지 포함해 야노에게 화가 나기 시작했다.

그래서 자업자득이라고 생각했다. 방과 후, 평소에 보통 함께 학교를 나서는 가사이가 계속 교실에서 수다를 떨고 있어서 나도 거기에 합세했다. 그렇게 다른 친구들과 하교 타이밍이 조금 어긋난 것 때문에 야구부의 모토다 일행이 야노의 신발장에 뭔가 넣으면서 낄낄거리는 모습을 보고 말았다.

야노가 그런 괴롭힘을 당하는 건 자업자득이라고 생각했다. 어느 정도는.

수요일 · 밤

밤, 괴물이 된 나는 한없이 우울한 기분으로 학교로 향했다.

어제와 똑같은 방법으로 교실에 들어가자 야노는 없었다. 일찍 오라고 했으면서, 라고 약간 짜증이 났다. 혹시 숨어 있는지도 모른다는 생각에 찾아봤지만, 역시 없었다. 아직 안 온 건가, 아니면 올 마음이 없는 건가. 후자라면 좋을 텐데, 라고 생각하며 교실 뒤편에 앉기 편한 사이즈로 몸을 내려놓자 갑자기 교실 앞 문이 벌컥 열렸다.

"아, 벌써 와있었네?"

"……일찍 오라고 했었잖아."

투덜투덜 말했지만 야노는 내 말을 전혀 못 들은 것처럼 "아, 손 좀 씻고올 게"라고 일단 교실을 나갔다. 대체 뭐냐, 쟤.

잠시 지나서 그녀는 손을 스커트에 쓱쓱 닦으며 돌아왔다. 가만 생각해보니, 왜 교복을 입고 있는 건가. 어제는 그런 건 생각도 못했다.

"방금 무 덤을만 들고왔 어."

물어보지도 않았는데 야노는 자리를 뜬 이유를 말하기 시작했다.

"무덤?"

"응, 내신 발장에 모르고 들어온 개구리 가죽어 버려서. 가엾게도."

41

야노는 다시 물어보지도 않았는데 "아주조 그만아 이였어"라고 엄지와 검지로 자그마한 크기를 쥐어 보였다.

"앗치는 청개구 리파? 아니면 뽈개구 리파?"

"……개구리 왕눈이파."

"어, 그래?"

별 관심도 없는 듯한 그 태도가 어쩐지 비위에 거슬렸다. 야노는 일부러 제 자리를 찾아가서 앉더니 다리를 흔들흔들하며 이쪽을 보았다.

"눈이여 덟개고, 다리는 여섯개. 꼬리는 여러개."

일일이 손끝으로 가리키며 내 몸의 특징을 열거하는 통에 나는 인체 모형이 된 듯한 기분이었다. 어떤 기분인지 인체 모형과 얘기해본 적은 없지만.

어째서 이런 모습이 된 것이냐는 질문이 날아올 거라고 생각했기 때문에 "모른다"라는 대답을 여기에 오기 전에 준비해왔다. 거짓 없는 대답이다.

그렇건만 야노의 질문은 엉뚱한 방향에서 날아왔다.

"이쪽이 진짜모 습이야?"

"……뭐?"

"왜인간 으로둔 갑했어?"

그런 쪽의 가능성은 전혀 생각을 못해봤다. 늘 핀트가 어긋나는 클래스메이트에게 "변신은 밤에 해"라고 솔직히 대답한 뒤에야 변신이라는 단어가 무슨 히어로 같은 느낌이 들어 창피했다.

"나는깜 빡네가 지금그 모습으로 태어난 줄알았 어."

"그렇다면 굳이 인간이 되어서 학교에 다니지 않아."

"그런괴 상한모 습으로 살아가 는게힘 들어서 인간으 로둔갑 했나보 다했어."

괴상한 모습이라는 말에 불끈 화가 났다. 게다가 리얼하게 상상해봤지만 그것도 그다지 힘들 것 같지 않았다. 적어도 야노의 하루하루보다는.

"야노 너야말로 왜 학교에 와 있어?"

너에게 이곳은 결코 즐거운 장소가 아닐 텐데, 라는 야유의 뜻도 담았다. 앙갚음을 하려고 해준 말이었는데 그녀는 태연하게 대답했다.

"낮에는 쉴수없 어서밤 의쉬는 시간에 쉬려고."

"밤의 쉬는 시간이라니, 그게 뭔데?"

"알고싶 어?"

"……뭐, 별로."

"밤의쉬 는시간 이라는 건말이 지, 아참, 내가어 떻게여 기에들 어왔는 지알아?"

"몰라."

"알고싶 어?"

사람 귀찮게 구는 놈이다. 그건 이미 잘 알고 있었지만, 막상 단둘이 얘기해보니 새삼 실감이 났다. 어이도 없고 저항감도 들어서 입을 꾹 다물었더니, 그녀는 물어보지도 않았는데 답을 말하기 시작했다.

"경비아 저씨가 못본척 해주셔. 한밤중 에한시 간만. 그게밤 의 쉬는 시간."

"말도 안 돼."

사실이라면 도둑놈이고 뭐고 마구 드나들 것이다.

"거짓말 아닌데? 물론학 생한테 만그래 주시는 거야."

뭐가 '물론'이라는 건가, 학생 역시 당연히 안 될 일이다. 지금 이곳에 와 있는 내가 할 말은 아니지만.

"나도얼 마전에 알았어. 경비아 저씨는 세명이 고이름 은듣긴 들었는 데잊어 버렸지 만착한 분들."

착한 분들이라고 하는 걸 보면, 야노는 경비 아저씨들을 만나서 얘기해본 적이 있고, 그래서 경비 아저씨들이 자신의 임무를 팽개치고 야노가 이곳에 오는 것을 허락해줬다는 건가. 그럴 리가 없고, 그럴 리가 있다고 쳐도 양쪽 다 왜 그러는지 이해할 수 없으니까 역시 그런 일은 있을 리가 없다.

"안믿는 구나?"

"……그 밤의 쉬는 시간이 있다고 치고, 굳이 학교에 올 이유가 있나?"

"앗치도 어제왔 었잖아."

"나는 수학 교과서 찾으러 왔었어. 숙제를 해야 해서."

"착실하 구나, 너."

아마 야노가 일부러 그런 건 아니겠지만, 낮에 들은 말을 또다시 여기서 듣게 되자 지금은 있는지 없는지도 알 수 없는 위가 찌르르 아픈 느낌이 들었다.

"나는밤 의쉬는 시간을 맛보러 오는거 야."

야노는 왜 그런지 전혀 웃을 타이밍도 아닌데 빙긋이 웃었다.

"낮의학 교에서 는쉴수 없으니 까."

얘는 어떻게 웃고 있을 수가 있을까, 하고 생각했다. 대꾸도 하지 않았더니 야노는 웃음을 거두고 이상한 말을 했다.

"앗치에 게는있 어? 낮의쉬 는시간?

"......."

응, 이라고도, 아니, 라고도 말하지 않았다. 오늘 점심시간의 일이 생각났다. 돈가스덮밥과 우동을 먹었고 축구를 하다가 다쳤고 노토 선생님을 만났다. 잘 쉰 걸까.

"그럼이 걸로낮 의쉬는 시간얘 기는끝."

자기 쪽에서 먼저 얘기를 꺼냈으면서.

"아직한 참시간 남았어, 밤의쉬 는시간. 우리뭐 할까?"

"어, 난 그만 집에 돌아갈 건데?"

"앗치는 항상어 떻게해? 밤을보 내는방 법."

"밤을 보내는 방법?"

"야한뜻 에서말 한거아 냐."

진지한 얼굴로 이상한 소리를 하는 바보를 향해 크게 한숨을 내쉬어줬다. 다만 야노가 그런 보통 중학생 같은 말을 하는 것이 뜻밖이기는 했다.

"밤에는 바다도 보러 가고 산에도 가고."

"어디라 도 갈수 있구나? 좋겠다."

"전에는 길에 나와 돌아다니는 사람을 깜짝 놀래켜주기도 했는데, 그것도 금세 싫증났어."

"유령도 힘들겠 다."

"아참, 지난번에는 테마파크에 갔었는데 밤에도 일하는 사람이 진짜 많아서 깜짝 놀랐어."

"와아, 앗 치를보 고새로 나온놀 이기구 라고 착각한 사람없었어?"

야노는 크게 맞장구를 쳐주면서 내 얘기를 듣고 있었다. 이렇게 잘 먹히다니, 나도 모르게 당황해버렸다.

"너야말로 밤중에 학교에서 뭐하는데?"

"핸드폰 으로유 튜브도 보고웹 툰도보 고. 교칙위 반이긴 하지만."

이제 새삼 교칙을 따지는 건 이상하지 않은가. 분명 그보다 더 크게 많은 것들을 위반하고 있으면서.

"집에서 하면 되지."

"그렇지 않아."

똑바로 이쪽을 응시하는 눈빛에 나도 모르게 여덟 개의 눈을 슬며시 피해버렸다. 나는 잘 모르겠지만, 야노가 그렇지 않다고 한다면 그렇지 않은 것이리라. 이해한 것이 아니라 그녀 나름의 가치관인 것이다. 인간에게는 저마다 독자적인 가치관이 있지만,

그녀는 유난히 더 강하다고 생각했다. 그것이 그녀의 현재 상황을 만들어냈다. 그러니까 이해하려고 해봤자 쓸데없을 것이다.

"하지만, 그래, 앗 치가하 는말도 일리가 있어."

그래서 그녀가 내 말을 받아들여준 것은 뜻밖이었고 다행이었다. 아무래도 이걸로 다시 나만의 조용한 밤이 찾아올 것 같다.

"탐험해 볼까, 학 교?"

"……아니, 그게 아니라."

"집에서 하면안 되는거 하자고 했잖아?"

"그런 말 안 했어. 집에 돌아가자고 했지."

"집에돌 아갈거 야. 삼십분 만지나 면."

그녀는 핸드폰을 꺼내 시계를 보았다. 어쩐지 그녀가 핸드폰을 든 모습이 의외인 것처럼 생각되었다. 그 핸드폰으로 누군가와 연락을 주고받는 일이 과연 있을까.

"자아, 가 자."

내 의견도 묻지 않고 그녀는 자리에서 일어나 교실 앞문으로 나가려고 했다.

나는 잠깐 생각해보 고, 진짜로 내키지 않았지만 어쩔 수 없이 몸을 대형견 사이즈로 만들고 일단 따라가기로 했다. 야노가 경비 아저씨에게 잡히면 나에 대해 다 불어버릴지 모른다는 우려 때문이었다.

아주 조금, 밤의 학교가 어떤 모습인지 궁금한 마음도 없지 않았는지도 모른다.

야노를 먼저 내보내고, 나는 안에서 꼬리로 문을 닫은 뒤 잠금 장치를 채우고 알갱이가 되어 복도로 나왔다. 다시 괴물 모습으로 돌아왔더니 그녀가 잠깐 박수를 쳐주었다. "굳이 문 단속 안 해도 되는데"라고도 말했다. 생각해보니 밤의 쉬는 시간이 거짓말이라면, 야노는 어떻게 잠긴 문을 열었을까.

"그크기라면애 완견같이보인다."

"……경계하는 게 좋을걸?"

내가 목소리를 낮춰 크르릉했더니 야노는 제 입을 가리고 "괴도놀이다~!"라고 말했다. 그녀의 말이 내 머릿속에서 괴도(怪盜)로 변환되는 데 잠시 시간이 걸렸다.

"눈이쭈 우욱튀 어나오 지는않아?"

복도를 몇 걸음 걸어가다가 야노가 아닌 밤중에 홍두깨 식으로 나를 가리키며 말했다. 정확히는 내 여덟 개의 눈을 가리킨 모양이었다.

"튀어나오지 않을 것 같은데?"

"쭈우욱 튀어나 와서저 모퉁이 너머가 보인다 면진짜 편리할 텐데."

그게 가능하다면 분명 정찰을 하기에는 편리하겠지만, 사용처가 지나치게 한정적이다. 게다가 별로 이미지가 머릿속에 그려지지 않았다.

가능한지 아닌지는 둘째 치고, 이를테면 이런 거라면 멋있겠다고 생각했다.

창문으로 비쳐드는 달빛을 받아 생기는 그림자, 거기에 몸의 검은 알갱이가 조금씩 이동해서 또 하나의 그림자 괴물을 만든다. 그것은 마치 게임의 조연캐릭터처럼 내 의지대로 조종할 수 있고 학교 내 정찰도 물론 척척 해낸다. 그런 능력이 있다면 꽤 멋질 것이다.

"앗치!"

내 이름을 부르짖길래 옆에서 걸어가던 야노를 돌아보았다. 하지만 그녀는 나를 보고 있지 않았다. 아주 조금 내 뒤쪽을 보고 있었다.

"그런것 도할줄 알아?"

야노의 말에 내 꽁무니를 돌아보고 흠칫했다.

"분신, 술?"

나는 고개를 저었다. 모르는 일이었기 때문이다. 분신술이라니, 그게 뭔가.

내 꽁무니에는 방금 전에 내가 상상한 그대로 시키면 또 하나의 괴물이 딱 붙어 있었다. 나와의 차이는 눈 부분까지 시커멓다는 것이었다. 방금 전까지 거기에는 아무것도 없었을 터였다. 창밖을 보니 달빛은 약간 앞쪽에서 들어오고 있었다.

신기하다는 듯이 그림자를 빤히 응시하는 야노를 무시하고 나는 마음속으로 '움직여!'라고 주문을 외쳐보았다. 나를 훌쩍 넘어서 저 앞으로 뛰어나가는 이미지. 반신반의였지만 시도해서 손해볼 것은 없다.

눈을 몇 번 깜빡거린 시간만큼 늦어졌지만, 그림자는 대략 내가 이미지를 떠올린 그대로 움직여주었다. 그 이미지가 흔들리지 않게 조심조심 복도 저 건너 모퉁이 쪽까지 가게 했다.

내 명령을 정확히 알아듣는 그림자를 보고 새삼 나 자신에게 놀랐다. 설마 진짜로 이런 능력이 있었다니.

하지만 그림자를 이동시키는 것만으로는 정찰을 할 수 없다. 그렇게 생각한 순간 머릿속에 또 하나의 시야가 떠올랐다. 복도 너머 계단 쪽을 살펴보는 그림자의 시야인 것 같았다.

이렇게 편리한 몸이 다 있나.

"가버렸 어."

"저 친구에게 감시하라고 하고, 우리는 가자."

"와아본 격적이 다."

괴도 놀이가, 라는 뜻일 것이다.

"야노 너는 어디로 갈 생각이야?"

"음악실. 한밤중 에울리 는피아 노의진 상을확 인해보 자."

"그런 7대 불가사의 같은 게 우리 학교에 있었나?"

"아니, 그 냥있을 것같아 서."

"쳇, 지어낸 얘기를 진짜처럼 하지 마."

강한 어조로 말해주자 야노는 다시 빙긋이 웃는 얼굴을 보였다. 대체 뭐가 재미있다는 건가.

그림자의 정찰 시야를 살펴보니 현재 위치에서 그 위층의 음악실로 가는 길에는 아무도 없는 것 같았다. 혹시나 하고 복도에서

좌우를 확인했지만 아무도 없었다. 나는 어깨가 구부정한 야노의 등짝을 보고 싶지 않아 약간 앞에서 걸어갔다. 뒤에 서면 내가 정말로 애완견처럼 보일 것 같았기 때문이다.

계단을 올라 5층 맨 끝에 자리한 음악실에 도착했다.

우리 반 교실에서와는 반대로 내가 먼저 알갱이 상태로 안에 들어가 잠금장치를 내렸다. 그러잖아도 방음벽에 둘러싸인 음악실 안은 공기가 팽팽히 당겨져서 그랜드피아노가 괴물처럼 으스스하게 보였다. 인간 하나쯤은 간단히 먹어치울 것 같다.

"피아노 소리, 안 나네?"

그야 당연히 그렇다. 유령도 이렇게 당당히 찾아오는 인간들을 놀래켜주려고 이승을 떠도는 건 아닐 것이다.

그림자는 음악실 밖을 지키는 파수꾼 역할이다. 혹시 누군가 왔다가도 분명 화들짝 놀라서 도망쳐버릴 것이다.

기댈 곳도 없어서 멀뚱히 서 있었는데 갑작스레 콰과광 하는 소리가 들려서 흠칫 놀랐다. 검은 알갱이들이 한 차례 푸르르 물결쳤다. 돌아보니 야노가 그랜드피아노의 뚜껑을 열고, 나는 연주자예요, 라는 듯이 앉아 있었다. 키 자은 그녀가 앉으니까 마치 초등학생의 학예발표회 같았다.

"앗치는 모차르트파? 비발디 파?

"……베토벤파. 그보다 피아노 소리가 새나가면 위험해."

"베토벤 이란말 이지."

내 경고의 말도 듣지 않고 야노는 작은 두 손으로 건반을 내리쳤다. 연거푸 네 번. 불쾌한 화음이 음악실 안에 울려 퍼졌다. 나는 졸지에 몸을 뒤집어 청소도구함 안으로 스르륵 들어갔다. 그리고 곧바로, 나야 들켜봤자 상대가 소스라치게 놀라는 것뿐이고, 들키면 난감해지는 건 야노 쪽이라는 것을 깨닫고 다시 기어 나왔다.

그림자에게 음악실 주변을 빈틈없이 살피도록 했다. 아무래도 음악실 방음이 철저하게 잘 되는지 한참이 지나도 누군가 달려오는 기적 따위는 없었다.

야노는 딱히 허둥거리는 기색도 없이 내 쪽을 보고 있었다.

"운명이 라는곡, 이런느 낌인가?"

"방금 친 게 운명이었다고?"

나는 어이없어 하다가 즉각 그녀를 노려보았다.

"들키면 어쩔 거냐고!"

그녀는 빙긋이 웃더니 "밤의쉬 는시간 이니까 괜찮아"라는 잠꼬대 같은 소리를 했다.

괜찮긴 뭐가 괜찮냐고 생각했지만, 그녀처럼 무슨 말을 해도 통하지 않는 녀석에게 화를 내는 내가 어쩐지 더 바보인 것 같아서 짙은 한숨만 내쉬었다.

"들켜서 잡혀가도 내 이름은 불지 마."

"응, 아마 도꼭."

아마도 꼭, 이라니? 불신감을 여덟 개의 눈에 차곡차곡 담아 야노를 흘겨보자 그녀는 학생용 자리로 옮겨갔다. 낮 시간과 똑같이 이 아이는 자기 좋을 대로만 한다.

음악실은 수업 중에는 교실 자리 순서와 똑같이 앉도록 정해져 있다. 야노는 착실히 그 규칙에 따라 제 자리에 가서 앉았다.

"앗치는 주로어 떤노래 를 들어?"

더 이상 야노가 손을 대지 못하게 피아노 뚜껑을 꼬리로 덮고 있는데 그녀가 마치 친한 친구 같은 질문을 던졌다.

"뭐, 그냥 평범한 거."

"누구꺼?"

빤히 쳐다보길래 나는 평소와 똑같은 답을 준비했다. 다들 이름쯤은 들어본 적이 있고, 하지만 지나치게 유명하지는 않고, 인기가 있긴 하지만 모두가 다 좋아하는 것도 아닌 가수들의 이름을 말했다. CD를 발매하면 항상 순위에 오르는 그런 싱어송라이터라, 우리 반 몇몇 여학생들이 라이브 티켓을 못 샀다고 난리법석을 떨었던 밴드. 그걸 야노는 아, 응, 응, 하면서 듣고 있었다.

"너는?"

예의상 물어보면서, 야노라면 특이한 노래를 좋아할 것 같다고 생각했다. 우리로서는 도저히 이해하지 못힐 그린 음익.

하지만 아니었다.

"나는말 이지……."

야노는 흐뭇한 얼굴로 단 한 개의 그룹 이름을 털어놓았다. 마치 오래된 비밀 친구를 소개하는 듯한, 빙긋이와는 또 다른, 고양감에 뺨을 붉히는 듯한 웃음을 지으면서. 그녀의 그런 얼굴은 처음 보았다.

나는 상당히 놀랐다. 야노가 말한 그룹은 결코 비밀을 털어놓듯이 말할 부류의 가수들이 아니다. 분명 전국 대부분의 사람들이 알고 있고, 실제로 나 역시 초등학교 때부터 알고 있었다. 친한 애들 앞에서 그 그룹에 대해 진지하게 얘기하면 몸이 오그라들 듯한, 아직도 그런 노래를 듣고 있냐고 비웃음을 사버릴 듯한 그런 그룹. 솔직히 말하면, 지나치게 대중적이고 지나치게 달달한 그룹이다.

그런 가수들을 야노는 마치 자기만의 소중한 보물이라도 되는 것처럼 "너무좋 아"라고 말했다.

놀랐다.

"어, 그래."

대충 맞장구를 쳐줬더니 "앗치너 도좋아 해?"라고 물었다.

가끔 들으면 분명 좋긴 하지.

하지만 왠지 그 말을 하지 못했다. 사실은 나도 아직 그 그룹의 노래를 자주 듣는데도.

야노는 나에게 그 그룹의 매력을 열심히 얘기했다. 이 노래의 이 가사가, 이 부분이, 멤버 중의 이 사람이……. 나는 그런 것들을 이미 다 알고 있었다.

야노의 호주머니에서 수업 벨소리가 울린 것은 그녀가 어떤 앨범이 가장 좋은지를 이야기하고 있을 때였다. 이런 거북한 시간이 끝났다는 것에 나는 어제와는 또 다른 이유로 크게 안도했다.

핸드폰을 터치해 벨소리를 끄고 야노는 자리에서 일어나 기지개를 켰다.

"끝나버렸네? 이제가 서자자."

아무 말 없이 나는 꼬리로 문을 열어 야노 먼저 음악실을 나가게 해줬다. 교실에서와 똑같은 방법으로 잠금장치를 잠갔다.

"너먼저 가도돼."

복도로 나와 검은 알갱이 물결에서 원래의 모습으로 되돌아오자 야노가 내게 말했다. 그녀가 어떻게 집에 돌아가는지는 알 수 없지만, 굳이 알 필요도 없었다. 나는 그녀의 말대로 밖으로 나가기로 했다.

안녕이라는 인사를 해야 할까 말아야 할까. 교환 조건 때문에 온 것뿐인데 우호적인 태도를 보이는 것도 이상하고 그렇다고 무시해버리는 것도 좀 그렇고. 그런 식으로 머뭇거리고 있는데 그녀가 빙긋이 웃었다.

"내일도 올래?"

"……."

올 마음은 없었다. 그런데도 분명하게 그렇게 말하지 못한 깃은 야노가 나에게 판단을 떠맡겼기 때문이다.

나는 그 질문에는 대답하지 않고 밤하늘로 뛰쳐나가기로 했다.

단지 더 이상 얘기할 일이 없을지도 모르는 그녀에게 이 말만은 전해주자는 생각에 등을 돌린 채 최대한 자연스러운 목소리가 나오도록 세심하게 주의를 기울였다.

"체육 수업 끝나고 발로 차버린 거, 미안하다."

"낮의 일 을밤에 사과하 지마."

뭐야, 애써 사과했는데.

역시 밤은 혼자서 보낼 일이다.

목요일 · 낮

따돌림에는 이유가 있다고 생각한다. 분명한 이유가 있어서 따돌림이 시작된다. 행동이라든가 인품이라든가 그런 사소한 것 역시 분명한 이유다. 물론 항상 따돌림을 당하는 쪽에 이유가 있는 것은 아니다. 가해자 쪽, 혹은 전혀 관계없는 사람이 이유가 되는 일도 있을 것이다. 어떻든 이유는 반드시 있다. 하지만 이유에는 좋은 이유도 있고 나쁜 이유도 있어서 이유가 된 사람이 반드시 나쁘다고만은 할 수 없다.

그렇다면 우리 반에서 시작된 따돌림은 완전히 따돌림을 당한 그 아이 쪽에 이유가 있었고, 전적으로 그 아이가 잘못했다.

야노 사쓰키는 자진해서 그런 힘든 상황에 뛰어들었다.

내가 야노를 알게 된 것은 2학년이 되고 난 다음이었다. 둔하고 분위기 파악 못하고 목소리는 쓸데없이 크고 말투는 특이한 그녀는 원래부터 남학생이나 일부 여학생에게서 너무 짜증나는 애라고 뒷담화로 까이기도 했지만 그런 것은 따돌림으로 직결될 만한 이유는 아니어서 나름대로 무난한 하루하루를 보냈었다. 즉 우리 반 아이들은 나름대로 양식(良識)을 가진 인간들이라는 얘기다.

그 양식은 2학년 중간 무렵, 야노가 일으킨 한 가지 행동을 계기로 대의명분에 먹혀버렸다.

야노는 그때 이미 그 무신경한 태도 때문에 매일매일 가벼운 무시를 당하고 있었다. 그것이 야노와 클래스메이트 사이의 기본

적인 거리였다. 하지만 그녀에게는 단 한 사람 예외가 있었다.

야노는 그날 왜 그런지, 진짜 그 이유는 모르겠는데, 왜 그런지 그날, 클래스메이트 중에서 유일하게 평소에는 접근조차 하지 않던 미도리카와 후타바의 책상으로 다가갔다. 나는 두 사람의 관계를 잘 알지 못했다. 다만 그리 좋은 관계는 아닐 거라고 짐작은 했었다. 미도리카와가 누군가 말을 걸지 않는 한 자기 쪽에서 먼저 입을 열지 않는 것은 으레 그러려니 하는 일이었지만, 야노가 미도리카와에게 말을 걸지 않는 것은 명백히 그녀를 어려워하는 잠재의식인지 뭔지가 있을 거라고 생각했다.

분명 그건 틀린 생각이었고, 야노가 미도리카와에게 품고 있었던 것은 좀 더 강한 혐오감이었을 것이다. 어쩌면 아이들에게 자주 말을 건네는 자신보다 아무 말도 안 하는 주제에 아이들에게서 줄곧 호감을 받는 것에 대한 혐오였는지도 모른다.

아무튼 야노는 갑자기 창문 쪽의 미도리카와의 책상으로 가더니 그녀가 읽고 있던 책을 빼앗아 창문을 열고 아래층 화단으로 휙 던져버렸다. 비 오는 날이었다. 자리 순서까지 똑똑히 기억난다. 미도리카와의 뒷자리에 앉은 이구치는 아예 한참동안 바짝 얼어 있었다.

야노가 상대를 영 잘못 택했다는 것도 치명적이었다. 미도리카와라는, 평소에 감정을 그다지 겉으로 드러내지 않는 우리 반의 조용한 아이. 그런 그녀가 그 자리에서 울어버렸던 것이다. 야노를 나무란 것도 아니고 그냥 눈물만 흘렸다. 나중에, 밖으로 내

던져져 비에 젖은 그 책이 미도리카와가 특히 아끼던 책이라는 게 밝혀졌다.

하지만 그 책이 미도리카와에게 어떤 가치를 가진 책이었는지는 나중에야 알려진 일이다. 우리 반 아이들 모두가 야노를 악한 자로 판단하고 강력히 비난하여 마지않게 된 이유는 그런 것 때문이 아니었다.

웃고 있었기 때문이다. 사과도 없이, 미도리카와는 울고 있는데, 그 옆에서 빙긋이.

그날부터 미도리카와가 집에서 자기 책을 가져오는 대신 도서실에 드나들게 된 것도 아이들의 분노의 감정에 박차를 가했다.

나는 따돌림을 당하는 아이를 보면 항상 생각하는 게 있다. 서툰 것이다. 처신이. 야노는 그중 가장 두드러지는 예라고 해도 무방하다.

좀 더 요령껏 처신했다면 따돌림 당하는 일도 없었을 텐데.

그런 생각을 하면서 오늘도 나는 시야 한 귀퉁이에서 책상을 닦는 야노를 보았다. 어떤 일을 당했는지, 금세 알 수 있었다. 아무래도 분필기루를 잔뜩 뿌려둔 모양이다.

"어제는 괴수 안 나타났다는데?"

가사이가 신나게 떠드는 얘기에 복도를 걸어가면서 주의 깊게 맞장구를 쳐주었다. 마음속으로는 그야 당연히 그렇지, 라고 생각했다. 어제는 곧장 학교로 갔고, 그 뒤에는 혼자 바다에 갔다.

괴수 이야기에 관심을 가진 척하면서 나는 과학실로 가는 길에 가사이에게서 내게 필요한 정보를 캐냈다.

"누군가 사진 같은 거 찍은 사람은 없었어?"

"찍었대."

심장이 움찔 뛰는 것을 애써 감추면서 "오, 대단한데?"라고 맞장구를 쳤다.

"근데 찍히지 않은 모양이야. 그래서 나는 아직 못 믿어."

가능하면 그대로 제발 관심을 꺼주기를 마음속으로 빌었다. 그나저나 그렇구나, 괴물의 모습은 카메라에는 찍히지 않는 모양이구나. 〈폼포코 너구리 대작전〉*에 나오는 요괴들의 작전이 생각났다. 어쨌든 나한테는 유리한 일이다. 기록이 남지 않는다면 앞으로도 어디든 갈 수 있다.

과학실에 도착하자 호인(好人) 인상을 가진 과학 선생님이 벌써 칠판에 필기를 하고 있었다. 나는 먼저 들어간 가사이를 따라 인사는 생략하고 내 자리에 앉았다. 과학실에서는 우리 반 교실에서의 자리 순서는 적용되지 않는다. 균등하게 놓인 장방형의 책상에 각자 출석 번호순으로 여섯 명씩 앉는다. 나는 입구와 가장 가까운 자리여서 한 자리 뒤의 시끄러운 가사이와 그 일행이 앉은 자리의 방패 역할을 하게 된다.

나는 과학실 수업이 싫지는 않았다. 같은 책상에 앉은 다른 다

---

* 지브리 애니메이션으로, 신도시 개발로 산에서 쫓겨나게 된 너구리들이 인간들과 투쟁하는 내용이다. 극중 너구리들이 변신술을 배워 인간들을 놀라게 하는 '요괴 대작전'을 펼친다.

섯 명은 그다지 눈에 띄는 문제를 일으킬 만한 아이들도 아니고 비교적 마음에 드는 멤버가 많았다. 억지로 밀어붙이는 바람에 떠맡게 된 조장 역할만 그럭저럭 해내면 즐겁게 수업이 끝난다.

단지 나뿐만이 아니라 우리 반 차원의 일까지 감안한다면 출석 번호순으로 자리를 정하는 방식은 재고해보는 게 좋지 않을까 하는 생각이 든다.

가사이가 큰 소리로 말을 걸어서 거기에 대꾸를 해주고 있는데 그가 갑작스레 시선을 나한테서 입구 쪽으로 돌렸다. 천천히 돌아본 뒤에 충분히 납득했다. 그래서 다시 가사이와의 대화로 돌아왔다.

입구를 지나 느린 걸음으로 들어온 것은 미도리카와였다. 오늘도 수업에 필요한 것 외에 도서실 책 한 권을 들고 있었다. 그녀가 향한 곳은 창문 쪽, 맨 뒤에서 두 번째 조의 책상이다. 그곳에는 이미 모토다가 와서 책상 위에 엎드려 자고 있었다. 미도리카와는 모토다의 대각선상에 앉아 교과서와 노트, 그리고 책을 폈다. 그 등은 오늘도 꼿꼿이 서 있었다.

잠시 뒤 수업 벨소리가 울렸다. 과학 선생님이 칠판 필기를 멈추고 돌아보면서 웃는 얼굴로 "수업 시작하자"라고 말하는 것과 동시에 반장이 "차렷!"이라고 구령을 붙였다.

그래서 모두 자리에서 일어서는 그 순간을 노렸나 싶은 타이밍에 과학실 앞문이 덜컹, 그리고 턱턱턱 잘게 흔들렸다. 예상했던 일이고 소리에도 내심 대비했었기 때문에 나는 놀라지 않았다.

수업 벨이 울리기 전, 마지막으로 들어온 누군가가 굳이 그럴 필요도 없는데 잠금장치를 올려둔 것이다.

선생님이 아이쿠, 저런, 이라는 얼굴을 하면서 입구와 가까이에 앉아 있던 여학생에게 문을 열어주라고 지시했다. 그녀는 짜증난다는 표정을 짓더니 투덜거리면서 문을 열었다.

열린 문 너머에 야노가 눈을 껌뻑껌뻑하며 서 있었다가 아무 말 없이 종종걸음으로 자기 자리로 향했다. 야노의 머리 일부에 분필가루로 보이는 허연 것이 범벅이 되어 있었다. 본인은 그런 자기 머리 꼴을 알지 못하는 것 같았다.

과학실이 선생님을 제외한 모두의 마음속에 가득 찬 썰렁함을 느끼고 있는 것 같았다. 째깍째깍 하는 소리가 울리고, 야노가 정해진 위치에 앉기까지 모두 앞을 보며 조용히 기다렸다.

이윽고 다시 한 번 "시작하자"라는 지시와 함께 교실에 울려 퍼진 인사로 썰렁해진 분위기가 중화된 듯한 느낌이 들었다. 나는 야노 쪽을 쳐다보지는 않았지만 어차피 또 항상 하던 대로 빙긋이 웃고 있을 것이다. 뒤쪽의 미도리카와와 같은 책상의 자리에서.

야노는 가해자니까 그 나름의 괴로움이 있다고 해도 그건 어쩔 수 없다. 자업자득이다.

하지만 미도리카와는 어떨까. 그녀는 감정을 겉으로 드러내지 않는다. 그래서 말을 하지 않을 뿐, 사실은 그 자리 순서가 끔찍하게 싫지 않을까. 그것을 우리 반 아이들 모두가 염려하면서 야노에 대한 적의는 한층 증폭되었다.

야노가 수업에 늦은 이유는 20분의 쉬는 시간에 어디선가 잠을 잤기 때문이다. 쉬는 시간이면 그녀는 어딘가 비교적 조용한 장소에서 잠을 잔다. 나 혼자만 그녀가 수면 부족인 이유를 알고 있지만, 알고 있다고 해도 옹호해줄 만한 말이라고는 나에게는 없었다. 그거야말로 자업자득이다.

　뭐, 이제 됐다, 야노에 대한 것은. 그렇게 생각한 것도 잠시, 내가 조장으로서 프린트를 인원수만큼 교탁에서 가져왔고, 마찬가지로 다른 모든 팀장들이 프린트를 가져간 참에 야노가 다다다닷 하고 교실 앞쪽으로 뛰어나왔다. 프린트를 못 받았나 했더니만, 교과서를 깜빡하고 안 가져왔다고 했다. 교실에 가서 가져와도 되느냐는 물음에 과학 선생님은 어이없다는 얼굴로, 핀트가 안 맞는 지시를 내려버렸다.

　"시간 없으니까 오늘은 옆 사람한테 보여달라고 해."

　야노는 말 없이 빙긋이 웃고 교실 뒤편으로 돌아갔다. 그녀가 자리에 앉기를 기다릴 것도 없이 수업은 시작되었다. 나는 칠판 쪽을 보았다. 뒤를 돌아보거나 하지 않았다. 돌아보지 않아도 어떤 일이 벌어지는지, 그런 것쯤은 눈에 뻔히 보인다. 안 봐도 된다.

　과학실에서의 수업이 교실에서의 수업보다 좋은 점은 야노의 모습이 수업 중에 시야에 들어오지 않는다는 것, 이라고 생각했다. 뒤쪽에서 귀에 들어오는 소리까지는 막을 수 없지만, 그건 어쩔 수 없다.

　그 소리조차 마음에 걸려 흘끗흘끗 뒤를 돌아보는 옆자리 여학생에게 나는 딱 한 마디 "그러지 마"라고 주의를 촉구했다. 내 목소리에 이구치는 비로소 자신도 시선을 받고 있다는 것을 깨달았을 것이다. 급하게 책상 위의 프린트로 시선을 떨구었다. 나는 이구치가 스스로 나서서 다치게 되는 어리석은 짓을 중단한 것에 안도했다.

우리 반에서의 야노의 입장은 그녀 자신과 우리 반 아이들이 함께 만들어낸 것이기는 하지만, 당연히 개중에는 적극적으로 야노에 대한 악의를 표하지 않는 자들도 있다.

그 선두에 선 자가 이구치였다. 야노와 나란히 서면 마치 초등학생 친구 사이 같은 이구치는 야노 이외의 누구에게나 다정한 웃음을 흩뿌리는 착한 아이다.

이구치는 그걸 숨기기로 마음먹은 모양이고 그건 지극히 올바른 판단이지만, 나는 알고 있었다. 그녀는 야노가 괴롭힘을 당하는 모습을 항상 마음에 걸려하고, 너무 지나친 게 아닌가 하고 전전긍긍하고 있었다.

하지만 그녀는 야노가 아니라 우리 반 전체의 편에 서 있었다. 자신의 입장을 어느 한쪽으로 딱 정해버리면 이구치도 조금쯤 편해질 텐데, 라고 야노를 무시해야 할 때마다 잔뜩 긴장한 얼굴이 되는 그녀를 보며 항상 생각했다. 동시에 나 자신을 참 오지랖도 넓다, 라고 생각하기도 했다.

과학 수업은 딱히 별다른 사건도 없이 평범하게 진행되었다. 내 눈에 띄지 않는 곳에서 무슨 일이 일어나건 그런 건 알 필요 없다. 나는 우리 조의 아이들과 함께 착실히 유전에 대해 공부했을 뿐이다.

원래 학교생활에서는 사건 따위가 그리 자주 일어나는 게 아니다. 장기 파손이라느니 상해라느니, 그런 건 지나치게 극단적인 경우이고, 우리 반에서 일어나는 괴롭힘이라고 해봤자 야노의 소지품을 더럽히거나 물에 빠뜨리는 정도다. 그녀는 자주 다치기는 했지만 그건 우리가 예기치 못한 그녀의 굼뜬 동작에 의한 것이어서 어디까지나 사고일 뿐이었다. 눈에 보이는 폭력은 휘둘러진 적이 없었다. 그 정도의 교활함은 아이들 모두가 갖고 있었다.

그래서 과학 수업 뒤에 일어난 일 역시 사건도 뭣도 아니었다. 정말로 사건도 뭣도 아니고 그저 서툴렀던 것뿐이다.

교실로 돌아가는 길, 복도의 몇 미터 앞을 야노가 걸어가고 있었다.

나와 그녀 사이에 몇 명쯤이 마찬가지로 가고 있었다. 이 거리감은 우연이 아니다. 지금 혹시 야노가 갑자기 웅크리고 앉더라도 내가 발로 걷어차는 일이 없도록 하려고 조금 걸음을 늦췄다. 그 계산은 꽤 성공적이어서 나는 그 거리에 마음을 놓고 있었다.

그래서 방심하고 말았다.

내가 남학생들과 어제의 버라이어티 방송 이야기를 하고 있을 때였다. 야노가 손 안에서 공깃돌처럼 굴리던 뭔가를 툭 뒤로 떨어뜨렸다. 파란색 검정색 흰색의 삼색을 한 그것은 분명 지우개였다.

나는 똑똑히 그것을 시야 한가운데서 포착하고, 작기는 했지만 엇 하는 소리를 내버렸다. 그게 좋지 않았다. 내 목소리가 주위 친구들 모두의 시선을 그쪽으로 이끌었다.

야노는 오늘은 웅크리고 앉지 않았다. 웅크리고 앉을 필요가 없었기 때문이다.

분명 깜빡 저도 모르게 한 행동이었을 것이다.

이구치였다.

우리 반 여학생들이 몇 명 무리지어 걸어가는 가운데, 야노 바로 뒤에 있던 이구치가 깜빡 반사적으로, 라는 느낌으로 야노가 떨어뜨린 지우개를 줍고 만 것이다.

안 돼, 라고 생각했지만 그런 내 경고가 전해지지는 않았다.

이구치도 줍고 나서야 퍼뜩 깨닫고 스스로에게 흠칫 놀랐을 것이다. 뒤돌아본 야노를 마주 보면서 몇 초 동안 딱 얼어붙어 있었다.

'무시'라는 건 버릇이나 습관 같은 것이다. 처음에는 의식적으로 무시하다가 그게 익숙해지면 대상이 아예 없는 것처럼 행동하는 게 자연스러워지고 마침내 몸이 저절로 무시를 실행해주게 된다.

하지만 이구치는 야노를 무시하는 버릇이 아직도 몸에 배지 않았던 것이다.

그 대신 이구치는 분명 평소부터 누군가 물건을 떨어뜨렸을 때는 주워주는 게 버릇처럼 몸에 배어 있었다. 누군가 떨어뜨린 것을 망설임 없이 주워주는 정도의 선량함이 항상 마음속에 자리 잡고 있었다.

그래서 깜빡 눈앞에 떨어진 지우개를 저도 모르게 주워버린 것이다.

이구치는 야노와 빤히 마주보며 얼어붙은 그대로 서 있었다. 우리도 저절로 걸음이 멈춰졌다.

야노는 멍청이 같이 오른쪽 손바닥을 이구치에게 쓱 내밀더니 매우 발랄한 목소리로 "고,마워!"라고 말했다.

그리고 이구치의 손에서 마음대로 지우개를 가져가고는 빙글 몸을 돌려 깡충깡충 뛰며 걸어갔다.

이구치가 어떤 표정이었는지는 알지 못한다.

단지 다음 순간 그녀가 중얼거린 가느다란 "아니야"라는 말이 누구에게 던져진 것인지는 금세 알았다.

이구치와 야노의 등짝 너머로 우리 반 여학생들 모두가 두 사람을 지켜보았다. 마치 또 한 마리의 바퀴벌레를 발견했다는 듯한 눈빛으로.

복도에 한순간의 정적이 쏟아졌다. 이구치가 뭔가 변명을 할 수 있도록 그 한순간은 생겨났는지도 모른다. 하지만 이구치는 아무 말도 하지 않았다. 할 수 없었을 것이다.

그리고 마법은 풀리고 시간이 움직이기 시작했다. 앞쪽의 여학생들이 뭔가 이야기하면서 교실을 향해 걸음을 뗐고, 우리도 이어서 걸어갔다. 야노는 질리지도 않는지 다시 지우개로 공기를 하면서 마이페이스로 걸어갔고, 이구치는 그 자리에 멈춰서 아이들에 뒤처진 채 홀로 남겨졌다.

괜찮을까.

이구치에 대한 나의 그런 염려는 유감스럽게도 기우가 아니었다.

그날 방과 후였다. 항상 하던 대로 누구와도 대화하는 일 없이 "안녕~"이라는 목소리를 끌고 야노가 교실을 나간 뒤였다.

이구치가 여학생들에게 추궁을 당하고 있었다.

교실 한쪽 구석에서 일어난 일이라 무슨 말을 하는지는 들리지 않았다. 다만 이구치가 울먹울먹하면서 계속 뭔가를 부정하고 있었다.

서툰 것이다. 집에 갈 준비를 하면서 나는 그렇게 생각했다.

이구치도 서툰 것이다.

여학생들 사이의 대화에 끼어드는 현명하지 못한 짓은 결코 하지 않는 나는 가사이와 다른 친구들과 함께 교실을 나가기로 했다.

복도로 나와 교실 하나를 지난 참에 가사이가 고개를 갸우뚱했다.

"이구치가 뭔가 잘못했냐?"

아, 그렇지, 그때 그 자리에 가사이는 없었다.

"야노가 떨어뜨린 것을 주워준 게 우연히 이구치였어."

내가 할 수 있는 한 이구치에게 전혀 잘못이 없다는 뉘앙스로 전해주었더니 가사이 이외의 친구 놈들이 "어떻게 걔 것을 만지냐"라고 웃으면서 말했다.

가사이는 입을 시옷 자로 구부리고 있었다.

"그런 일이 있었어?"

가사이는 이구치의 행동이 아니라 야노라는 이름에 불쾌감을 표했을 테지만, 신발장 앞에 도착하자 갑자기 돌변해서 "아참, 그러고 보니"라고 뭔가 재미난 것이 생각난 듯 다른 얘기를 꺼냈다.

"야구부 부실에 잠깐 들렀다 가자."

"야구부? 왜?"

정직한 나의 질문에 가사이는 "어라, 앗치 너한테 그 얘기 들은 거 아니었나?"라고 혼자 멋쩍게 웃었다.

"내가 잠깐 착각했네. 아무튼 야구부 부실 창문을 누군가 깨뜨렸단다. 어젯밤에."

"어젯밤에?"

"응, 아마 장난으로 돌멩이를 던진 녀석이 있었던 모양이야."

밤, 장난, 야구부 창문.

엇, 설마.

"뭐냐, 그 얼굴? 혹시 앗치 네가 범인?"

느물거리는 가사이의 말에 흠칫해서 곧바로 얼굴을 의식적으로 약간 부루퉁한 것으로 바꿨다.

"내가 하겠냐, 그런 짓을? 어떤 바보 같은 놈이 그랬나 했지."

그렇다, 불길한 예감을 온몸으로 맛보았을 뿐이다.

그 바보 같은 범인을 내가 알고 있는 게 아닌가 하고.

어젯밤 내가 교실에 갔을 때, 야노는 자리에 없었다.

그때 정말로 가엾은 개구리를 매장한 것뿐이었을까. 설마 개구리의 영혼을 달래주겠다고 복수에 나섰던 것은 아니겠지.

조마조마한 마음으로, 사실은 딱히 조마조마할 필요도 없는 일이지만, 나는 애들과 현관에서 실내화를 운동화로 갈아 신고 야구부 부실에 가보기로 했다.

다양한 운동부가 동아리 활동에 사용하는 넓은 운동장 가의 야구부 부실은 축구부, 럭비부와 나란히 자리하고 있어서 멀리서 보면 거대한 하나의 구역처럼 보인다. 가까이 가자 평소에는 볼 수 없었던 박스 골판지로 창문이 가려져 있었다. 마침 그때 밖으로 나온 다른 반 야구부 남학생이 가사이의 친구였는지, 말을 걸자 아침에 지도교사가 붙이고 갔다고 알려주었다.

뭔가를 기대했던 것은 아니지만, 김이 빠진 우리는 그만 집에 가기로 했다. 도중에 마주친 클래스메이트들에게 인사를 하고, "수고했어" "내일 보자" "응" 등등의 대답을 들으며 현관 쪽으로 돌아왔을 때, 눈높이를 한껏 낮추고 나오는 작은 여학생에게 시선이 멈췄다.

의기소침. 그런 단어가 딱 맞는 그 아이에게 어떤 말을 걸어줘야 할까, 가까이에 있던 여학생들의 시선에 신경을 쓰며 궁리하고 있는 동안에 가사이가 손을 흔들었다.

"이구치, 잘 가라."

가사이의 발랄한 목소리에 얼굴을 든 이구치는 힘없이 웃으면서 "응, 수고했어"라고, 아무리 봐도 자기 쪽이 더 지쳤을 텐데도, 대답해주었다.

작고 연약한 이구치의 쓴웃음은 비통하게 보였다.

그래도 역시나 가사이다.

그가 "낼 보자"라고 아무것도 모르는 척하며 손을 흔들자 이구치는 아까보다 조금쯤 더 환하게 웃음이 짙어진 얼굴을 보여주었다.

이구치와 헤어지고, 나는 이번에는 가사이가 걱정이 되었다.

"방금 그거, 괜히 시끄러워지면 안 좋은데."

그러자 가사이는 "아니, 이구치가 걔를 편들어준 것도 아니잖아"라면서 웃고 있었다.

나도 가사이처럼 할 수 있다면, 이라고 생각했다. 생각만 했을 뿐, 결국 나는 아무것도 하지 못했다.

목요일 · 밤

나 혼자만의 판단이라는 건 잘 알지만, 나는 야노에게 신경이 바짝 곤두서 있었다. 그때 그녀가 이상한 공기놀이만 하지 않았더라면 이구치가 비난받을 일도 없었을 텐데, 라고.

그래도 내가 학교로 향한 것은 딱히 야노를 비난하고 싶었기 때문만은 아니었다. 또 한 가지가 마음에 걸렸다. 야구부 일. 혹시 만에 하나 그녀가 창문을 깬 범인이라면 그게 더 중대하다. 그건 두말할 것 없는 범죄다.

학교에 도착해 뒷문 틈새를 지나 교실로 들어가자 야노는 칠판 옆에 놓인 쓰레기통을 뒤지고 있었다. 여학생이 쓰레기를 뒤지고 있을 경우에 어떻게 말을 걸어야 하는지 알지 못했던 나는 그녀가 나를 알아볼 때까지 기다렸다.

잠시 뒤에 얇은 뭔가를 손에 든 야노는 교실 뒤편의 괴물을 드디어 알아보고 "으힉"이라는 얼빠진 소리를 냈다.

"안녕?"

"……뭐야, 왔 었어?"

내 인사에 야노는 손에 든 노트인 듯한 것을 대충 팔랑 흔들며 그렇게 답했다.

최소한 다른 때처럼 빙긋이 웃어줬다면 그나마 온 보람도 있었을 텐데, 안 와도 괜찮았다는 식으로 들리는 그 말투에 나는 힘이 쭉 빠졌다. 아니, 딱히 웃는 얼굴을 기대한 건 아니다.

"앗치는 파이어 파?메라 파?"

됐다, 됐어. 얼른 집에 돌아가자. 그렇게 생각하며 몸을 돌리려고 했는데 그녀가 다시 이상한 질문을 던졌다. 파이어라니, 메라라니, 드래곤퀘스트* 게임 얘기인가?

"화염계 마법 얘기야? ……나는, 인센디오파."

"뭐야그 게?"

"해리 포터."

"와아, 그러면 그거할 수있어?"

"뭘?"

"불을확 뿜을수 있냐고."

"못 뿜어."

나의 부정에 야노는 섭섭하다는 얼굴을 했다. 뭐야, 그 표정은.

나야말로 섭섭하다. 그렇게 생각했지만 찬찬히 야노의 표정의 의미를 더듬어보니 퍼뜩 생각나는 게 있었다. 가사이가 말했던 그 소문 얘기다. 괴수가 나온다는 얘기. 야노도 그 얘기를 듣고 그게 나라는 것을 알았고, 그렇다면 불도 뿜을 수 있을 거라고 생각했는지도 모른다.

"불 같은 걸 뭐에 쓰려고?"

"이거태 우려고. 일단옥 상으로 가자."

야노는 여전히 내 대답 따위는 기다리지 않고 교실을 나갔다.

---

* 1986년도부터 발매된 스퀘어 에닉스의 RPG 게임 시리즈. 일본의 국민 게임이라고 불릴 정도로 선풍적인 인기를 끌었다.

어쩔 수 없이 나도 지난번처럼 잠금장치를 채우고 밖으로 나왔다. 일일이 문단속이라니 착실하기도 하다, 라고 나 자신에게 감탄했다.

복도로 나와 보니 먼저 나간 클래스메이트는 나를 기다릴 것도 없이 자기 멋대로 이미 계단 쪽으로 향하고 있었다. 그 뒤를 따라가는 나 자신에게, 착실한 게 아니라 그냥 바보 호인인 거라고 혼자 어이없어했다.

혹시나 해서 그림자를 준비해 정찰을 보내기는 했지만, 딱히 별다른 문제없이 우리는 옥상에 도착했다.

옥상 열쇠를 자연스럽게 열고 밖으로 나가자 상쾌한 바람이 온몸을 때렸다. 그저께도 왔었지만 한밤중의 옥상이라는 건 하늘이 우리를 꿀꺽 삼켜줄 듯한 느낌이 들어서 아주 상쾌하다.

"담배는 별로안 좋지, 그 치?"

가장자리에 굴러다니는 담배꽁초를 가리키며 야노가 말했다.

"뭐, 들키지만 않으면."

"그래도 몸에안 좋잖아."

분명 맞는 말이지만, 마치 양식 있는 어른 같은 말을 하는 야노가 의외였다. 아닌 게 아니라 담배를 피우는 놈들은 솔선해서 너를 괴롭히는 그런 놈들이라는 둥의, 말할 필요 없는 얘기는 그냥 말하지 않고 덮어두었다.

"자아그 럼불을 뽑어봐."

"아니 글쎄, 못 뽑는다니까."

"시도해 봤어?"

그렇게 묻는다면, 시도하기는커녕 생각해본 적조차 없다.

"한번해 봐. 아, 나도시 도해본 적없으 니까한 번해봐 야지. 야압."

노트 두 권을 바닥에 내려놓고 그곳에 양손을 드리우며 끄으응 힘을 주는 야노. 팔을 바르르 떨면서 "얍, 얍"을 되풀이하다가 중간쯤부터는 왜 그런지 숨을 멈추고 있었다. 진짜 바보 같다고 생각하면서 잠시 지켜봤더니, 이윽고 자신의 무력함을 깨달았는지 "모, 못하겠 어"라고 신음하며 그 자리에 주저앉았다. 진짜로 불을 뿜으려고 했는지 어깻숨을 몰아쉬고 있었다.

"좋아, 다 음은앗 치차례 야."

"엉?"

기대의 눈빛을 외면하고 바닥에 놓인 노트를 보았다. 두 권 모두 유성 매직으로 낙서가 되어 있었다.

자세히 보니 그 낙서는 바보라느니 멍청이라느니 하는 정도의 귀여운 욕설이 아니었다. 꼭 야노가 아니더라도 정말로 그 말에 들어맞는 사람이 본다면 깊은 상처를 입을 만한 강한 악의가 짙게 박혀 있었다.

"불을 뿜는다고 치고, 이 노트 태워도 되는 거야?"

"응, 괜찮 아. 두권다 끝까지 다써서 그냥내 내넣어 뒀던거."

그렇다고 해도 언젠가는 다시 봐야 하는 노트 아닌가.

"일단내 버렸었 는데역 시태워 버리는 게좋겠 어."

그렇구나, 노트가 쓰레기통에 있었던 것은 누군가에게 당한 게 아니라 자기 손으로 버렸던 것인가.

낙서 테러는 언제 당했을까. 설마 이미 다 쓴 노트를 골라 낙서 해준 것이 최소한의 선의에서 나온 선택은 아닐 것이고.

부질없는 생각을 하고 있는데 "얼른빨 리"라는 재촉이 날아왔다. 야노는 내 능력을 믿어 의심치 않는지 노트와 슬슬 거리를 두기 시작했다. 본의는 아니겠지만 이런 취급을 당하는 노트가 불쌍한 마음이 들어서 화장(火葬)이나마 해줄 수 있다면, 하고 일단 도전해보기로 했다.

그림자를 만들어냈으니 불도 만들 수 있을지 모른다, 라고 기대하지 않았다면 거짓말이 될 것이다.

어제와 마찬가지로 집중해서 상상을 해봤다.

화염을 뿜으려면 온몸이 푸르르 떨릴 만큼 힘을 넣어야 한다. 그렇게 괴물 내부의 검은 알갱이들이 엔진처럼 위이잉 돌면서 열을 높여간다. 이윽고 알갱이들은 발화하고 그것들이 모여 큰 물길이 되어 입으로 단숨에 뿜어져 나온다.

갑자기 눈앞이 강한 빛으로 뒤덮였다.

"꺄아악, 뜨,뜨거 워!"

입에서 튀어나온 불길은 내가 상상한 만큼 큼직하게 뿜어져서 하마터면 야노의 교복에 닿을 뻔했다. 당황해서 다급하게 불길을 삼키는 이미지를 떠올리며 쑤욱 빨아들였다. 그러자 불길은 아슬아슬하게 야노에게 해를 입히는 일 없이 내 몸속으로 되돌아왔다.

옥상에 다시 달빛에 대항하는 어둠이 되살아나고, 그 중심에서 노트 두 권이 새카맣게 타 있었다.

우리는 서로를 마주보았다.

"우와아 앗, 대단 하다."

옥상 가장자리에서 이쪽을 지그시 응시하는 야노를 나도 여덟 개의 눈으로 멍하니 마주보았다.

"이거, 실화냐……."

설마 이런 것까지 해내다니, 물론 기대감은 약간 있었지만 믿지는 않았었다.

괴수다.

화염을 뿜어냈다는 것은 자칫하면 진짜 괴수처럼 도시를 멸망시킬 수도 있다는 것이다.

몸속에 불길이 아직도 머물러 있는 느낌이 들었다. 마음도 한껏 고조되었다.

"굉장하 다, 앗치, 어떻게 한거야?"

어떻게 한 걸까.

"아마 이런 느낌일 것이라고 상상을 했더니 됐어."

멈칫멈칫 다가오는 야노의 눈을 보면서 있는 그대로 설명을 시도했다.

그녀는 괴물에게 시선을 고정한 채 눈이 휘둥그레졌다.

"상상력 으로뭐 든되는 구나."

"상상력……."

세상에 그런 게 있을까. 마치 마법사 같은 능력이?

불에 탄 노트를 야노가 꾹꾹 밟자 검은 가루가 날아올랐다. 아무래도 완전히 재가 된 모양이다.

야노는 마음껏 재를 흩뿌린 뒤, 한 걸음 물러서서 다시 나를 지그시 쳐다보았다.

화염을 내뿜는 괴물이라는 것을 알고 새삼 겁이 났나 했지만, 아마 그건 아닌 것 같다.

야노의 그 눈빛은 조금 전까지와는 명백히 달라져 있었다. 그 눈빛은 강한 선망(羨望)으로 보였다.

괴물을 동경하다니, 야노는 역시 이상한 애다.

그녀가 말한 것처럼 뭐든 다 가능하다는 건 분명 있을 수 없기 때문이다.

하지만 만일 뭐든 가능하다고 한다면…….

생각하다 보니 약간 두려워졌다.

뭐가 두려우냐고?

"앗치, 너……."

혹시나 뭐든 가능하다면 나 좀 도와줘, 라고 부탁하는 건 아닐까 하고 두려웠다.

"아참, 야노, 야구부 얘기 들었어?"

그래서 그녀의 말을 가로막고, 원래 학교에 온 목적에 집중하기로 했다.

"응? 무슨 일?"

"야구부 창문을 누가 깨뜨렸다는데?"

"아, 누군 가그애 기했었 어."

"그래, 근데 그거……."

거기까지 말한 참에 야노가 깔깔깔 웃었다. 발을 탕탕 굴러 재를 흐트러뜨리면서. 왜 저래, 머리가 이상해졌나 하고 생각하는데, 그녀가 손끝으로 나를 가리켰다.

"내가범 인이라 고생각 하는거 지?"

정확히 맞힌 것이었지만 정확히 맞힌 것이었기 때문에 가슴이 뜨끔했다.

"아니, 뭐, 응, 그럴지도 모른다는 생각이……."

"안해, 그 런짓."

야노는 오늘 처음으로 평소의 빙긋이 웃는 웃음을 내보였다.

"나를위 해서복 수같은 거하면 상대하 고똑같 아지잖 아."

상대와 똑같아진다고?

즉 모토다와 똑같아진다는 말이다. 똑같아진다, 라는 것은 말하자면 야노는 그걸 안 좋은 일이리고 생각하고 있다는 얘기나.

"너 자신을 위해서는 아니라도 개구리를 위해서는?"

"안해. 그개구 리가어 떻게생 각했었 는지나 는모르 는데? 난그런 어리석 은애같 은짓, 안해."

나는 말문이 턱 막혔다. 거기에는 다양한 이유가 있었지만, 특히 야노가 자신의 행동에 대해 분명한 견해를 갖고 있다는 게 놀라왔기 때문이다. 그렇다면 왜 평소에 좀 더 깊이 생각하고 행동하지 않는 거냐는 의문도 들었고, 동시에 노트 표지에 적혀 있던 험한 비방과 욕설은 완전히 빗나간 소리라고 아주 조금 생각했다.

물론 야노를 긍정해줄 마음은 털끝만큼도 없지만.

"에이,아 직도의 심하는 것같은 데?"

"아니, 뭐, 그런 건 아니고……."

"그럼우 리가."

야노는 빙긋이 웃는 웃음이 아니라 뭔가 꿍꿍이가 있는 것처럼 씨익 웃었다.

"진범을 잡자."

"……뭐?"

진범? 그런 단어는 탐정만화 빼고는 처음 들었다.

"앗치는 코나과 김전일 중에서 누구파?"

"네우로*파. 아, 근데 이제 너 의심하지 않아. 그것 때문에 진범 찾으려는 거라면 그럴 필요 없어."

"난야코 가좋더 라."

"아, 그래?"

얘, 점프 같은 만화잡지도 읽는구나. 나하고 이런 이상한 야노가 공통점이 있다는 것에 일일이 놀랐다.

---

* 일본의 주간 만화잡지 〈점프〉에 연재된 추리 만화 〈마인 탐정 네우로〉를 말한다. 마인 네우로가 인간 조수 야코와 함께 사건을 해결하는 내용이다.

"진범왜 안잡는 데?"

"어차피 어떤 바보가 지나가다가 돌로 장난을 쳤는데 그게 창문에 맞은 모양이지."

"그렇구 나, 깨진 게길가 쪽창문 이었어?"

그 말에 내가 아무 생각 없이 말해버렸다는 것을 깨달았다. 그렇다, 깨진 창문은 길가 쪽이 아니라 운동장 쪽이다. 직접 가보기까지 했으면서 야노보다 더 생각 없는 말을 주절거린 게 창피했다.

"우선현 장을보 러가자."

완전히 의욕이 넘치는 야노를 향해 별 의미는 없다고 생각하면서도 한숨 소리를 들려주었더니 "심호흡 을하는 건중요 해"라는 답이 돌아왔다. 그래, 됐다, 됐어.

"운동장에 나가면 들킬 텐데?"

"밤의쉬 는시간 이니까 괜찮아. 밖에서 는담장 때문에 안보이니까그 밑으로 가자. 앗치는 어둠속 에섞여 들수있 지?"

"……응? 나도 가자고?"

"아그러 고보니 내일은 비가온 데."

여전히 남의 말은 안 듣는 아이다.

무시를 당했으니 나도 야노를 무시해주면 됐을 터였다. 그런데도 그걸 못하니 바보 호인인 거라고 누군가에게 꾸지람을 듣고 있는 느낌이었다.

내일은 비, 그렇다면 역시 야노도 이곳에 못 오겠다고 생각하면서, 그림자를 준비해 옥상에서 아래층으로 내려가기로 했다. 오늘이 마지막이다. 이 정도 서비스는 해줘도 상관없다.

가는 길에 야노의 실내화 발소리가 귀에 거슬려 주의를 줬더니 그녀는 슬며시 웃으면서 실내화를 벗어 양손에 끼고 그걸 아예 탁탁탁 치기 시작해서 다시 한 번 주의를 줬다. 초등학생이냐.

어디로 나가면 안전할까, 생각해보다가 새삼스럽게 의문이 생겨났다.

"너, 평소에 여기 어떻게 들어와?"

"교문지 나서현 관으로."

"아니, 등교할 때 말고."

그렇게 덧붙였는데도 야노는 못 들었다는 듯이 내 앞을 척척 걸어갔다. 나는 계단을 내려가기 전에 재빨리 그림자에게 아래층에 아무도 없는지 정찰하게 했다. 다행히 1층까지 경비 아저씨를 맞닥뜨리지 않고 내려올 수 있었다. 여기서부터는 어떻게 할까. 경비실은 이쪽과 연결 통로로 이어진 또 하나의 건물 쪽에 있다. 그쪽의 교직원용 현관 옆에서 방문객 접수도 겸하고 있는 것이다. 따라서 이쪽 학생용 현관을 통해 드나들면 운동장이나 화단처럼 눈에 띨 만한 곳이 내다보이지 않아서 괜찮을지도 모른다.

그런 생각을 하는 사이에 현관 신발장 앞에 도착했다. 그렇지, 맨발인 나와는 달리 야노는 실내화를 운동화로 갈아 신어야 한다는 것이 그제야 생각났다.

조심성 없이 신발장을 쾅당 여닫는 소리에 조마조마한 심정으로 기다리고 있었더니 그녀는 그 자리에서 신발을 신고 곧바로 닫힌 현관문을 밀었다. 경비 아저씨가 현관문도 잠그지 않은 건가? 그런 나의 의문은 야노에게도, 그리고 현관문에게도 깨끗이 무시당했다.

당연한 듯이 열렸다는 뜻이다.

왜?

"자, 가자."

"왜 문이 열려 있지?"

"왔을때 도열려 있었어."

"세상에 이런 일이!"

쑛코미*도 무시해버리는 바보는 타박타박 운동장 쪽으로 걸어 갔다. 아무리 경비실과는 한참 떨어진 곳이라도 순찰 중일 경우 에는 들킬 가능성이 있다고 지적했더니, "거참잔 소리도 많네"라 고 대꾸하며 몸을 숙여 건물 벽을 타고 나아갔다. 이 아이의 입을 검은 알갱이로 틀어막을 수는 없을까, 라고 생각할 뻔하다가 그 직전에 멈췄다. 만에 하나 짇시이라도 히먼 진짜 근일이고, 괴물 모습으로 인간에게 직접 손을 대본 경험은 아직 없어서 무슨 일 이 일어날지 알 수 없다. 이 검은 알갱이가 나를 집어삼킨 것처럼 그녀를 집어삼켰을 경우의 대처 방법 따위, 당연히 아직 알지 못

---

* 만담 콤비 중 엉뚱한 말을 하는 상대에게 상식적인 이의를 제기해 한층 더 재미를 두드러지게 하 는 역할. 또는 그 말.

한다.

　건물 벽으로 몸을 은폐해가며 체육관 뒤편을 지나 부실 바로 앞까지 가서 벽돌담을 따라 이어진 나무들 사이로 깨진 유리창을 확인했다. 역시나 깨진 유리가 원래대로 돌아왔을 리는 없어서 아직도 박스 골판지가 붙어 있었다.

　"좀 멀어 서 잘 안 보여."

　"가까이 가도 다 치워버려서 아무것도 없어. 그만 돌아가자."

　"범인이 란 반드 시 현장 에 다시 돌아오 는 법이 야."

　"온다고 해도 지금은 아닐걸?"

　"해리포 터 좋아 해?"

　야노는 그러고도 대화의 흐름을 잘못 짚은 게 아니라는 자신만만한 얼굴로 벽돌담에 등을 기댔다.

　나는 머리를 쥐어뜯고 싶은 것을 꾹 참고, 뭔가를 체념한 채 그 자리에 앉았다.

　"인기가 있다고 아버지가 사다줘서 우리 집에도 있어."

　"우와, 극장파 가 아니 고 DV D파구 나?"

　"……책파야."

　가만 생각해보면 남이 안다고 해서 창피할 만한 개인정보도 아닌데 나는 잠깐 대답을 망설였다.

　왜냐하면 어떤 책을 읽느냐는 화제 따위, 우리 반 누구도 내게 물어보는 장면을 상정해본 적이 없어서 제대로 된 대답도 준비하지 못했던 것이다.

야노는 놀랍다는 듯이 "와, 아!"라고 지나치게 큰 소리를 냈다.

"조용히 해!"

"그두꺼 운책을 읽었다 고? 와아, 대 단하다. 책좋아 하는구 나."

"그렇게 많이 읽는 건 아니고."

하지만 해리 포터는 읽기도 쉽고 재미있어서 다 읽었다. 하지만 책을 읽었다, 라는 내 취미 얘기를 열나게 늘어놔봤자 상대가 난감해할 뿐이라는 것을 잘 알기 때문에 나는 그 얘기는 덧붙이지 않았다.

"책은읽 고싶은 마음이 잘안들 던데."

눈앞에 있는 이 아이는 책은 읽지 않을 것 같다고 마침 생각하고 있는데 야노 쪽에서 먼저 자백했다. 아니, 자백이라는 단어는 그녀의 탐정놀이에 놀아나는 것 같아서 싫다. 정정한다. 그녀 쪽에서 얘기해줬다.

"볼거라 면영화 로도좋 잖아? 책은글 씨만눈 으로쫓 다보면 피곤해. 그만큼 시간도 필요하 고, 날마 다책을 읽는사 람도있 지만, 난 만화쪽 이더쉽 고재밌 어."

"……소설도 재밌는 건 꽤 재미있어."

그녀의 의견에 나도 모르게 반론 같은 것을 밝히고 나서야 아차, 했다. 하지만 야노는 "그런가?"라고 고개를 옆으로 흔들 뿐이었다.

내 입으로 말해버린 것에 내심 동요했다. 이 자리에 있는 게 그녀 뿐이라서 다행이라고 처음으로 생각했다. 밤이고 괴물인 것에 홀렸던 것이다. 낮에는 남의 말에 내 의견을 들이대는 일 없이 대화할 수 있는데, 깜빡 나도 모르게 내 취미를 강하게 주장해버렸다.

"계속 책 만 읽으 면 바보 가 되는 것 같아."

노래라도 하듯이 야노는 그런 말을 허공에 던졌다.

어쩌면 그 말은 단 한 명의 클래스메이트를 지목한 것이 아닌가, 하고 나는 생각했다.

사실 생각해보면 야노가 밤의 쉬는 시간이라는 명목으로 학교에 몰래 잠입하는 것도 날마다 책만 읽는 그 아이와 깊은 관계가 있는 것이다.

미도리카와 후타바. 야노가 그 뒤로 그녀에 대해 어떤 생각을 갖고 있는지, 궁금하지 않은 것은 아니지만 해결할 의지도 없는 문제에 머리를 들이밀 마음은 없어서 결국 물어보지 않았다.

야노의 핸드폰에서 수업 벨소리 알람이 울릴 때까지 둘이서 그 자리를 지켰다, 하지만 진범인지 뭔지가 나타나는 일은 없었다. 그리고 자칫 들킬 수 있으니 핸드폰 알람은 끄라고 말했는데도 야노가 그것을 중간에 끄는 일도 없었다.

"들켜도 나는 모른다, 진짜."

"자꾸 잔 소리 하 네. 경비 아 저 씨 있 으니까 괜찮아."

그러니 괜찮지 않지. 게다가 당직 선생님이 있는지 없는지는 모르겠지만 그쪽에 들키면 경비 아저씨에게 들키는 것보다 훨씬 더 난처해진다. 하지만 야노에게 그런 말을 해봤자 전혀 먹히지 않는다는 것을 나도 이제 슬슬 깨달았기 때문에 그냥 입을 다물어준 것이었는데, 이 아이는 도무지 뭘 모른다.

"신경질 적이구 나, 신경 질적."

나를 놀리는 그 말투에는 상당히 화가 났다. 그래서 벽을 따라 현관으로 향하면서, 내내 말하지 않고 마음속에만 담아뒀던 불만 한 가지를 말해버리기로 했다.

"너는 너무 무신경해. 오늘 낮에도 이구치가 어렵사리 지우개 주워줬는데 그런 식으로 거칠게 받아가고."

"낮의 일 은말하 지마."

내 쪽은 쳐다보지도 않고 내뱉듯이 대꾸하는 바람에 야노 뒤쪽에서 내 몸의 알갱이들이 마치 털이 곤두서듯이 바짝 일어나 술렁술렁 움직였다.

조금만 더 갔다면 그 술렁거림은 매우 나쁜 뭔가가 되었을지도 모른다.

"분명히……."

술렁거림이 멈춘 것은 야노가 그렇게 말을 걸어왔기 때문이다. 나는 남의 말에 귀를 기울일 줄 아는 괴물이다.

"분명히 이구치 는차한 아이야."

"……."

뭐야, 그 얘기야? 라고 나는 생각했다. 그런 건 나도 알아, 라고도 생각했다.

우리는 그로부터 말없이 교문까지 갔다. 왜 그런지 교문도 자연스럽게 열려 있었다.

간단한 인사만 주고받은 뒤 그 자리를 뜨기로 했다. 바다 쪽을 향해 하늘로 크게 날아오르자 아래쪽에서 야노가 교문 근처에 세워둔 자전거에 올라타는 게 보였다. 이런 시간에 혼자 괜찮을까 하고 잠깐 생각했지만, 빙긋이 웃고 있었기 때문에 그냥 내버려두기로 했다.

화가 났던 것은 어느새 어디론가 사라져버렸다.

금요일 · 낮

우리 반에서 야노를 따돌리고 괴롭히는 것에는 동료의식이라는 것이 강하게 얽혀 있다.

다음 날, 야노가 말했던 대로 아침부터 비가 내렸다.

비 오는 날은 우산을 들고 걸어서 등교한다. 사실은 평소처럼 자전거로 휙휙 달려가고 싶었지만 우산을 쓰고 타면 선생님에게 들켜서 주의를 받는 것도 귀찮고, 비옷은 입는 놈들이 하나도 없어서 안 좋은 의미로 눈에 두드러진다.

등교 시간은 오래 걸리겠지만 잠이 필요 없는 나는 일찍 일어나고 말고 할 것도 없어서 아침밥을 잘 챙겨먹고 느긋하게 집을 나서면 된다. 오늘은 평소보다 더 배가 고파서 토스트를 네 장이나 먹어치웠다. 화염을 내뿜었던 것과 관계가 있는지도 모른다.

요즘 유행하는 곡으로만 주워 담은 음악 플레이어로 적당히 노래를 들어가면서 걸음을 옮기다 보니 수월하게 학교에 도착할 수 있었다.

비 오는 날은 부모님이 차로 데려다주거나 나처럼 걸어오는 경우가 많아서 지각 직전의 아슬아슬한 시간에 오는 애들이 평소보다 더 많아진다. 나는 예상보다 일찍 도착한 덕분에 현관 앞이 한산했다.

밖에서 우산을 접고 빗물을 털어낸 뒤에 안으로 들어갔다.

그리고 그곳에 머리부터 온몸이 흠뻑 젖은 야노가 서 있었다.

전혀 예상하지 못한 만남에 내 표정은 바짝 긴장했을 것이다. 스커트를 꾹꾹 짜고 있던 야노는 나를 보더니 빙긋이 웃으며 "안녕, 좋은 아침!"이라고 말했다.

야노가 클래스메이트에게 쓸모없는 인사를 하는 것은 항상 있는 일이다. 그런데도 나는 부주의하게 한순간 멈칫 서버렸다. 그 자리에 다른 클래스메이트가 한 명도 없었던 것은 정말 운이 좋았다고 할 수밖에 없다.

"우산을 뺏겨버려서……."

그녀가 그 서글픈 말을 마치기 전에 나는 가까스로 제정신을 차렸다. 시선을 돌린 채 우리 반 신발장 쪽으로 걸음을 옮길 수 있었다.

시야 한 귀퉁이에 잡힌 야노는 나한테 무시를 당하고도 왜 그런지 빙긋이 웃고 있었다. 역시 이 아이는 이상하다고 생각하고 있는데 등 뒤에서 목소리가 들려왔다.

"안녕, 야노? 양호실 수건 빌려줄 테니까 따라와."

"고맙습니다!"

그렇다, 노토 선생님이 마침 출근을 한 것이다. 나는 그 양호 선생님에게 마음속으로 일단 감사를 드렸다. 이걸로 야노와 엮이고 싶지 않다는 희망도, 야노의 흠뻑 젖은 꼴을 어떻게든 도와주고 싶다는 희망도 다 이뤄진 셈이다. 만세 만세 만만세다.

교실에 가보니 역시 자리가 반 넘게 비어 있었다. 먼저 와 있던 목소리 큰 다카오를 비롯한 남학생 그룹, 그리고 어제 이구치를 비난했던 나카가와를 비롯한 여학생 그룹이 클래스메이트의 우산을 빼앗아 부숴버린 이야기로 한창 신이 나 있었다. 나는 안 듣는 척하면서 우산꽂이에 우산을 쑤셔 넣고 가방을 사물함에 넣었다.

책상에 가만히 앉아 있으면 어디 아프냐고 자꾸 귀찮게 물어볼 우려가 있어서 나는 옆자리의 구도와 어제 저녁의 드라마로 대화를 이어갔다. 약간 꼬아놓은 부분이 주위에 흔하게 있을 법한 연애 이야기다. 꽤 인기가 있어서 나는 2회째부터 보는 중이다. 솔직히 아직 별로 좋은 줄은 모르겠지만 감상이란 저마다 다 다르기 마련이고, 친한 짝꿍이 쪽 고른 이를 내보이며 절찬을 하는데 굳이 반대할 이유는 없었다.

잠시 뒤 가사이가 교실로 들어오면서 모두에게 골고루 전해지는 절묘한 아침 인사를 해서 나도 손을 들어 응해주었다. 가사이가 가방을 사물함으로 가져가려고 내 옆을 지나가는 순간을 노리기라도 했는지, 다카오가 숨을 씩씩거리며 자신이 행한 정의의 처벌을 보고하러 왔기 때문에 나도 그 이야기에 말을 보탰다.

"걔, 현관 쪽에서 흠뻑 젖어 있던데."

내 말에 웃음이 일었다. 다행이다. 비 오는 날에는 이상하게 아이들의 감정이 좀더 고조되는 듯한 느낌이 든다. 비가 들이치지 않게 창문을 다 닫아둔 탓에 교실 안이 마치 비밀기지 같은 분위기가 되면서 평소보다 일체감이 더 강해지는지도 모른다.

우리 반은 문제를 일으키는 일이 별로 없는 얌전한 반이라고 선생님들이 얘기하는 것을 들은 적이 있다. 물론 야노에 관한 일에 눈을 감아버리면 그렇다는 얘기지만, 선생님들이 그런 말을 하는 마음은 이해가 된다. 모토다처럼 떠들어대는 놈이나 가벼운 교칙을 위반하는 놈들은 있어도 폭력이나 경찰 신세를 지는 등의 말썽은 일으킨 적이 없는 우리 반은 다스리기도 쉬워서 이른바 얌전한 반일 것이다.

동료의식. 야노 한 사람을 악으로 규정하면서 생겨난, 구성원 모두가 사이좋게 지내기 위한 대의명분이 우리 반에는 존재했다. 그래서 얌전한 교실이다.

"미도리카와에게 그 꼴을 보여줬으면 좋았을 거 아니냐."

다카오의 말에 나도 웃으면서 "그러게"라고 대꾸했다.

물론 야노가 따돌림의 희생자라고 말할 생각은 없다. 이런 사태를 초래한 것은 야노 자신이다. 그 아이가 우리 모두를 행동에 나서게 했다. 이 따돌림의 원류(源流). 상대가 미도리카와였던 것은 야노가 처신에 서툴렀다고 밖에는 달리 할 말이 없다.

실은 미도리카와에게 저지른 행패가 특히 안 좋았던 것은 그녀가 모두에게 호감을 받았기 때문만은 아니었다.

"안녕!"

갑자기 가사이가 만면에 웃음을 지으며 교실 뒤쪽을 향해 인사를 하길래 돌아보니 마침 미도리카와가 들어오는 참이었다. 그녀는 "응"이라고 평소와 똑같이 대꾸했고 우리는 거기에 응하듯이 저마다 가벼운 아침 인사를 건넸다. 미도리카와의 머릿속에는 고개를 끄덕이는 횟수나 타이밍에 대해 어떤 규칙이 있는지 모르지만, 그녀는 다시 한 번 "응"이라고 말하고 자기 자리로 갔다.

단 한 사람, 개인을 향한 "응"을 얻어낸 가사이는 우리에게 자랑하려는 건 아니겠지만 조금 전보다 더 히쭉거리고 있었다. 그건 우리에게 짓는 것과는 다른 종류의 웃음이다. 뻔히 다 보인다. 우리 모두에게.

가사이는 틀림없는 우리 반의 중심인물이다. 야노에 대한 적의로 똘똘 뭉쳐있는 이 교실의 한가운데 가사이가 있었다.

하지만 실제로 가사이가 야노에게 뭔가를 하는 일은 전혀 없었다.

가사이와 야노의 관계, 그것은 가사이가 이 교실에서 가장 야노에 대해 화가 나 있다는 단지 그것뿐이었다.

단지 그것뿐인 일을 모두가 알고 있다는 것이 야노로서는 큰 비극이었다.

동료의식.

"안녕, 좋은아침!"

내 시야의 한 귀퉁이로, 양호실에서 빌려 입은 약간 헐렁한 추리닝 차림의 야노가 빙긋이 웃는 얼굴로 인사를 던지며 들어왔지만, 아무도 응하지 않았다. 그 대신, 이라는 건 좀 이상하지만, 다카오가 들으라는 듯 혀를 끌끌 찼다. 야노는 웃는 얼굴 그대로 책상에 가방을 내려놓았고 의자에 앉자마자 "히이익" 소리를 내며 벌떡 일어섰다. 나도 모르게 시선을 던져보니 빨간 추리닝 엉덩이 부분이 젖어 있었다. 내가 등교하기 전에 누군가 의자에 물을 부어놓은 것이다. 야노는 "아이"라고 말한 뒤, 빌려 입은 추리

닝 자락으로 의자를 닦고 다시 앉았다.

그렇게 해놓은 것은 다카오 일행은 아닐 것이다. 만일 그랬다면 아까 우산 이야기를 할 때 떠벌렸을 것이다. 실행범은 따로 있다.

우리 반 아이들은 나 한 사람만 빼고는 낮에도 밤에도 인간이다. 모두가 기계처럼 똑같은 움직임이나 생각을 하는 것이 아니다.

야노에 대한 대응도 제각각 다르지만, 대략 세 가지 부류로 나누어진다.

첫 번째는, 보란 듯이 위해를 가하고 그것을 재미있어하는 자. 모토다와 다카오, 어제 이구치를 비난했던 여학생들이 여기에 속한다.

두 번째는, 명확한 적의를 품고 있지만 소극적으로, 즉 야노가 접근해올 때만 그것을 드러내거나 뒤에서 은근히 괴롭히는 자. 옆자리의 구도 등이 이런 부류다. 어쩌면 여기에 속하는 사람이 가장 많은지도 모른다.

세 번째는, 야노가 나쁘다고는 생각하지만 딱히 행동에 나서는 일은 없이 철저히 무시만 하기로 마음먹은 자. 이구치와 가사이, 그리고 내가 여기에 속하는 몇 안 되는 희귀한 부류다.

야노와 미도리카와를 제외하고 우리 반 아이들 거의 대부분이 위 세 가지 부류 중 어느 하나에 속한다. 아마도 야노의 의자에 물을 뿌려놓은 것은 첫 번째 혹은 두 번째 부류의 누군가일 것이다. 사실 두 번째 부류는 모토다나 다카오 같은 첫 번째 부류와는 달리, 적이 눈에 보이지 않는 만큼 야노로서는 가장 성가신 상대인지도 모른다.

　누가 했느냐는 것 따위, 아무도 궁금해하지 않는다. 행동 자체
는 각기 달라도 우리는 똑같은 하나의 의지에 따라 움직인다는
생각이 모두의 마음속에 있는 것이다. 자진해서 이름을 밝히고
나서지 않는 한, 범인을 찾지 않는다는 것은 어떤 의미에서는 암
묵적인 약속처럼 되어 있었다. 그러고 보니 친구를 고자질하는
건 따돌림보다 더 나쁘다고 1학년 때 어떤 선생님이 말했던 게 생
각난다. 그것을 옳은 말이라고 생각하느냐 마느냐는 판단도 사람
에 따라 제각기 다르다.

　수업 벨소리가 울릴 시간이 다가오자 속속 빈자리가 채워졌다.
교실 안이 역시 평소보다 좀 더 시끌시끌했다. 멍하니 아직 비어
있는 자리를 바라보다가 퍼뜩 깨달았다. 이구치가, 안 왔어.

　웬만해서는 없는 일이었다. 이구치는 항상 남들보다 일찍 교실
에 도착해 친한 아이와 소곤소곤 얘기를 나누곤 했다. 지난번 비
오는 날에는 부모님이 자동차로 태워다주는 걸 봤지만, 그렇다
고 쳐도 너무 늦다.

　옆자리의 구두와 고등학교는 어디로 가기로 정했느냐는 이야
기를 하면서도 나는 이구치가 아무래도 걱정이 되었다. 어제 그
일의 여파 때문인 걸까.

　마침내 시작종이 울렸다. 그 직전에 아침 훈련을 끝내고 아슬
아슬하게 뛰어온 모토다와 도서실에서 책을 들고 돌아온 미도리
카와가 자리에 앉은 참에 담임선생님이 들어와서 반장이 "전체

차렷!"이라는 구령을 붙였다.

등교 거부, 라는 단어가 머릿속을 스쳤을 때였다. 앞문으로 이구치가 "죄송합니다"라는 작은 소리와 함께 들어와 내 자리보다 세 칸 앞자리에 앉아 전체 인사에 합류했다.

이구치의 가방 옆구리에서 항상 달고 다니는 토토로 키홀더가 대롱거리는 것을 보고 나는 안도하는 것과 동시에 퍼뜩 짐작되는 게 있었다. 분명 이구치는 일부러 이 시간에 등교한 것이다. 조회 시작 전의 아침 시간에 또다시 어제처럼 비난 세례를 받을까봐 두려웠을 것이다.

"오늘 당번은 아다치와 이구치."

착석 후 일단 한숨 돌린 기분으로 앉아 있는데 담임선생님이 나와 이구치를 지명했다. 아참, 그렇지, 오늘 당번 날이다. 우리 반은 1교시에 교실 이동이 있을 경우, 조회시간에 당번에게 교실 열쇠를 전해주는 것으로 정해져 있다. 오늘 1교시는 음악 수업이 다. 나는 자리에서 일어났다. 앞쪽 자리에 앉아 가방에서 교과서를 꺼내던 이구치에게 "됐어, 됐어"라고 제지하고, 나 혼자 앞으로 나가 열쇠를 받아왔다. '됐어'를 두 번이나 되풀이한 것은 자칫 멋진 척하는 것처럼 비치지 않게 하기 위해서였다.

자리로 돌아오는 길에 이구치에게서 입만 달싹달싹하는 "고마워" 인사를 받고 슬쩍 웃는 얼굴로 응해줬더니 그녀는 서둘러 음악 수업에 갈 준비를 했다. 나는 무심코 그 모습을 쳐다보면서 이구치 옆을 지나가려고 했다.

그때였다.

이구치가 마치 경련이라도 일으킨 것처럼 책상을 콰당 흔들었다.

교실 안의 공기가 한순간 정지했지만, 가사이가 "야, 느닷없이, 놀랐잖아!"라고 장난치듯이 말해서 그 일은 그냥 넘어갔다.

그래서 아마 그것을 알아본 사람은 나뿐이었을 것이다.

이구치의 책상이 슬쩍 들렸다가 바닥에 내리쳐지면서 콰당 소리를 낸 것은 그녀의 팔이 책상을 세게 밀쳤기 때문이다.

열쇠를 들고 맨 뒤 자리에 돌아와 앉은 내 심장이 거칠게 두근거리는 게 느껴졌다.

뭐지, 저거?

봐버렸어.

이구치는 책상 속에 넣어둔 노트를 꺼내려고 했다. 그리고 그 노트의 표지를 보자마자 순간적으로 그걸 감추려다가 팔로 책상을 밀친 것이다.

내가 잘못 본 것이 아니다.

분명 어제 불태웠던 야노의 노트와 똑같았다.

이구치의 노트 표지에도 검은 매직으로 지독한 말들이 몇 개나 적혀 있었다.

동료의식.

조회시간이 끝나고 교실을 나섰지만 내 심장의 두근거림은 좀체 가라앉지 않았다.

"앗치, 왜 그래, 배 아파?"

하루 종일 아침에 느낀 동요를 잘 감췄었다고 생각했는데 청소 시간에 가사이의 걱정스러운 말을 듣고 말았다. 괜한 얘깃거리가 되지 않게 나는 지친 표정으로 "당번 했더니 피곤하다. 왜 내가 당번인 날에는 꼭 음악 수업에 체육 수업까지 있냐?"라고 대꾸해 뒀다.

그 뒤로 이구치는 얼핏 보기에도 몹시 침울해져 있었다. 하지만 아무도 그런 이구치를 위로해주는 기척은 없었다. 이구치의 노트에 낙서를 한 것은 십중팔구 어제 그녀를 비난했던 여학생들 중의 누군가, 혹은 그 전부일 것이다. 그들은 처음부터 이구치를 피해버렸고, 다른 애들은 어제 이구치가 비난받은 것을 알고 있어서 분명 그것이 원인일 거라고 생각하고 신경도 쓰지 않았다.

즉 아무도 그녀를 위로해주지 않은 것은 모두가 이렇게 생각한 것이었다.

저 야노를 도와주다니, 조금쯤은 제재를 당해도 돼.

이렇게 말하는 나 역시 자꾸 신경이 쓰이는데도 이구치에게 평소보다 말을 걸어주지 않았다. 제재. 본보기. 우리 반 아이들이 그 범위를 각자 어느 정도로 잡고 있는지 모르기 때문에 저 야노를 도와준 이구치를 편드는 처신은 극력 피하지 않으면 안 된다. 그래서 어쩔 수 없었다.

5, 6교시 수업이 끝나고 종례. 야노가 무시당하고 따돌려지고 괴롭힘을 당했고, 이구치가 내내 침울했던 것 이외에는 별 문제

가 없었던 오늘은 다음 주의 연락사항과 담임선생님이 늘 읊어대는 "너희들은 수험생이다"라는 격려로 끝이 났다.

내일은 쉬는 날이다. 그렇게 생각하니 단숨에 마음이 가벼워졌다.

전체 인사 후, 동아리 활동이 있는 자들과 방과 후에 놀러 가기로 약속한 자들이 잽싸게 교실을 빠져나갔다.

대개는 방과 후에도 몇 명쯤은 미적미적 교실에 남아 수다를 떨기도 하고 몰래 간식을 먹기도 했다. 하지만 오늘은 다행인지 불행인지 항상 시간이 남아돌아 어쩔 줄 모르는 가사이 일행도 식당으로 이동했고 다른 놈들도 하나둘 떠나버렸다.

눈 깜짝할 사이에 교실 안에는 당번인 나와 이구치만 남았다.

평소에 이구치와 친하게 지내던 여학생들도 괜히 휘말릴까봐 일찌감치 내뺀 모양이었다. 그런 판단은 올바른 것이다. 나 역시 이구치가 떠안고 있는 미묘한 부분을 건드리지 않도록 주의해야 한다고 생각했다. 양심 따위, 여기서는 아무 의미도 없다.

둘이서 착실히 정리 작업을 하면서, 하지만 침묵하는 것도 뭔가 이상한 의미로 받아들여질 것 같아서, 정말 아무러나 상관없는 무난한 화제를 꺼내 시간을 벌기로 했다.

"괴수가 자꾸 나온다는데?"

이구치가 놀란 얼굴을 한 것은 괴수라는 유치한 단어가 내 입에서 튀어나왔기 때문인지, 아니면 내가 말을 건네주었기 때문인지 알 수 없었다.

그녀는 대답은 없지만 내 쪽을 쳐다보고 있어서 나는 시선을 피한 채 말을 이어갔다.

"요즘 그런 얘기가 떠돌고 있어. 한밤중에 밖을 내다봤는데 시커멓고 거대한 괴수가 돌아다니더래. 근데 사진을 찍었는데도 아무것도 안 찍혔대."

어떤 식으로든 반응이 돌아올 거라고 생각했다. 하지만 이구치는 아무 말도 하지 않았다. 그래서 흘끗 그녀의 얼굴을 쳐다보고 말았다. 그리고 그 즉시 후회했다.

그녀는 힘겹게 웃고 있었다.

"고마, 워······."

그것은 야노의 이상한 말투와는 다른, 목멘 소리였다.

무엇에 대해 고맙다고 하는 것인지 알 수 없었다.

"뭐가?"

"나 격려해주려고 그런 농담을 하는 거지? 좀 뜻밖이다. 아, 아다치가 격려해준 것이 뜻밖이라는 게 아니고, 아다치가 괴수라는 어린애 같은 소리를 하는 게."

힘들어 보이는데도 이구치는 킥킥 웃었다. 나는 아차, 하고 생각했다.

애초에 말도 안 되는 괴수라는 전제(前提)를 내가 저항감 없이 받아들인 것은 그 정체가 바로 나 자신이었기 때문이다. 가사이도, 안 믿는다면서 남학생들끼리의 웃기는 얘기의 하나로 나한테 말했을 뿐이다.

괴수에 대한 소문을 전혀 듣지 못한 이구치에게 이 타이밍에 그런 얘기를 했으니 방금처럼 받아들이는 것도 당연한 일이다.

이구치는 여전히 웃는 얼굴을 보이며, 떨리는 목소리로 말했다.

"아다치, 그거, 봤지?"

아침에 그랬던 것처럼 심장이 크게 뛰었다.

"그런 거…… 신경 쓰지 마."

아무 의미도 없는 충고라고 나 스스로도 생각했다. 신경 쓰고 싶지 않은 것을 신경 쓰지 않을 수만 있다면 다들 훨씬 더 편하게 하루하루를 살아갈 수 있을 것이다. 그게 안 되니까 이런 식으로 힘겹게 살아가는 것이다.

"금세 잠잠해질 거야."

그래도 말을 계속하는 수밖에 없었다. 침묵이 두려웠고, 이구치가 마음속을 털어놓을까봐 두려웠다. 양쪽 다, 나로서는 감당할 수 없을 것 같았다.

"응. 근데 어쩔 수 없어."

어쩔 수 없다. 분명 우리 반 아이들 모두가 이구치의 침울함에 대해 그런 마음을 갖고 있었다. 하지만 이구치도 똑같은 마음이었다니, 그건 뜻밖이었다. 어쩔 수 없어, 어쩔 수 없어, 나는 저 야노의 지우개를 아무리 우연이라지만 직접 주워줬으니까 어쩔 수 없어. 우리 반의 동료의식에 그런 식으로 찬물을 끼얹었으니까 어쩔 수 없어. 비난을 받아도, 노트에 낙서를 해도, 어쩔 수 없어…….

차곡차곡 쌓여가는 '어쩔 수 없어'. 신경이 쓰이지 않는 게 아니다. 섣불리 돌아보지 않도록 주의하고 있을 뿐. 나 역시 어쩔 수 없다는 마음이었으면서도 이구치가 이번 일을 그런 식으로 제 마음 속에서 결론지으려고 하는 것이 마치 누군가를 보는 것처럼 슬펐다.

그런 슬픈 일, 이라고 예상했는데 나 혼자만의 그 감상은 완전히 빗나간 것이었다.

"어쩔 수 없어. 왜냐면 나도……."

이구치의 숨고르기가 평소보다 깊고 길었다.

"나도 똑같은 짓을, 야노에게, 했었으니까."

"……무시했던 거?"

이구치는 고개를 가로저었다.

그리고 그녀는 어제 방과 후 우리가 교실을 떠난 뒤에 있었던 일을 이야기해주었다. 그때부터 이구치는 추궁을 당했고, 착한 척한다고 욕을 먹었고, 그런 게 아니라는 해명도 허락되지 않은 채 규탄을 당했다. 그리고 최종적으로, 야노를 우리 반의 일원으로 인정하지 않는다는 증명으로 그녀의 노트에 지독한 낙서를 해보라는 제안을 받았다. 거절할 수 없었다. 그래서 자신이 똑같은 짓을 당한다 해도, 어쩔 수 없다…….

그 이야기를 듣고 나는 아무 말도 할 수 없었다.

이구치는 야노가 낙서의 범인을 알아내 자신의 노트에 앙갚음을 한 것이라는 쪽으로는 생각하지 않는 것 같았다. 왜냐면 중간쯤부터 이구치의 고백은 야노 본인에게는 할 수 없는 사죄를 그녀 대신 나에게 하는 듯한 말투였기 때문이다. 평소 같으면 야노에 대한 배려를 입에 올리는 것을 제지했겠지만 지금은 나와 이구치뿐이라서 굳이 가로막지는 않았다.

이렇게 이야기를 들어준 것이 이구치의 마음을 가볍게 해준다는 생각 따위는 하지 않았다.

왜냐면 나는 그 이야기를 들으면서 이 교실에서 어긋나간 것은 이구치 쪽이라고 생각했으니까.

이구치는 이야기의 마지막 부분부터 이 교실에 나 말고는 아무도 없었기 때문에 긴장이 풀어졌을 것이다. 아니면 자포자기 상태였던 것일까. 이 교실에서 결코 입에 올려서는 안 될 의문을 털어놓았다.

"다들 야노에게 끔찍한 짓을 하고 있는 상황에, 나, 이상하지?"

나는 그렇다고도, 그렇지 않다고도 말하지 않고 이구치와의 대화를 뚝 끊은 채 다시 당번 일을 시작했다. 무시하려는 것은 아니지만, 어쩔 수 없었다.

최소한 양쪽 중 어느 한쪽으로 딱 정할 수 있었다면 좋았을 텐데.

금요일·밤

한밤중의 백화점에 침입해봤다. 어렸을 때, 폐점 후의 백화점을 탐험하고 싶다는 꿈이 있었던 게 생각났기 때문이다. 설마 이런 꼴로 그 꿈을 이루는 날이 오리라고는 상상도 못했다.

어차피 기록으로 남지 않으니 괜찮다는 생각에 캄캄한 매장 안을 당당히 돌아다녔다. 하지만 몸 사이즈는 대형견 정도로 줄이지 않으면 안 된다. 근무 중인 경비원을 실신시켜서는 일이 귀찮아진다.

비상등의 초록색이 으스스하다고 생각하면서, 기껏 비상등에조차 겁을 내는 나는 위층에서부터 차례차례 내려가면서 백화점 안을 둘러보았다.

하지만 생각해보면 당연한 일이지만, 낮에 왔을 때와 별반 다를 게 없었다. 테마파크는 밤사이에 해치우지 않으면 안 되는 작업이 있어서 직원들이 많았지만, 이곳에는 그런 사람들도 없다. 중간층쯤에서 저 멀리 보이는 손전등 불빛을 멋지게 피한 것 이외에는 그다지 아슬아슬한 일도 없었다.

꿈은 꿈으로 간직하는 게 아름다운 것인지도 모른다. 이제 그만 나가자. 괴물인 나는 비를 피할 필요도 없다. 다음에는 어디로 가볼까. 마음먹고 훌쩍 뛰어오르면 가까운 외국쯤은 갈 수 있을까. 우선은 국내여행에 도전하고, 서서히 그 범위를 넓혀가는 건 어떨까.

머릿속에 다양한 경치를 떠올리며 시간과 빛이 멈춰버린 듯한 긴장된 공간 속을 걸어갔다.

그렇게 3층이나 2층쯤까지 내려왔을 때였다.

나는 거기서 한 가지 상품이 진열된 코너를 발견하고 그 자리에 멈춰 섰다.

비 오는 날이라 그런지, 이제 곧 장마철이기 때문인지, 아니면 항상 그대로인지, 대량으로 진열된 여성용 우산이 밤눈도 밝은 내 시야에는 어둠 속에서도 색깔이 선명하게 다 보였다.

컬러풀한 우산들을 보면서 내 머릿속에 저절로 떠오른 생각을 두고, 사실 나는 한참을 망설였다.

망설인 것을 보면 그런 결단을 내린 건 선의(善意) 따위 때문이 아니다. 어쩌면, 아니, 분명 계기가 필요했던 것뿐이다.

나는 행동에 나서기로 했다. 백화점 옥상까지 뛰어올라가 건물 지붕을 타고 일단 집으로 돌아갔다. 집안은, 당연한 일이지만 고요히 가라앉아 있었다.

우산꽂이에서 꼬리로 하나를 슬쩍해서 2층 내 방으로 올라가 창문을 열고 다시 밖으로 뛰쳐나왔다. 만에 하나라도 우리 집에서 나오는 장면을 누군가에게 들키기라도 하면 안 되기 때문에 항상 하던 대로 속도를 붙여 멀리까지 날아가 착지지점에 아무것도 없는 것을 확인하고 거대하게 변신했다. 어차피 기록으로는 남지 않아. 철두철미 괴수가 되어보는 거야.

나는 괴수다, 라고 생각하면서 행동하는 것은 엄청 재미있었다. 이구치가 나한테 말했었다. 뜻밖에 어린애 같은 데가 있다고. 사실은 '뜻밖에'라고 할 일이 아니다.

빗속에서도 거대한 여섯 개의 다리를 저어가며 이동했더니 순식간에 학교에 도착해버렸다. 크게 위로 뛰어올라 몸의 사이즈를 작게 줄이고 옥상에 착지했다.

거기서부터는 매번 하던 공정(工程)에 한 가지를 덧붙였다. 나이외에 우산도 침입시켜야 했기 때문에 일일이 옥상 문을 열어야 했던 것이다.

야노가 없으면 없는 대로 괜찮다고 생각했다. 비가 내리고 있다. 이런 날씨에까지 학교에 오지는 않을 거라는 생각도 했다.

교실 앞문을 꼬리로 밀자 드르륵 열렸을 때, 안도했는지 아니면 유감이었는지 나도 알지 못한다. 둘 다인 것 같기도 하고.

"이런 날씨에도, 왔어?"

내가 말하자 자기 자리에서 핸드폰을 만지작거리고 있던 야노가 얼굴을 들었다.

"앗치, 너 안올줄 알았는데?"

나는 꼬리로 문을 닫고, 교실 뒤편으로 이동해 앉기 편한 사이즈로 몸을 줄였다.

"우산 뺏겼다고 해서. 이거 남는 거니까 가져."

야노를 향해 우산을 사알짝 던져줬는데 그것도 제대로 캐치하지 못해서 우산대에 얼굴을 맞은 그녀는 "와앗치!"라는 수수께끼 같은 비명을 질렀다.

"아파! 너, 낮의일 은말하 지말랬 지."

또 그 소리다. 진짜 잔소리가 많은 건 누군지 모르겠네. 성가신 충고를 "흥"으로 일축해버렸더니 야노는 무표정하게 머리를 꾸벅 숙였다.

"어쨌거 나고마 워."

이런 때야말로 빙긋이 웃어줘야 하는 거 아닌가? 하지만 남의 감정을 강요하는 어리석은 짓은 하고 싶지 않아서 굳이 지적하지는 않았다.

힘겹게 웃던 이구치의 얼굴이 생각났다.

오늘은 다른 때와는 달리 야노에게 할 말이 있었다.

다만 어떻게 그 얘기를 꺼내야 할지 알 수 없었다. 낮에, 이를테면 옆자리의 구도에게 얘기할 때는 간단한데 야노를 향해서는 어떻게 해야 내가 원하는 이야기를 제대로 할 수 있을지, 알 수가 없다.

대화의 실마리. 그런 것을 교실 천장에서 찾아보고 있는데 야노가 무슨 생각을 했는지 또다시 이상한 질문을 했다.

"앗치는 라퓨타 파? 나우시 카파?"

"음……. 토토로파."

잠깐 망설인 것은, 남들에게서 지브리 애니메이션 중 무엇을 가장 좋아하느냐는 질문을 받을 때마다 으레 하는 대답과 실제로 내가 좋아하는 것, 둘 중 어느 쪽을 말할지 머리를 굴렸기 때문이다.

"꿈인데 꿈이아 니었어!"

토토로 속의 유명한 대사다. 한순간, 야노의 이상한 억양 때문에 다른 대사로 들렸다.

괴물인 나는 진짜로 그런 느낌인지도 모른다고 생각했다.

"야노는 라퓨타? 아니면 나우시카?"

"아니, 난 원령공 주."

"그게 아니고, 양자택일로 물어본 거야."

혹시 원령공주를 좋아해서 처음에 내 이런 몰골을 보고도 쫄지 않았던 건가.

"아, 그보다 야노 너, 토토로 아니야?"

"왜?"

"이름이 사쓰키*잖아."

그저 농담 삼아 해본 말이다. 그런데 야노는 그 한마디에 왜 그런지 불끈했다. 불끈하기는 했는데, 과장스럽게 미간에 주름을 잡고 입만 툭 내민 것뿐이라서 하나도 무섭지 않았다.

"나는 그 사쓰키 가아니 야."

"어, 그러셔?"

"이름뜻 이 5월 이라는 건 똑같 지만**."

내가 야노쯤은 한입에 꿀꺽 삼켜버릴 수 있는 거대한 머리를 갸우뚱하자 그녀는 의기양양한 얼굴로 내가 묻지도 않은 것을 말

---

* 〈이웃집 토토로〉의 주인공 자매 중 언니의 이름. 동생은 메이.

** '사쓰키'는 '5월'과 '영산홍'의 동음이의어. 다만 영산홍을 한자로 고월(皐月)이라고 쓰는데 이는 음력 5월의 다른 이름이기도 하다.

하기 시작했다.

"꽃이름 이야."

내 대답 따위는 기다릴 것도 없이 그녀는 말을 이어갔다.

"바로이 맘때쯤 에피어 날거야. 조금늦 긴하지 만봄꽃 이야."

봄꽃이라는 말을 듣고 내 머릿속에 떠오른 것은 하늘을 뒤덮은 연분홍빛과 지면을 뒤덮은 노란빛, 두 가지뿐이었다. 사쓰키라는 꽃은 짐작도 되지 않았다.

"나는봄 꽃중에 서도 사쓰키 가제일 좋아. 꼭내이 름이아 니더 라 도."

"벚꽃이나 유채꽃이 아니고?"

조금 전에 떠오른 이미지를 그대로 말하자 야노는 꾸벅 고개를 끄덕였다.

"물론그 런꽃도 좋아하 지. 근데예 쁘고눈 에띄어 서누구 나가 주 목하는 그런꽃 보다도 나는어 느쪽인 가하면 산속이 라든가 길가에 가만히 피어난 꽃이좋 아."

"……."

그것은 자신의 모습이 투영되기 때문이가, 하고 심술궂은 생각을 했다.

아무도 모르게, 가만히, 피어 있는 꽃.

여러 사람들을 상상했다.

"아그래 비가그 치면보 러가자, 사쓰키 꽃. 산속에 피어있 어."

그 제안은 지금까지 야노에게서 들은 것 중에서는 꽤 괜찮은 편이라고 생각되었다. 하지만.

"나야 얼마든지 갈 수 있지만, 너는 어떻게 가려고?"

"등에태 워줘."

"야, 싫어. 그러다 너도 괴물이 되면 어쩌려고?"

어쩌면 야노는, 괴물이 되어도 좋아, 라고 말할지도 모른다고 잠깐 생각했다. 하지만 그녀는 "그건싫 은데"라면서 업히는 것을 곧바로 포기했다. 내가 먼저 말하긴 했지만, 그런 식으로 괴물에 거부 반응을 보이는 것을 보고 적잖이 기분이 상했다.

"그나저나 왜 갑자기 지브리 애니메이션 얘기를?"

"아까저 녁에금 요극장 에서나 우시카 했어. 안봤어?"

"엇, 깜빡했네. 그거 오늘이었어?"

지브리 애니메이션 얘기는 가사이 같은 남학생들과 나누는 대화에서는 나오는 일이 없어서 깜빡 주의를 기울이지 못했다. 벌써 여러 번 봤지만 또 보고 싶었는데, 하고 아쉬웠다.

"그래서 지브리 의뒷이 야기며 설정이 며괴담 같은거 올라온 블로그 를검색 해봤어."

"아, 토토로가 사신(死神)이라느니 뭐니 하는 얘기?"

"맞아,그 거. 앗치는 사신좋 아하지?"

"그거, 엉터리 헛소문이라던데?"

"괴담은 괴담대 로재밌 으니까 엉터리 헛소문 이라도 괜찮아. 토토로 좋다면 서그런 것도몰 랐어?"

사람을 바보 취급하는 그 말투에 불끈했다. 나는 엉터리 헛소문이라는 객관적인 정보를 전해줬을 뿐이다. 꼭 그렇다고 단언한 것도 아니고 그걸 밀어붙인 것도 아니다. 그런데 야노가 그런 비난하는 듯한 말을 하는 건 좀 아니라고 생각했다.

하지만 굳이 반론에 나서지 않은 것은 괴담은 괴담대로 재미있다는 말은 맞는 말이라고 생각하기도 했고, 그런 반감보다 지금은 꼭 전해야 할 것이 있었기 때문이다.

나는 용기를 쥐어짜서 그 얘기를 꺼냈다.

"이구치도 비슷한 말을 했어."

"이 구치?"

직접 불러본 적은 없는지도 모르는, 야노의 그 "이 구치"라는 호칭은 어제부터 계속 억양이 조금 이상했다.

하지만 내 얘기에 관심을 보여준 건 다행이었다.

"응, 이구치하고 2학년 때 짝꿍이었던 적이 있는데 항상 토토로 키홀더를 달고 다니길래 내가 물어봤어, 토토로 좋아하냐고. 그랬더니 이런저런 얘기를 해줬는데 그때 그런 말을 하더라고. 이상한 것이 이상한 그대로 이상해서 토토로를 정말 좋아한다고. 그 얘기 듣고 나도 다시 한 번 토토로를 보고 정말 좋아하게 됐어."

"……어?"

야노는 어리둥절한 얼굴을 하고 있었다.

"아, 아니, 그게……."

실수, 라고 생각했다. 그냥 전해야 할 내용만 간결하게 말했으면 좋았을 텐데 왜 괜히 열을 내며 내 취미 이야기를 늘어놓았을까. 그런 얘기, 상대는 듣고 싶지도 않을 거고 게다가 나 역시 이런 얘기를 늘어놓으려던 게 아니었다.

엄청 창피했고, 아, 그러고 보니 낮의 일은 말하지 말라는 잔소리는 안 하는구나, 라는 생각도 퍼뜩 들었다. 추억은 낮이든 밤이든 상관없기 때문일까.

"아, 그게, 이구치 얘기를 꺼낸 것은, 그러니까 야노의 노트에 낙서한 사람이 그 아이였는데, 실은 그게 다른 애들이 억지로 시켜서 한 일이라는 이야기를 오늘 내가 들었어. 그 아이, 그 얘기를 하면서 자기가 잘못했다고 너한테 사과했어. 그걸 너에게 전해주고 싶었어."

아무튼 그 창피함을 얼른 털어버리려고 원래 전하려던 말을 마구잡이로 주절주절 늘어놓았다. 하지만 말해버린 뒤에야 생각해보니 아무리 사죄했다고는 해도, 후회했다고는 해도, 실제 그런 낙서를 한 것은 어쨌든 이구치였다. 야노가 그런 이구치에게 화를 내면 어떻게 하나, 라고 걱정이 되었다. 그것도 이상한 일은 아니다.

"……"

대체 어떤 반응이, 어떤 말이, 돌아올까.

바짝 긴장한 채 기다리고 있는데 야노는 조금 전의 어리둥절한 얼굴 그대로 불쑥 나를 향해 상냥하게 한마디를 던졌다.

"아하, 알 았어."

뭘 알았다는 건가. 좀 더 기다리고 있었더니 작은 손가락이 나를 가리켰다.

"앗치, 너……."

그러고는 작은 꽃이 살며시 피어나듯이 그녀는 웃었다.

"이구치 좋아하 는구나?"

거칠거칠한 나의 괴물 입에서 "엉?"하는 소리가 새어나가자 야노는 "응응,그 래그래"라고 과장스럽게 고개를 끄덕였다.

"좋아하 는사람 을그아 이라고 하는거, 좋다."

"자, 잠깐, 뭐라는 거야?"

엄청 알기 쉽게 당황해버렸다. 야노는 항상 그렇듯이 나의 물음표를 무시해버리고 손뼉을 타악 쳤다. 마음이 미처 따라잡지 못했다. 자, 잠깐, 잠깐.

"그렇구 나,이구 치라서 다쓴노 트를골 라준거 였어."

"……무슨 말이지?"

"낮의일 얘기는 이제끝."

두 손으로 야노는 입을 막았다. 느닷없이 끝이라니?

낮과 밤, 대체 어디가 경계인가. 그보다 애초에 그런 규칙은 야노의 잠시잠깐의 변덕에서 나온 것뿐이라는 마음도 있어서 나는 그녀의 충고는 일단 무시하기로 했다. 마음이 급해서 침묵하고 있을 수 없기도 했다.

"저기 말이지."

또 한 가지, 혹시나 해서 확인해두고 싶은 게 있었다. 진지한 얘기로 내 당황한 마음을 진정시킨다는 뜻도 있었다.

"이구치의 노트에 낙서한 사람……."

야노는 입을 막은 채, 미간에 주름을 잡았다.

"확인 차 물어보겠는데, 야노 너 아니지?"

이번에는 입을 막은 채 미간에 주름을 잡고 고개를 가로저었다.

"그래, 그렇지? 미안하다."

미안하다, 너를 의심해서, 라는 뜻으로 한 말이었는데 야노는 "밤의쉬 는시간 중!"이라면서 주의를 주듯이 손끝으로 나를 가리켰다. 자신이 의심받은 것보다 그 규칙이 더 중요한 모양이다.

거친 빗소리가 창을 두드렸다. 빗발은 점점 굵어지는 것 같았다.

그러는 참에 수업 벨소리 알람이 울렸다. 오늘은 괴물로 변신한 시간이 평소보다 조금 늦었고 백화점을 둘러보고 온 탓에 다른 때보다 밤의 쉬는 시간이 짧았다.

"시간됐 네. 앗치의 소중한 그아이 가이구 치여서 너무좋 다."

"아니……. 낮의 일은 얘기 안 한다며?"

말하고 나서야 그 규칙을 인정해주는 말을 해버렸다고 생각했지만, 아무리 괴물이라도 입 밖에 튀어나온 말을 주워 담을 능력은 없다.

"이구치 좋아하 면이제 밤은중 요하지 않게되 나?"

순수하고 짓궂은 그 질문에 나는 대답이 턱 막혀버렸다.

그 뒤, 그렇다고도 그렇지 않다고도 말하지 않은 것은 어떤 말을 해도 대미지를 입는 것은 나라고 생각했기 때문이다.

"착한아 이가상 처입는 것은싫 지,그치?"

창문으로 뛰쳐나오기 전, 헤어지면서 야노가 한 말에도 나는 검고 거대한 머리를 분명하게 가로저을 수 없었다.

자격이 없었기 때문이다.

아무 말 없이 밖으로 뛰쳐나왔다. 비가 온몸을 덮쳐도 괴물인 나는 아무렇지도 않았다.

만일 그때, 그렇다고 대답했다면 뭔가가 달라졌을까.

아니라고 대답했다면 뭔가가 달라졌을까.

다음 주 월요일, 사건이 일어나게 된다.

월요일 · 낮

토요일과 일요일 밤에도 실은 학교에 갔었지만, 야노는 없었다.

주말에는 밤의 쉬는 시간도 없다는 것을 알았다.

비는 어제 걷혔는데 아직도 하늘은 흐릿한 구름에 뒤덮여 있었다.

오늘의 가장 큰 걱정은, 항상 하던 대로 실수 없이 버텨낼 수 있을까 라는 것이나 야노와 단둘이 덜컥 마주치지는 않을까 하는 것이 아니었다.

이구치가 학교에 나올까, 라는 것이었다.

원래 매일매일 따돌림을 당하면서도 빙긋이 웃으며 학교에 꼬박꼬박 나오는 야노가 이상한 것이다. 이구치가 교실에 나타나지 않더라도 그걸 나무랄 수는 없다. 물론 야노도 그렇지만.

하지만 특히 이구치는 반드시 학교에 나오는 게 좋다. 오늘 결석해버리면 아이들은 명백히 목요일의 그 일 때문이라고 생각할 것이다. 그건 이구치도 잘 알고 있어서 그다음은 거북해서 더욱 더 학교에 오기 어렵게 된다. 내가 교사는 아니지만, 올해는 입시까지 있는데 어쨌든 결석은 하지 않는 게 좋다.

라고는 했지만 사실 그건 표면상의 이유일 뿐, 본심은 그때 내가 이구치의 질문을 무시한 것이 그녀를 학교에 나오지 못할 만큼 상처 입힌 건 아닌지, 불안해서 견딜 수 없다는 것이었다.

116 밤의 괴물

그래서 교실에 들어서면서 이구치의 자리를 확인했고 거기에 그녀가 있어서 진심으로 안도했다. 그녀 주위에 아무도 접근하지 않는다는 점도 반드시 짚고 넘어가야겠지만.

"날씨가 꾸무럭해서 앗치도 우울해졌냐? 하긴 축구도 못하고."

자리에 앉자마자 가사이가 인사도 생략하고 내 책상에 털썩 앉았다. 나는 황급히 얼굴 표정을 수정했다.

"뭐, 좀 그렇지."

"그런 앗치에게 내가 재밌는 얘기 하나 해줄까?"

가사이가 말하는 재밌는 이야기는 대부분 텔레비전에서 입수한 자질구레한 지식, 우리 반 아이들의 연애사건, 그리고 그 너머의 야한 얘기 같은 것이지만, 이번에는 또 뭘까.

"무슨 일 있었어?"

"있었지. 전에 내가 괴수 얘기 했었잖아."

"아, 밤중에 나온다는 그거?"

"그래, 그게 학교 근처에 나타났대."

"오호."

약간 깜짝 놀라 느낌으로 맞장구를 쳐주었다. 아차, 역시 그 사이즈라면 멀리서도 확인이 가능할지도 모른다, 조심해야겠네, 라고 생각한 것은 나만의 빗나간 지레짐작이었다.

"그게, 금요일 밤중에 모토다가 학교에 몰래 왔었던 모양이야."

"······뭣?"

나도 모르게 작위적이지 않은 민낯의 반응을 보여버렸다.

"하하하핫, 이해된다, 그 반응!"

가사이는 손뼉을 치며 악의 없이 웃었다.

"그 녀석이 얼뜨기잖아. 토요일 아침에 시합을 해야 하는데 부실에 글러브를 놓고 온 걸 밤중에야 알았대. 지도교사한테 맞아 죽을까봐 당장 학교로 달려왔겠지. 모토다네 집, 자전거로 와도 꽤 먼데 그 비가 퍼붓는 속에 말이지, 하하하핫. 근데 와보니까 교문이 열려 있어서 자연스럽게 통과. 완전 행운이다 하고, 부실 열쇠는 망가졌으니까 얼른 글러브 챙겨서 돌아가려는 순간에 나타났다는 거야."

흥이 올라서 가사이가 내 어깨를 탁탁 쳤다.

"나타나다니, 괴수가?"

"그렇지. 가까이에서 보니까 진짜 엄청나게 크고 무시무시했대. 모토다가 한밤중에 나한테 전화해서 완전 흥분한 채로 귀가 시끄럽게 떠든 거, 너한테도 들려주고 싶었는데. 앗치, 너는 자고 있었지?"

약간의 야유를 날리는지라 "어, 미안해"라고 공손히 답했다.

"그래서 들키지 않게 부실 뒤편에 숨어서 지켜봤는데 느닷없이 괴수가 휙 뛰어올랐다 내려오면서 조그마해져서 학교 안으로 사라졌다는 거야."

"뭐야, 그게?"

"그렇지, 그런 얘기 누가 믿겠냐, 절대 안 믿는다고 했더니, 녀석이 열 받아서 토요일 밤중에도 학교에 왔는데 또 나타났다나?

그거 전부 꿈꾼 거 아니겠냐고. 게다가 그 녀석, 교실까지 몰래 들어왔던 모양이야. 진짜 너무 바보 아니냐?"

"진짜야?!"

"그래서 그 녀석, 괴수를, 이다음에 여럿이서 밤중에 여기 교실에 숨어 있다가 잡을 거래. 아하하핫, 우리는 그 녀석들이 경비 아저씨한테 잡혀가는 거나 구경하면 될 거 같아."

"아, 하, 하하, 그러면 되겠네."

억지로 웃는 얼굴을 만들면서도 마음은 크게 요동치고 있었다.

이건 큰일이다.

일단 그렇게 생각하고 나서, 아니, 아니지, 하고 실은 그리 큰일도 아니라는 것을 깨달았다.

큰일일 것도 없다. 나는 이제 다시는 학교 근처에도 가지 않을 것이다. 그것만 잘 지키면 된다. 머지않아 모토다는 학교에 괴물 따위 나타나지 않는다는 것을 깨달을 것이고, 나는 어딘가 먼 곳으로만 떠돌면 클래스메이트에게 들킬 일도 없다. 여태까지 해온 것처럼 평온할 것이다.

나의 평온은 그런 식으로 확실하게 유지된다.

그러니 큰일이 난 것은 내가 아니라 야노 쪽이다.

야노의 평온은 무너져버린다.

가사이의 말대로, 가장 좋은 것은 모토다 패거리가 경비 아저씨에게 잡히는 것이다. 그 녀석들로서는 재미없겠지만, 야노에게는 그게 좋다.

다만 혹시라도, 이를테면 야노가 했던 것처럼 모토다가 어떤 방법으로든 경비 아저씨에게 들키지 않고 학교 안에 침입하고, 거기서 둘이 덜컥 마주치기라도 한다면 큰일이다.

그게 아니더라도 야노가 교실 건물 쪽을 향해 가는 참에 덜컥 마주치기라도 한다면.

나는 괴물 모습으로 어디서 누구를 맞닥뜨리건 거대하게 변하거나 신속히 달아나면 결코 잡히지 않는다.

하지만 야노는 어떤가.

거대하게 변하지도, 고속으로 달리지도 못하는 그녀의 평온은 상실된다.

야노가 말하는 밤의 쉬는 시간은 무너져버린다.

어떻게 해야 할까.

어떻게든 도와주는 게 좋을까.

사실은 전혀 나와는 아무 관계도 없긴 하지만.

가사이가 똑같은 화제를 다른 그룹에게도 얘기해주러 가서 나 혼자 머리만 더듬고 있는데, 다카오가 큰 소리로 "야, 어떻게 이럴 수가 있어!"라고 떠들며 들어오는 바람에 퍼뜩 정신을 차렸다.

모토다의 괴수 얘기를 들은 모양이라고 생각했는데, 아무래도 약간 다른 상황 때문인 것 같았다.

금요일에 자전거를 타고 학교에 왔던 다카오는 돌아갈 때 비가 너무 많이 와서 자전거는 그냥 세워둔 채 부모님에게 차로 마중을 와달라고 했었다. 그런데 그 자전거를 누군가 훔쳐간 모양이었다.

토요일과 일요일 사이에 없어졌다면 운동부의 소행인지도 모른다. 하지만 운동부가 꽤 많은 우리 교실에서 그런 말을 하는 건 별로 바람직하지 않기 때문에 다카오는 일단 모두에게 알리기 위해 큰 소리로 말한 것이다. 동료의식을 무너뜨리지 않기 위한 배려, 그리고 적의에 노출되지 않기 위한 긴박감이 그 목소리에 담겨 있었다.

2학년 여름쯤이었던가, 야노의 필통이 없어져서 누군가 훔쳐 갔다고 한바탕 소동이 벌어졌지만 결국 집에 놓고 온 것이라고 밝혀졌던 일이 생각났다.

"앗치, 앗치!"

"응?"

갑자기 옆에서 구도가 내 이름을 부르길래 돌아보려는데 액체 한 방울이 바지 위에 뚝 떨어져서 그제야 알았다.

"앗!"

코피가 나고 있었다. 급히 호주머니를 뒤져봤지만 하필 오늘은 티슈도 손수건도 넣어두지 않았다.

"양호실 가서 티슈 얻어올게."

그렇게 말하고 나는 입가를 손으로 누른 채 서둘러 교실을 나왔다. 주위에 괜한 민폐는 끼치고 싶지 않았다. 등 뒤에서 웃음소리가 들려왔다. 분명 가사이가 또 농담을 날린 것이다. 심장이 거칠게 두근거렸지만 항상 하던 대로 그냥 무시했다. 왜 갑자기 코피가? 괴물이 된 반작용이 몸에 나타난 것인가.

입속에 쇠 맛이 흘러드는 것을 느끼며 피가 묻지 않은 쪽 손으로 양호실 문을 열었더니 안에 노토 선생님과 뜻밖의 선객이 있었다. 미도리카와였다.

"아다치, 노크를 하고 들어와야지."

"티슈 좀 주세요."

인사도 사과도 생략하고 용건부터 말하자 노토 선생님은 티슈를 상자째 건네주었다. 몇 장을 쓱쓱 뽑아 손과 입가를 닦고 콧구멍을 막았다.

"자, 이것도."

물티슈도 건네주길래 벽에 걸린 작은 거울을 보며 입 주위를 닦았다. 거울 속 한 귀퉁이에 이쪽을 쳐다보는 미도리카와가 있었다.

"고맙습니다. 그리고 노크 안 해서 죄송합니다."

"양호실에는 남학생만 오는 게 아니니까 앞으로 조심해."

"죄송합니다, 미도리카와도, 미안."

"응."

그럼 이만, 이라는 느낌으로 문을 열려는 참에 노토 선생님이 "코피가 왜 났지?"라고 물었다. 하긴 양호교사로서 당연한 질문이다.

"그냥 아무것도 안 했는데 갑자기 코피가……."

"그래? 전에도 말했지만 너무 무리하지 말고, 마음 내키면 가끔 여기에 와서 좀 쉬어."

"……."

대체 뭘 알고 있어서 저런 말을 하는 걸까, 하고 마음속으로 생각했다.

나에 대해, 우리 반에 대해, 야노에 대해 아무것도 모르면서, 무리하지 말라니. 금요일에 내가 이구치에게 했던 "신경 쓰지 마"라는 말과 똑같은 만큼 아무 도움도 안 되는 충고였다.

어쩌면 미도리카와가 뭔가 우리 반의 일에 대해 얘기한 건가, 라고 생각했지만 만일 얘기했다면 그거야말로 이상한 일이다. 우리 반의 속사정을 다 알면서도 그냥 내버려둘 교사는 분명코 없을 것이다. 아니, 간혹 있을지도 모르지만.

"……실례했습니다."

이번에야말로 양호실을 나오면서, 그나저나 미도리카와는 왜 양호실에 왔을까, 라고 생각했다. 어딘가 몸이 안 좋은 건가. 아니면 노토 선생님이 말한 대로 평소에 무리를 해서 잠시 쉬러 온 것인가. 어느 쪽이든 미도리카와는 섬세하고 예민한 모양이라서 몸도 마음도 상처 입기 쉬울 것이라고 나 혼자 멋대로 생각했다.

그리고 느닷없이 마음에 턱 걸렸다. 미도리카와는 어떤 걸까.

야노가 처한 지금의 상황을 미도리카와는 어떻게 생각할까.

물론 처음에는 자신의 소중한 물건을 엉망으로 만들어버렸으니 화도 났을 것이고 따돌림을 당하는 것에 꼴좋다고 고소하게 생각했을지도 모른다. 하지만 지금은 어떨까. 그로부터 몇 달이

나 지난 지금, 이제 슬슬 분노의 동기는 사라지지 않았을까…….

아니, 분노의 동기가 사라졌다고 뭐가 어떻다는 것인가.

이런 생각을 하는 건 좋지 않다. 조금 전, 밤의 쉬는 시간을 어떻게든 도와주는 게 좋을지 모른다고 생각했던 것도 좋지 않다. 나는 지금 이구치에게 사로잡혀 있다. 이러다가는 나까지 교실에서 어긋나는 쪽이 된다. 그것만은 피해야 한다.

교실로 가는 도중 계단에서 작은 몸을 흔들며 올라가는 야노의 등을 발견했다. 나는 빠른 걸음으로 그 옆을 지나쳤다. 뒤에서 "안녕, 좋은아침!"이라는 인사가 들려왔지만, 깨끗이 무시해줬다. 괜찮아. 잘했어.

마음을 다잡고 교실로 돌아가자 우선 가사이가 웃음을 날렸다. "너, 야한 생각했지?" "그런 생각 안 했네요"로 시작된 가벼운 응수 끝에 내 자리에 와서 앉았다. 코피를 가장 먼저 알아봐준 옆자리의 구도가 "왜 그런 거지?"라고 걱정해주었다.

"아무것도 아냐."

괜찮다. 나는 다른 아이들과 같은 편에 서 있다.

아침부터 초콜릿을 먹은 게 안 좋았는지도 모른다고 대충 둘러대려는 참에 야노가 교실에 들어왔다.

"안녕, 좋은아침!"

분명한 아침 인사를 모두가 무시했다. 야노는 빙긋이 웃고 있었다. 항상 하던 대로.

평소 같으면 야노는 교실 안 누군가의 변화를 알아보고 일방적으로 말을 걸거나 누군가의 끌끌 혀 차는 소리를 들으며 자기 자리로 향했을 것이다.

평소 같으면.

즉 오늘은 평소 같지 않았다.

야노는 터벅터벅 이구치의 자리로 갔다.

그 모습은 나에게 언젠가의 사건을 떠올리게 했다. 우리 반에서 동료의식의 의미가 크게 변해버렸던 날. 아니, 변해버린 게 아니라 사실은 계속 지금의 모습이었고 내가 깨닫는 게 늦었을 뿐.

그것을 깨달은 날의 일을 떠올리게 하는 걸음걸이였다.

이구치는 눈앞에 다가온 야노를 보며 그때의 미도리카와처럼 고개를 든 채 아무 말도 하지 않았다. 무슨 일인가, 의아했을 것이고, 괜히 시비 걸지 말아줘, 라고 생각했는지도 모른다. 나는 맨 뒷자리라서 야노의 부루퉁한 표정밖에는 보이지 않았다.

내내 시야 한 귀퉁이로만 포착한 장면이다. 옆자리의 구도가 나한테 눈짓을 해줘서 비로소 알았다는 척하며 나는 그 두 사람을 시야의 한가운데에 앉혔다.

거기서부터는 야노의 목적이 대체 무엇인지 생각해볼 거를도 없었다.

어쩌면 이구치의 얼굴 각도가 키 작은 야노에게는 마침 딱 좋았다는 점도 있었는지 모른다.

야노가 갑자기 이구치의 뺨을 올려쳤다.

여학생이 여학생을 때렸다고는 생각되지 않을 만큼 묘하게 찰

싹 울리는 뺨 때리는 소리, 그 직전에 이구치가 내뱉은 "헉" 하는 소리, 그 직후에 누군가 벌떡 일어서는 소리, 그리고 내 입에서 깜빡 새어나온 "어이"라는 소리, 그 모든 소리가 일시에 귓속으로 몰려드는 듯한 느낌이 들었다.

거기서부터는 모든 것이 엉망진창이었다.

자신이 들고 있던 가방으로 이구치를 내리치는 야노, 대체 무슨 짓이냐고 야노를 뜯어말리는, 방금 전까지 이구치를 무시했던 여학생들, 그중에서 나카가와의 손은 실수로 그랬는지 일부러 그랬는지 야노의 머리채를 잡아당긴 모양이라서 "아야얏!" 하는 야노의 비명이 터졌다. 그런데도 야노는 연약한 팔로 가방을 퍽퍽 이구치에게 내리쳤고, 아침 훈련을 마치고 들어온 모토다가 "뭐야, 뭐야" 하고 마치 신이 난 듯 소리쳤고, 그때 담임선생님이 들어와 고함을 내질렀고, 수업 시작종이 울렸다. 아이들을 각각 떼어놓은 뒤, 상황을 설명하라는 선생님의 지시에도 야노는 아무말도 하지 않았다. 그 대신 주위 여학생들이, 야노가 갑자기 이구치에게 달려들어 뺨을 때렸다고 설명했다. 그것은 전적으로 옳은얘기여서 아무도 이견을 달지 않았다. 야노도 변명할 도리가 없었는지 계속 침묵했다. 그 대신 왜 그런지 웃고 있었다. 평소와똑같이 빙긋이.

나는 그 얼굴을 보고, 무섭다고 생각했다.

야노가 담임선생님에게 손을 잡혀 교실을 나가자, 조용히 하라는 지시가 내려진 교실 안이 일시에 폭발했다.

"뭐야, 쟤!"

"진짜 미쳤나봐!"

"이구치, 괜찮아?"

"미친 것, 죽어랏!"

저마다 와와 떠들어대는 가운데, 당사자인 이구치는 바들바들 떨면서 이 상황을 도저히 받아들일 수 없다는 듯 주위를 둘러보고 있었다.

나도 혼란에 빠져 있었다. 대체 무슨 일이 벌어진 것인가.

본인 이외에 어느 누구도 진실은 알 수 없겠지만, 야노가 없는 동안에 교실 안에서는 그녀의 행동에 대한 대략적인 예상이 만들어졌다.

우선 우리 반의 중심역할을 맡은 여학생이, 사실은 이구치가 야노의 노트에 낙서를 했었고 그건 자신들과 함께 한 일이라고 말했다.

실제와는 약간 다른 그 사실을 기반으로, 분명 야노의 행동은 그 일에 대한 복수고, 평소에는 제대로 대들지도 못하던 주제에 상대가 착하디착한 이구치인 것을 알고 분풀이를 했을 것이라고 모두가 예상했다.

반론이 있었다고 해도 내가 발언을 하지는 않았겠지만, 그보다는 애초에 반론을 찾을 수가 없었다.

나는 스스로에게 책임감을 느끼고 있었다. 어젯밤에 낙서의 범인이 이구치라는 것을 야노에게 섣불리 말해버린 것을. 아무리 사죄의 마음이 있었어도 이구치가 직접 사과한 것은 아니니까 야노의 마음속에 똬리를 튼 원망이 풀릴 리 없었던 것이다. 하지만 분명 "안 해"라고 말했던 복수가 이번만은 예외였던 것은 역시 착해빠진 이구치였기 때문일까.

분명 이구치는 착한 아이야.

야노는 그렇게 말했었지만, 나는 왜 그런 야노의 말을 곧이곧대로 받아들였을까. 상대는 바로 저 야노다. 너무도 순진하게 마치 그 애를 다 이해한 것처럼 생각했었다.

모두가 분개하고 있었다.

"낙서 좀 했다고 이구치에게 폭력을 휘두를 수 있어?"

"응? 응, 그러게 말이야."

옆자리 구도의 말에 일단 고개를 끄덕였다.

고개를 끄덕이고 나서 가만히 생각해보고 실제로는 구도가 하는 말에 선뜻 공감하지 못했다는 것은 물론 입 밖에 내지 않았다.

구도와 마찬가지로, 아이들은 노트에 장난 좀 친 것에 대한 앙 갚음으로 폭력을 휘두른 것은 큰 문제라는 식으로 얘기하고 있었다.

분명 폭력은 잘못이다. 그것에는 나도 마음속으로 수긍했다.

하지만 물건을 더럽히거나 망가뜨린 행위는 폭력보다 죄가 가벼운 것처럼 말하는 것에는 공감하기 어려웠다.

그렇다면 예를 들어 야노가 이구치의 뺨을 때리는 게 아니라 소중한 토토로 키홀더를 뺏어서 찢어발겼다면 지금과 같은 비난은 받지 않았을까? 그럴 리 없다. 소중한 물건을 엉망을 만든 죄로 야노는 여태껏 따돌림과 괴롭힘을 당해왔으니까.

문득 이구치의 책상 옆에 걸린 가방으로 시선이 갔다. 어라, 그 아이의 가방에 항상 대롱대롱 매달려 있던 토토로가 사라지고 없었다.

그때, 교실 앞문에 인기척이 있었다. 바짝 긴장한 채 바라보니 담임선생님도 야노도 아니고 노토 선생님이었다.

"자아, 인사하자."

막힘없이 던져진 일상 재개의 신호에 교실 안이 술렁거렸다.

아무래도 오늘은 노토 선생님이 담임선생님 대신인 모양이다. 가사이가 "논짱! 논짱!"이라고 별명을 연거푸 외쳤다가 쓰윽 노려보는 눈총을 받았다.

모두가 들썽들썽하는 가운데, 우선은 인사를 마치고 노토 선생님은 자신의 메모장을 펼쳐 오늘의 연락사항을 전달했다. 양호교사도 교무실 아침회의에 참석한다는 것을 처음 알았다. 한바탕 사무적인 연락을 한 뒤에 노토 선생님은 "1교시 시작할 때까지 조용히 기다리고 있어. 아, 이구치는 잠깐 나 좀 볼까?"라고 이구치를 앞으로 불러내 데리고 나갔다.

교실 안이 아까보다는 좀 조용한, 하지만 욕구불만이 차곡차곡 쌓여가는 듯한 심상치 않은 분위기에 휩싸였다.

한 가지, 어느 누구도 야노가 여태껏 당해왔던 일을 담임선생님에게 털어놓는 건 아닐까 하는 걱정을 하지 않는 것이 심상치 않은 분위기를 더욱 증폭시킨 느낌이었다.

아이들의 생각은 옳았다. 야노가 진실을 말해봤자 반 전체가 큰소리로 혼이 나고, 흡사 도덕 수업 같은 설교를 듣고, 그냥 그걸로 끝이다. 그거야말로 직접적인 폭력을 휘두른 건 아니기 때문에 어떤 처벌도 없다. 분명 아이들 모두가 그것을 알고 있었다.

화를 내고 혼을 내봤자 이쪽이 잘못했다고 생각하지 않으면 아무 의미도 없다.

좀 더 음습해지고 좀 더 색출하기 어려워지고, 지가 잘못한 주제에, 라고 좀 더 지독해질 것이다. 적이 보이지 않는 그런 방식이 더 괴롭고 성가시다.

월요일 1교시는 홈룸이다. 수업 시작종이 울리고 2분쯤 지나서 빙긋이 웃는 야노와 당황스러운 기색의 이구치를 데리고 담임선생님이 돌아왔다.

한마디로, 1교시는 동요한 학생들을 진정시키는 시간이었다. 아침의 일은 두 사람 사이의 다툼이었고 서로 용서하고 화해했다, 이번 문제는 우연히 두 사람 사이에 일어났지만 너희 모두가 졸업을 앞둔 친구라는 것을 생각해서 어떻든 입시에 지장이 없도록 하자, 등등.

남은 시간은 자습으로 채워졌다. 각자 예습이나 안 해온 숙제를 하라고 주어진 시간이었지만 숙덕숙덕숙덕 하느라 아무도 자습 따위는 하지 않았다. 미도리카와는 아예 책을 읽고 있었다.

그리고 그다음은 누구라도 상상할 수 있을 것이다. 1교시가 끝나자 아이들이 이구치 주위로 모여들었다. 걱정, 동정, 그리고 여학생들의 과장스러운 사과.

너, 까불지 마!

그런 말 따위, 아무도 야노에게 하지 않았다. 단지 쉬는 시간에 말없이 책상을 걷어차고 수업 중에 휴지를 던지고 청소시간이 끝나자 실내화를 물에 처넣었을 뿐이다.

머리가 이상한 야노는 그래도 여전히 빙긋이 웃었다.

집에 돌아갈 때 실내화 발꿈치를 밟혀 앞으로 풀썩 고꾸라진 야노를 보고 나는 또 한 번, 그녀를 이해할 수 없게 되었다.

월요일 · 밤

밖으로 나가자 구름 틈새로 달이 보였다. 달 아래를 나는 달려 갔다. 그리 내키지는 않았다. 하지만 말하지 않으면 안 된다는 마음이 들었다. 이런 걸 물어볼 수 있는 사람은 나밖에 없다는 잘못된 사명감까지 갖고 있었는지도 모른다.

나는 학교로 향했다.

"뭐하자는 거야?"

교실에 도착해 입을 열자마자 첫마디로, 자리에 앉아 핸드폰 게임을 하는 듯한 야노에게 그렇게 캐물었더니 그녀는 "어, 왔구나"라면서 이쪽을 보았다.

"오늘 그거."

말을 하면서 공간이 있는 교실 뒤쪽으로 이동해 항상 하던 대료 몸을 적당히 키웠다.

"그거라 니?"

"이구치하고의 그 일!"

추궁하듯이 소리치자 야노는 "낮의 일 은말하 지마"라고, 이미 질리도록 들었던 말을 했다.

"지금 그런 소리를 할 상황이 아니잖아."

"아이, 잔 소리도 많네, 앗 치는."

"너야말로 그렇지."

"앗치에 게뭔가 한것도 아니잖 아."

그건 그렇다.

아닌 게 아니라 듣고 보니 그렇기는 하지만.

그러면 나는 왜 이렇게 마음이 뒤흔들린 걸까, 새삼 생각해보고 금세 알았다.

"착한 아이가 상처 입는 건 싫다고 말한 사람이 대체 누구냐고."

"응, 그건 싫어."

"근데 왜?"

다시 한 번 묻자 야노는 입이 삐뚜름해졌다. 그 얼굴은 어렸을 때 본 어른들의 표정과 비슷했다. 마치 떼쓰는 어린아이를 보며 난처해서 어쩔 줄 모르는 듯한 표정.

일부러 그러는 것처럼 진한 한숨을 내쉬더니 야노는 그 삐뚜름한 입을 열었다.

"이구치 는 이제 따돌림 당하지 않게됐 잖아."

하기 싫은 말을 억지로 하라고 하니 툭 내던져준다, 라는 듯한 느낌을 풍풍 풍기면서 야노는 다시 핸드폰 게임으로 돌아갔다.

그녀의 말을 어금니로 잘근잘근 씹던 나는 내가 먼저 물어봤으면서도 답할 말을 미처 준비할 수 없었다. 마치 천변지이(天變地異)가 일어난 듯한 기분이었다. 일어난 적은 없지만.

"낮의 일 얘기는 이제 끝."

"뭐?"

"구름이 잔뜩 꼈 는데 비 는 그쳤 네. 왜 그럴 까?"

게임오버인 듯한 소리가 들리고 야노는 핸드폰을 호주머니에 넣더니 창밖을 보았다. 나도 덩달아 쳐다보다가 저 너머 교사(校舍) 쪽에서 뭔가가 휙 움직인 듯한 느낌에 당황했다. 하지만 찬찬히 보니 구름이 흘러가서 달빛에 비친 부분이 바뀐 것뿐이었다.

나는 당황하고 있었다. 야노의 말 때문에.

야노가 설명해준 자신의 행동의 의미 때문에.

하지만 그래도 그건 좀 이상하잖아.

"노트에 낙서한 거, 이구치였는데……."

"그거, 지 난번에 말했어. 앗치는 똑같은 말을자 꾸자꾸 하네."

"게다가 여태껏 너를 따돌리는 일에 가담했었어."

이해할 수 없었다. 분명 이구치는 착한 아이다. 하지만 그건 동료의식이라는 울타리 안의 우리에게는 그렇다는 얘기다. 방금 말한 대로 야노는 지난 몇 달 동안 이구치에게서 줄곧 따돌림을 당해왔고, 그건 야노도 알고 있을 터였다. 지우개를 주워준 순간, 이구치가 동요했던 것도, 결국, 아니, 처음부터 이구치는 그 거리와 그 타이밍이 아니었다면 야노가 떨어뜨린 물건 따위 주워줄 마음이 없었던 것이다.

말하자면 기껏해야 그런 정도의 착함에 야노는 스스로 희생을 떠맡았다는 것인가.

"이해가 안 돼."

"앗치는 같은말 을자꾸 자꾸하 고,자기 가한말 도잊어 버려."

"뭐가?"

"이상한 것은이 상한그 대로이 상해서 좋다고 했잖아."

"그건 이구치가 했던 말이야."

온몸의 검은 알갱이가 술렁거렸다. 답답함이 원인인 것도 아니고 오한이 원인인 것도 아닌, 마치 한 번도 본 적이 없는 모습이나 생각을 가진 것을 목격했을 때처럼, 내 마음이 받아들이는 방법을 알지 못하는, 몹시 불편한 뭔가를 느꼈다.

"그, 그래도 괜찮아?"

"뭐, 가?"

"아니, 그래도……."

전보다 훨씬 더 상황이 나빠졌잖아, 라는 말을 과연 내가 해도 될지 망설여졌다.

말로 내뱉지 못한 나의 망설임을 야노는 어떻게 받아들였는지, 빙긋이 웃었다.

"모르겠 어."

그것은 내 질문의 의미를 모르겠다는 뜻일까. 아니면 자기 스스로도 그 행동이 괜찮은 것인지 아닌지 모르겠다는 뜻인가.

앞쪽이라면 좋다. 앞쪽이라면 역시 이 아이는 남과의 대화의 맥도 못 짚고, 분위기 파악도 못하는 이상한 녀석이라는 얘기다.

하지만 만일 뒤쪽이라면, 이라고 상상하자 나는 두려워졌다.

나는 그녀를 우리로서는 상상도 못할 사고회로로 움직이는 이상한 인간이라고 생각하면서 살아왔다. 무시를 당해도 말을 거는 것을 멈추지 않고, 따돌림을 당해도 빙긋이 웃으며 하루하루 즐거운 듯이 살아간다. 아침에 등교해서는 느닷없이 클래스메이트에게 폭력을 휘두른다.

극단적인 사고방식을 가진, 머리가 이상한 아이.

그런 애니까 그녀가 처한 상황은 어쩔 수 없다고 생각할 수 있었다.

하지만 혹시라도 그녀가 필사적으로 자기 나름대로 생각한 끝에 행동하고 살아가는 것이라고 한다면, 어떻게 되는 건가.

토요일과 일요일의 주말 동안 고민에 고민을 거듭한 끝에 자신의 일에 휘말려 힘든 상황에 빠져버린 클래스메이트를 구해주기로 한 것이라면, 어떻게 되는 건가.

문득 미도리카와에게 한 그 만행도 뭔가 이유가 있어서, 야노 나름의 생각이 있어서 저지른 일이었나, 하는 생각이 들었다. 몹시 마음에 걸리는 의문이었지만 나는 그것에 대해 묻지 않았다. 물어봤다가 혹시라도 공감할 수밖에 없는 뭔가의 이유가 있었을 경우, 우리 반에서 정당성이라는 도피처 따위는 사라지고 만다.

나는 휘휘 고개를 저어 생각을 꺼버렸다. 그럴 리가 없다.

만일 그녀가 일반적인 인간이라면 그런 지독한 하루하루를 빙긋이 웃으며 살아갈 수 있을 리 없다. 더구나 그 지독한 하루하루를 자신을 좋아해주는 것도 아닌 클래스메이트를 위해 더욱더 악화시키다니. 애초에 뺨을 때리는 거친 짓이 아니더라도 다른 더 좋은 방법이 있었을 것 아닌가.

역시 이 아이는 우리와는 전혀 다른 사고방식을 갖고 살고 있다. 틀림없다.

똑같은 가수 그룹을 좋아하는 것도, 소년 점프를 읽는 것도, 금요극장을 손꼽아 기다리는 것도, 아무 관계가 없을 터였다.

나는 더 이상 그녀에게 이구치에 대한 이야기는 하지 않기로 했다.

어차피 얘기를 주고받아봤자 내가 상황을 바꿀 수 있는 것도 아니고, 다 쓸데없는 짓이다.

그 대신 해결할 수 있을지도 모르는 문제에 대해 이야기하기로 했다.

어떻게 생각하건 그러는 게 더 건설적이다.

"그, 그러고 보니 또 한 가지 너에게 할 이야기가 있어서 왔어."

야노는 나에게 의아하다는 듯한 눈빛을 던졌다.

"또 낮의 일을 얘기하는 것만 아니라면."

"응, 그런 건 아닐 거야. 실은 내가 학교에 들어오는 장면을 우리 반 남학생 누군가가 목격한 모양이야. 나중에 여기에 잠입해서 잡을 계획이라고 했어."

"우와, 진짜 바보 같아."

"누가 아니래, 괴물을 잡겠다니."

"아니, 앗 치가."

내가 여덟 개의 눈으로 약간 강하게 노려보자 야노는 아하핫 하고 웃었다.

이미 익숙해져서 여덟 개의 눈이 오히려 인간의 눈보다 더 코믹하게 보였는지도 모른다.

"그건싫 은데."

"……그렇지? 아, 여기에 쉽게 들어올 수 있다는 것도 눈치챈 모양이야."

"밤의쉬 는시간 을들켜 버렸네."

"그건 잘 모르겠지만, 그 녀석들 쪽에서 먼저 지쳐 떨어질 때까지 우리는 오지 않는 걸로 하더라도 일단 여기가 녀석들의 아지트가 되어버리면 의미가 없어."

"앗치가 교문앞 에서쫓 아내는 건어때?"

"내가 먼저 도착해서 잠복할 수 있으면 좋은데, 괴물이 되는 시간은 날마다 언제인지 정확하지를 않아."

어느새 완전히 내가 도와준다는 것을 전제로 얘기가 진행되는 점은 굳이 생각하지 않기로 했다. 지금은 밤이다. 누구에게도 우리 둘이 있는 것을 들킬 리는 없다.

야노는 팔짱을 끼고 끄응, 신음했다.

"밤의쉬 는시간 이외의 시간이 라면경 비아저 씨가막 아줄테 니까괜 찮아. 하지만 만일밤 의쉬는 시간에 잠입한 다면앞 으로다 시는몰 래들어 올생각 도못하 게해줘 야해."

"그건 그렇지. 학교 밖에서 위협해봤자 잠입을 막을 수는 없을 테니까."

"이히히히히, 히힛."

갑자기 야노가 기분 나쁜 웃음소리를 냈다.

"왜, 왜 그래?"

"아니앗 치가이 곳을지 켜주려 고하는 거, 너무 기뻐서."

내가 애써 그 사실을 무시하려고 노력하고 있는데, 정색을 하고 말하는 바람에 부끄러워졌다.

그런 게 아니다.

단지 괴물인 나라면 녀석들을 쉽게 물리칠 수 있기 때문일 뿐이다.

혹시 나는 낮에 지은 죄를 그걸로 갚으려고 하는 걸까, 라고 다시 이상한 생각이 떠올랐다.

"아무튼 일이 그렇게 됐으니까 만일 녀석들이 들이닥친다는 정보가 입수되면 그날은 야노는 이곳에 오지 않는 게 좋아."

"그 정보 를 어떻 게 공유 하지?"

"그건……."

만일 결행 당일에나 알게 된다면 공유할 여유는 없다. 아까 말한 것처럼 나는 매일 몇 시에 괴물이 되는지 정확히 정해져 있지 않은 것이다. 그리고 낮 시간에는 둘이서 얘기를 나눌 수 없다.

"그리고 또 한가 지."

"응."

"어떻게 해야 할 까, 만일 그게 오 늘이라 면?"

설마 그럴 리가, 라고 내가 말하려는 순간을, 즉 야노가 그 이야기를 꺼내는 때를 노리기라도 한 듯한 타이밍이었다.

창 밖에서 큰 벨소리 같은 게 들려왔다.

경보음. 몸이 푸르르 떨리는 게 느껴졌다. 역시 나는 소리에 약하다. 우리는 서로 눈을 마주보며 즉각 몸을 웅크렸다. 드디어 들켜버렸는가, 라고 생각했다. 그나저나 느닷없이 경보 벨이라니.

허둥지둥 여덟 개의 눈을 희뜩번뜩 굴리며 야노와 함께 포복 전진 자세로 문 쪽으로 기어가는데 도중에 벨소리가 뚝 멈췄다. 그러자 곧바로 야노가 이쪽을 돌아보았다.

"뭔가이 상하지 않아?"

소리를 죽여 "뭐가?"라고 묻자 야노는 부스스 몸을 일으켰다.

"밤의쉬 는시간 이니까 경비아 저씨는 아무말 안하실 거고, 나는우연 히사정 을모르 는선 생 님에게 들킨거 라고생 각했어. 근데저 쪽동에 서만경 보음이 울리는 건이상 하잖아. 게다가 소리가 작아."

띄엄띄엄 얘기하는 야노. 그 말을 듣고 보니 밤의 쉬는 시간이라는 공상만 빼고는 분명 맞는 말이었다. 그래서 나는 그림자를 보내 화단 쪽을 정찰했다. 이미 그곳에는 당연히 아무도 없었다. 맞은편 건물 안으로 침입시켜 신중하게 둘러보게 했지만 역시 아무도 없었다. 경비실에도 불은 켜져 있는데 딱히 무슨 일이 일어난 듯한 기미는 없었다. 밖으로 나와 운동장을 살펴보고, 이윽고 그림자의 시선을 교문 쪽으로 돌렸다.

거기서 한 가지 움직임이 그림자의 눈에 포착되었다.

그야말로 한순간이었다. 교문을 빠져나가는 뭔가는 사람이라고 인식하자마자 자취를 감춰버렸다. 서둘러 그 뒤를 쫓아 그림자를 교문 밖으로 내보냈더니 시야에 들어오는 정보가 뚝 끊기면서 일절 보이는 게 없었다.

"왜그래?"

"새도가 사라져버렸어."

"그그럼 자를새 도라고 하는거 야? 아,오글 거려."

"쳇, 그게 어때서? 아, 그보다 사람이 있었어."

"누,구?"

누구였을까. 체육복을 입었고 머리는 짧고 키는 작은 편이었던
것 같다. 순간적으로 본 것이라서 더 이상은 알 수 없다. 일단 그
런 정보를 얘기해줬더니 야노는 의자에 앉아 흐으음, 신음소리를
냈다.

"만일아 까그소 리를경 비아저 씨나선 생님이 울린거 면, 아마
외부 사람일 거야."

"아니, 분명 우리 학교 체육복을 입었어."

"그럼밤 의쉬는 시간이 라고어 떤바보 가자기 자명종 같은걸
울려버 린거아 니야?"

날마다 학교에 몰래 드나드는 자신의 바보짓은 생각도 않고 그
녀는 진심 어이없다는 표정으로 말했다. 하지만 바보라는 말에,
혹시 모토다 패거리 중의 누군가가 왔었는지도 모른다는 생각이
들었다. 한 놈이 미리 정찰을 하러 왔는지도 모른다. 아니면 아직
학교 안에 잠복 중인 다른 놈이 있을지도.

걱정쟁이인 나는 다시 한 번 새도, 가 아니라 분신을 내보내 두
개의 건물 안을 살펴보았다. 하지만 결국 경비 아저씨들 외에는

아무도 눈에 들어오지 않았다.

"새도로 뭔가찾 아냈어?"

"……아니, 아무것도."

여학생에게 조롱당하는 괴물이라니, 이건 대체 뭔가.

도망친 놈이 누구였는지, 지금으로서는 아무 정보도 얻을 수 없었기 때문에 나는 일단 경계를 계속하면서 야노와 함께 모토다 패거리를 물리칠 대책을 의논해보기로 했다.

하지만 딱히 그럴싸한 작전을 짜내지도 못한 채 결국 놈들이 밤의 쉬는 시간에 들이닥친다면 나와 분신이 함께 몰아붙여 불로 위협한다는, 마치 맹수 사냥에 나선 원주민 부족 같은 방법을 결정하고 회의는 끝이 났다. 회의라고 해봤자 내가 아이디어를 제시하면 야노는 엉뚱한 대꾸나 하면서 훼방을 놓는 것뿐이었다.

중간에 도무지 견딜 수 없어서 한마디 충고를 날렸다.

"이게 다 야노 너를 위한 거야!"

"엄청생 색내시 네."

그렇게 치고 나와서 잔뜩 화난 척해줬다.

어쨌거나 오늘도 밤의 쉬는 시간의 종료를 알리는 벨소리 알람이 울렸다.

"그만 가자."

내가 몸을 작게 줄이고 일어서자 야노도 자리에서 일어나 나를 지그시 들여다보았다.

"왜?"

"……내일도 또와줄 래?"

그 질문을 받은 것은 오랜만이었다.

왜 오늘 또다시 그 질문을 내게 던졌는지 생각해보려다가 금세 관둬버렸다.

"놈들이 갑작스레 들이닥칠지도 모르니까 내일도 올 거야. 내가 없는 사이에는 어딘가에 숨어 있어."

분명한 이유가 있어서 정말 다행이라고 생각했다.

야노로서도 밤의 쉬는 시간이 무너질지 모른다는 것보다 더 큰 불안은 없을 것이다.

헤어질 때, 내일부터의 일을 생각하니 나도 마음이 영 불안해서 손을 흔드는 그녀의 얼굴을 마주볼 수 없었다.

화요일·낮

당연한 얘기가 되겠지만, 인간이 됐든 괴물이 됐든 낮이든 밤이든, 착한 놈이든 나쁜 놈이든, 누군가 안 좋은 일을 당하는 꼴은 별로 보고 싶지 않다.

그래서 오늘부터의 학교생활이 몹시 지겨운 것이 되리라는 건 충분히 짐작하고 있었다. 대각선으로 앞쪽에 있는 클래스메이트가 평소보다 더 지독한 괴롭힘을 당하는 모습을 계속 지켜보지 않으면 안 되는 상황이라니. 게다가 지겨워한다는 것을 다른 애들에게 들키지 않도록 세심한 주의를 기울여야 하는 것이다.

그렇게 생각하며 나름대로 단단히 각오를 하고 등교했는데도 내가 교실에서의 시간을 버텨내기 위해 만들어온 그 각오를 현실은 가볍게 뛰어넘어버렸다.

현실은 내가 예상했던 나쁜 상황보다 훨씬 더 나쁜 것이었다.

등교해서 교실에 도착하자 평소와는 뭔가 분위기가 달랐다. 우선 모토다가 벌써 제 자리에 앉아 있었다. 그건 뭐, 좋다, 지도교사의 사정에 따라 아침 훈련이 중지되기라도 했을 것이다.

마음에 걸린 것은 책상 하나를 여학생들이 에워싸고 있는 것이었다. 나카가와의 자리였다. 무슨 일이 있었는지 예의상 살펴봐준다는 의미를 담아 흘끗 넘어다봤더니 나카가와가 의자에 앉아 울고 있었다.

처음에는 남자친구와 헤어지기라도 한 모양이라고 생각했다.

나카가와는 얼굴도 성격도 화려한 편이라서 우리 반 남학생들 사이에서 인기가 있었다. 때로는 연애와 관련해 고민되는 일도 있을 것이다. 눈물 젖은 그 얼굴은 며칠 전 바퀴벌레를 보는 듯한 눈빛으로 이구치를 바라보던 때의 얼굴과는 크게 달랐다.

그런 태평한 일이 아니라고 이윽고 깨닫게 된 것은 야노가 등교했을 때였다.

매일 그렇듯이 그녀는 "안녕, 좋은 아침!"이라고 인사하며 교실로 들어왔다. 어제 뜻밖의 폭력사건을 일으키기는 했지만, 그런 일이 없었더라도 기본적으로 그녀가 던진 인사는 어느 누구의 대답도 어느 누구의 반응도 얻지 못하는 가운데 자기 자리로 향한다는 것이 야노의 습관이었다.

오늘도 야노는 그런 자신의 습관에 따라 움직였다. 달라진 것은 야노를 제외한 다른 아이들이었다.

교실 앞쪽의 나카가와의 자리.

야노가 그 옆을 지나가려고 하자 그쪽에 가 있던 모토다가 뒤돌아서서 빈 페트병으로 그녀의 뒤통수를 파앙 내리쳤다.

"야!"

어제의 뺨 싸대기에 비하면 상당히 가벼운 소리와 고함이었는데도 교실 안의 모두가 그 순간 움직임을 멈추고 두 사람을 쳐다보았다.

예상치 못한 타격과 고함소리에 야노도 놀란 얼굴로 말없이 돌아보았다. 남학생들도 놀랐다. 지금까지 모토다가 야노에게 수많은 처벌을 해왔다는 것은 모두가 알고 있었다. 하지만 모토다를 포함해 어느 누구도 지금까지 야노에게 직접 손을 댄 자는 없었기 때문이다.

키 차이가 상당히 많이 나서, 우리 반의 속사정을 알지 못하더라도 어느 쪽이 어느 쪽을 위협하는 장면인지는 일목요연했다.

어떻게 될 것인가. 팽팽히 긴장된 분위기 속에 입을 연 것은 이번에도 모토다였다.

"너지?"

모토다의 발언의 의미를 나는 알지 못했다. 야노도 무슨 말인지 알 수 없었는지 고개를 갸우뚱했다.

"뭐,가?"

야노의 그 느릿느릿한 말투는 듣는 사람의 화를 돋운다.

"네가 나카가와의 실내화를 엉망으로 만들었잖아, 화단에 내던져서. 어제 그 일의 앙갚음이야?"

그런 일이 있었나, 하고 나는 내 자리에서 슬며시 나카가와의 발 쪽을 쳐다보고서야 그녀가 갈색 슬리퍼를 신고 있는 것을 알았다.

"너, 자꾸 까불면 죽는다?"

거친 말투로 을러대는 모토다 안에 있는 것은 나카가와를 위한 정의감 같은 것이 아니었다.

사실은 혐오감도 아니고, 오로지 상대를 상처 입히고 싶어하는 잔학한 마음이라는 것을 다른 아이들도 눈치챘겠지만, 그런 건

이 교실에서는 어찌됐든 상관없는 것이었다.

"……."

야노에게 충고할 수만 있다면 해주고 싶었다. 어젯밤에 미리 해줬더라면 좋았을지도 모른다.

그런 말을 들었을 때, 어떤 표정을 짓는 것이 가장 바람직한가.

고개를 가로저으며 연약하게 부정하고, 잔뜩 겁먹은 표정을 지어주면 된다. 그러면 상대 역시 확증이 있어서 한 말이 아닌 경우가 많기 때문에 일단 진정이 된다.

그런데 넌 대체 왜 그런 얼굴을 내보이는 거야.

"나는모 르는일 이야."

야노는 빙긋이 웃으며 딱 잘라 용의를 부인했다.

"뭐얏?"

"모오.르은.다아.고."

설마 상대가 듣지 못했다고 생각한 것인지, 다시 한 번 한 마디 한 마디를 길게 늘려가며 똑같은 말을 해주더니 야노는 빙긋이 웃는 얼굴 그대로 등을 돌리고 자기 자리로 향했다.

혹시 그녀는 웃는 얼굴만이 이 세계에 통용되는, 상대와의 우호적인 관계를 만들기 위한 필살기라는 식으로 생각하는 건가. 웃고만 있으면, 웃는 얼굴이기만 하면, 분명 친해질 수 있다는 빗나가도 한참 빗나간 생각을 하고 있는 게 아닐까.

그렇다면 알려주고 싶다. 아니야. 웃는 얼굴 따위, 원치 않는 상대에게 던져봤자 비위를 상하게 할 뿐이야.

그런 얼굴 표정을 지으니까 일이 점점 더 꼬이는 것이다.

"이게 어디서 느물느물하고 있어!"

모토다는 칠판 끝에 놓여있던 네모난 칠판닦이를 집어 들었다.

"사람 기분 나쁘게, 이 ○○○!"

그리고 망설임 없이 칠판닦이를 야노를 향해 내던졌다. 다행히 푹신한 쪽이 야노의 뒤통수를 때리고 바닥에 떨어졌다. 근처에 있던 아이들은 마치 벌레의 사체라도 날아온 것처럼 화들짝 놀라며 피했다. 야노의 몸에 닿았던 것이기 때문이다.

야노는 "아얏!"하는 소리와 함께 머리를 만졌지만 역시 빙긋이 웃는 얼굴 그대로 자리에 앉았다.

그 얼굴을 보고 나는 다시 무서워졌다.

어떻게 이 상황에서 웃고 있을 수 있을까.

어쩌면 저 웃음은 야노 나름의 고집 같은 것일까.

그날 아침에 야노에 대한 추궁은 더 이상은 없었다. 나카가와는 담임선생님이 올 때까지 울음을 그치지 않았고, 그녀의 실내화 문제는 반 회의에서 다뤄지기는 했지만 범인을 찾지 못한 채 나카가와는 방문객용 슬리퍼로 하루를 보내게 되었다.

바닥에 떨어진 칠판닦이는 "대체 누구냐, 응? 제발 제자리에 좀 갖다줘"라고 적당히 주의를 주면서 담임선생님이 직접 주워 올려놨다.

그것을 보면서 나는 야노에게 내뱉어진, 입에 담기도 꺼려지는 그 심한 욕설은 어디에 떨어졌고 누가 주워줄까, 라는 생각을 했다.

　교실 안에서, 나카가와의 실내화를 1층 화단에 던진 범인은 야노, 라는 것으로 의견이 모아져가고 있었다. 물론 실제로 그랬는지 어떤지, 나는 알지 못한다. 그래서 긍정도 부정도 하지 않았다. 전체의 의견에 따름, 이라는 것으로 해뒀다.

　체육시간에 체육관의 코트를 반으로 가른 네트 너머로 나카가와와 몇몇 여학생들이 야노에게 공을 세게 던졌던 것이며, 이구치가 그런 상황에 당황해하는 것처럼 보였다는 것 등은 괜히 고민해봤자 별 뾰족한 방법도 없는 일이었다.

　좀 더 도움이 될 만한 것을 생각해보자.

　"아참, 모토다 쪽 애들, 괴수는 잡았대?"

　점심시간에 밥을 먹고 모두 함께 운동장으로 향하는 도중에 가사이와 둘이서 화장실에 들렀을 때, 나는 손을 씻으면서 방금 우연히 생각난 것처럼 물어보았다. 모토다 본인은 동아리 활동 때까지 에너지를 확보해둘 생각인지 교실에서 자고 있었다.

　가사이는 재미있다는 듯이 웃었다.

　"응, 괴수를 잡겠다고 씩씩거리기는 하는데, 진짜 어이가 없어. 그러잖아도 야구부 1학년이 학교 밖에서 싸움질을 해서 문제가 된 상황인데 말이야, 아하하핫."

　싸움질로 문제가 되었다고? 그건 처음 듣는 얘기였다.

　"그 바람에 아침 훈련이 중지됐다고 모토다는 외려 좋아하더라고. 그 녀석, 괜히 괴수 잡겠다고 설치다가 말썽 일으켜서 시합에도 못 나가면…… 뭐, 그렇게 되면 좀 안타깝긴 하지만, 진짜 바보 같지 않냐?"

가사이는 소리 죽여 웃으면서 내 어깨를 탁탁 두드렸다. 그랬구나, 모토다가 아침 이른 시간에 교실에 와 있었던 것에는 그런 이유가 있었다. 그건 뜻밖의 재난이었네. 야노에게.

"언제 결행한다고?"

"그거야 나도 모르지. 야, 세상에 괴수가 어딨어."

에이, 뭐야, 라고 가사이에게서 정보를 얻지 못한 것에 내심 실망했지만, 가만 생각해보니 가사이의 시큰둥한 반응이 일반적이고 오히려 내가 특이한 관심을 보였다는 것을 깨달았다.

"왜, 앗치 너, 그 일에 관심 있어? 너까지 괴수를 잡으려고?"

"학교에 몰래 잠입하는 바보짓은 안 하지."

"하긴 넌 착실하니까."

"그래, 너 같지는 않으니까."

"뭐?"

거기서 갑자기 가사이의 표정이 험악해졌다.

가끔씩 있는 일이다.

극히 드물지만 가사이는 내가 놀리면 갑작스레 불쾌한 얼굴을 보이는 때가 있었다. 누구라도 이따금 불쾌한 기분을 드러내기 마련이지만, 항상 가볍게 낄낄거리던 가사이의 그 돌변한 얼굴 표정은 나를 바짝 긴장시키곤 했다.

"아니, 그게 아니라……."

"……아하하핫, 뭐냐, 앗치, 바짝 쫄았네?"

긴장한 것이 전해져버렸고 그것이 우스웠던 것이리라, 가사이는 조금 전보다 더 크게 웃으면서 내 어깨를 두드렸다. 나는 안도했다.

하지만 가사이의 기분을 풀어주는 데 최적의 조건을 갖춘 사람이 우연히도 우리가 화장실을 나오는 참에 앞을 지나가고 있었다. 타이밍이 기막혔다, 나에게도 그리고 가사이에게도. 항상 교실에서 도시락을 먹던데, 오늘은 주스라도 사러 가는 길인가. 미도리카와가 식당 쪽을 향해 가고 있었다.

"엇, 미도리카와! 매점?"

힘찬 목소리로 가사이가 뒤에서 말을 걸었는데도 미도리카와는 놀라는 기색 없이 천천히 돌아보며 "응"이라고 고개를 끄덕였다.

보통 평범한 인간이라면 여기서 "가사이는 어디 가?" 정도의 대꾸를 해줄 테지만, 미도리카와를 상대로 그런 말이 돌아오기를 기다렸다가는 헤기 저물어버린다. 가사이도 그걸 잘 알고 있는지, 아니면 오로지 좀 더 긴 대화를 하고 싶은 것뿐인지, 평소보다 약간 높은 톤으로 '마이 턴!'을 이어갔다.

"미도리카와, 그 얘기 들었어? 요즘 이 근처에 괴수가 나온다는 얘기."

미도리카와는 말없이 고개를 갸웃했다. 부정의 의미다. 때때로

이 여학생은 정말로 '응'이라는 단어 외에는 말 자체를 못하는 게 아닌가 하는 의심이 든다. 하지만 수업 때 선생님이 지명하면 똑똑히 대답을 하니까 앞으로 가사이가 원하는 관계가 이뤄진다고 해도 그쪽으로는 별 문제가 없을 것이다.

"밤이면 괴수가 나타난다고 난리야. 어때, 웃기지?"

"응."

"근데 봤다는 놈이 한둘이 아니야. 미도리카와는 그런 쪽으로 관심 있어?"

"응."

"진짜? 좀 뜻밖인데, 아하하핫. 그렇다면 뭔가 소식이 들어올 때마다 알려줄게."

"응."

"그럼 우린 축구하러 갈게. 미안하다, 매점 가는 거 방해해서."

"응."

방해했다는 뜻인가. 미도리카와는 고개를 끄덕이더니 그걸로 대화는 끝났다고 판단했는지 말없이 등을 홱 돌리고 가버렸다. 상당히 큰 실례를 범한 듯한 느낌이 들었지만, 가사이가 흐뭇한 얼굴로 빙글빙글 웃고 있는 걸 보면 뭐, 괜찮았던 모양이다.

완전히 기분이 좋아진 가사이와 나란히, 드디어 현관 쪽으로 갈 수 있었다. 다른 놈들은 벌써 축구를 시작했을 것이다. "야, 빨리 가자"라고, 자기가 먼저 샛길로 빠졌으면서 들들 재촉하는 가사이를 따라 나도 덩달아 급한 걸음으로 도착해보니 우리 반 신발장 앞에 먼저 와 있는 사람이 있었다.

그녀는 이쪽을 알아보고 흠칫 놀란 기색이었다.

"어, 나카가와, 웬일이야, 운동장에 나가려고?"

말을 하면서 이미 앞쪽의 자기 신발장 뚜껑을 열고 있던 가사이는 나카가와가 손에 든 물건을 미처 못 봤을 것이다. 내가 먼저 그녀가 이곳에 와 있는 이유를 눈치채버린 것 때문인지 뭔지, 나는 나카가와와 시선이 딱 마주치자마자 반사적으로 눈을 피해버렸다.

"가사이하고 앗치는 축구?"

나카가와가 딱히 신경 쓰는 기색도 없이 먼저 대화를 시작해줘서 그나마 다행이었다.

"응. 나카가와도 축구 해볼래?"

운동화를 영차영차 신으면서 나카가와 쪽을 돌아본 가사이는 그제야 그녀가 손에 든 것을 알아본 모양이었다.

"우왓, 무섭잖아!"

"아하하하."

ㄱ 손에 있는 것은 커터칼, 그리고 걸레로 감싸 쥔 운동화.

"살짝 복수 좀 해주려고."

애교 섞인 목소리로 나카가와는 가사이를 쳐다보고, 이어서 나를 보았다. 이번에는 눈을 피하지 않고 "아, 응"이라고 제대로 대답할 수 있었다.

"걔 꺼?"

"응, 맞아."

내가 덧붙여준 말에 나카가와는 기뻐했다. 왕자님 앞에서 백성들에게 공적을 칭찬받은 공주라도 된 듯한 기분일까.

그나저나 벌써 범인은 야노라고 확실히 밝혀진 것인가.

나카가와나 우리 반 아이들에게는 별 의미도 없을 의문을 내가 머릿속에 떠올린 순간, 가사이가 "오호" 하고 감탄하는 듯한 소리를 냈다. 나카가와의 눈이 그 즉시 나에게서 가사이에게로 옮겨 갔다.

"확실히 밝혀졌어?"

"응?"

"걔가 나카가와의 실내화를 화단에 던졌다고 확실히 밝혀진 거냐고."

나는 차마 말하지 못했던 가사이의 그 순수한 질문에 나카가와는 입을 툭 내밀었다.

"증거는 없지만, 당연히 걔지."

증거라니, 마치 지난번의 탐정놀이 같다.

이구치 일도 있었으니까 그렇게 결론을 내린다고 해도 이상할 건 없다고 나 역시 생각했지만, 가사이는 그렇게는 생각하지 않은 모양이었다.

"그럼 아직 누군지 모르는 거잖아."

가사이의 대답이 아마 나카가와에게는 의외였을 것이다. 나로서도 의외였다. 직접적으로는 어떤 행동도 하지 않았다지만 가사이는 야노를 진심으로 싫어할 터였기 때문이다. 다른 놈들과 다른 점은 묘한 도덕이나 동료의식, 정의감 때문에 싫어하는 것이 아니라 자기가 좋아하는 존재를 상처 입혔다는 단순한 감정 때문에 분노했다는 것이다. 그래서 그는 주위에서 어떤 복수를 하건 그런 것에 대해서는 무관심한 거라고 생각했었다.

설마 클래스메이트에게서, 그것도 가사이에게서 야노에 대한 복수를 비난받을 줄은 몰랐던 것이리라. 나카가와는 "그, 그런가? 응, 그치?"라고 중얼거리던 그 입으로 피식 웃더니 야노의 신발을 그 자리에 툭 던지고 우리 둘 사이를 빠져서 가버렸다.

이쪽은 타이밍이 영 안 좋았네, 라는 둥의 생각을 하며 그녀의 등을 바라보았다.

"자, 가자."

"응."

나는 가사이의 뒤를 따라가며 내심 감사하고 있었다. 그것은 야노의 운동화가 발기발기 찢기는 일 없이 끝난 것에 대한 감사가 아니었다. 나카가와를 그런 모양새로 쫓아버린 것에 대한 것이었다.

실은 전부터 나카가와가 영 마음에 안 들었다. 그녀는 자기 얼굴의 화려함에 자부심이 있어서 그런 건지 뭔지, 자신보다 못하다고 판단한 사람에게는 거리낌 없이 상처를 입히는 인간이다.

우리 반을 하나로 똘똘 뭉치게 한 야노를 향한 혐오가 지금처럼 공공연해지기 전부터 나카가와는 그리 좋아하지도 않는 야노에게 알랑거리는 목소리로 슬금슬금 접근해 대화를 주고받고 그 대화를 빌미삼아 뒤에서 친한 여학생들과 속닥속닥 비웃곤 했다. 그녀의 표적이 된 것은 야노뿐만이 아니었다. 이구치와 다른 약한 클래스메이트들도 그녀의 비웃음거리가 되었다.

가사이에게 좋은 감정을 품고 있는 나카가와가 이 일로 깊은 상처를 입었으면 좋겠다, 라고 나는 생각했다. 그녀의 얕은 생각에, 윤리성 결여에, 아니, 거기까지는 아니어도 방금 주의를 받은 것만으로도, 죽죽 상처가 났으면 좋겠다고 생각했다.

아닌 척 허세를 부렸지만 눈빛이 크게 흔들렸던 나카가와의 얼굴이 생각나 가슴속이 한결 가벼워지는 것을 느꼈다.

동시에 모두가, 누군가가, 상처 입기를 바라다니, 바보 같다고도 생각했다.

그래서 가볍고 감정적이지만 명확한 분별력을 가진 가사이, 그의 바람만은 꼭 이뤄졌으면 좋겠다고 나는 생각했다. 그리고 그의 그녀, 미도리카와가 조금만이라도 커뮤니케이션 능력을 키워주기를 마음속으로 빌었다.

그날은 더 이상 엄청난 뭔가가 일어나는 일도 없이 종료되었다.

굳이 말하자면, 야노가 수업 중에 지우개가루를 머리에 뒤집어썼다는 것, 그리고 다카오의 자전거가 근처 강에서 발견되었다는 것 정도였다.

화요일 · 밤

괴물이 되자마자 서둘러 학교로 향했다.

모토다 패거리가 언제 들이닥칠지 알 수 없는 상황이라면 당연히 그건 바로 오늘밤이 될 수도 있다는 뜻이다. 한밤중의 학교에 남학생 여러 명과 여학생 한 명이라니, 따돌림이니 뭐니 이전에 자칫 큰 문젯거리가 될지도 모른다.

거기에 괴물까지 더해지면 문젯거리고 뭐고 엄청난 대사건이 되는 거 아닌가, 라고 생각하면서 교실에 도착했지만 야노는 와 있지 않았다.

이상하네, 그녀가 밤의 쉬는 시간이라고 이름붙인 그 시간은 진즉에 시작되었을 텐데.

혹시 오늘 일로 침울해져서 학교 따위, 더 이상 오고 싶지 않은 것일까. 생각해보면 그게 일반적인 반응일 터였다. 이구치와의 일은 어찌됐든, 자신이 했다는 확증도 없는 일에 대해 단정적으로 범인으로 몰아붙이고 비난하고, 어느 누구도 주워주지 않을 지독한 욕을 듣고…….

"우와앙!"

"으아악!"

항상 하던 대로 교실 뒤쪽에 앉아 있던 나는 뒤쪽에서 날아온 갑작스러운 괴성의 습격에 저절로 비명이 터져나왔다. 동시에 언젠가도 그랬던 것처럼 온몸의 검은 알갱이가 뻣뻣이 솟구쳐 가까운 책상을 후려쳤다. 의자까지 함께 나동그라지는 충돌음에 섞여 청소도구함이 덜컥 닫히는 소리가 들렸다.

가까스로 심장과 온몸을 진정시키고 나는 청소도구함 쪽을 노려보았다.

"야!"

말을 건네고 몇 초 뒤, 삐거덕 열린 덮개 너머에는 눈을 초승달처럼 가늘게 뜨고 킥킥킥킥 웃는 야노가 있었다.

밤이면 밤마다 매번 그렇지만 나는 그녀에게 분통이 터졌다. 나름대로 저를 걱정해줬더니만.

"오늘 당장 놈들이 들이닥칠지도 모르는 판에 그런 장난을 치고 싶냐!"

"노토선 생님생 일이언 제인지 알아?"

"야, 너, 진짜……."

이제는 정말로 진지하게 주의를 주는 게 좋겠다고 생각했지만, 그냥 관뒀다. 남의 말을 귀담아듣지 않는 것은 아마도 그녀가 지금까지 십여 년 세월 동안 차곡차곡 키워온 못된 버릇일 터였다. 내가 아무리 진지하게 주의를 줘봤자 하나도 달라질 게 없다는 건 손에 잡힐 듯 뻔한 일이다.

하지만 왜 또 느닷없이 노토 선생님의 생일 얘기를 꺼내는 건가.

"난 모르는데, 왜?"

"다음주 야."

"선생님 생일 같은 걸 어떻게 알았어?"

"전에 물어봤어. 서른세 살 생일."

두 가지 사항에 놀랐다. 첫째는 노토 선생님이 서른세 살이라는 것. 가사이는 서른일 거라고 말했었지만 나는 분명 이십대라고 생각했다. 그건 나뿐만이 아닐 것이다. 그렇기 때문에 아이들도 논짱, 논짱이라고 마음 편히 별명을 불러대는 것이다.

또 하나는, 야노가 노토 선생님과 생일 얘기를 주고받을 만큼 친하다는 것이었다. 노토 선생님의 조언대로 야노는 지칠 때마다 양호실로 도망쳤던 것일까.

지쳤다, 라는 차원의 일이 아닌 듯한 느낌도 들긴 하지만.

야노는 풀쩍 청소도구함에서 뛰어나와 자기 자리로 가서 앉았다. 둘 다 항상 지정석이다.

"생일선물을 할 생각이 야."

"정말?"

선생님에게 생일 선물이라니, 놀랍기는 했지만 그러고 보니 밸런타인데이에 젊은 남자 선생님에게 초콜릿을 선물한 여학생이 있었다는 게 생각났다. 그래서 딱히 이상할 것은 없지만, 야노가 그런 일을 한다고 생각하니 뭔가 위화감이 들었다.

"선물하고 싶으면 하면 되지."

"선물은 내가 좋아하는 것을 고른다, 아니면 상대가 좋아하 는 것을 고른다. 어느 파?"

"받아도 난처하지 않은 적절한 것을 고르는 파."

"적절한 것과적 당한것 은다른 건가?"

글쎄 어떨까, 라고 생각하다가 고개를 저었다.

"다르지. 상대가 어떻게 받아들일지 잘 생각해보고 어느 정도 좋아해줄 만한 것을 선택하는 게 적절한 선물이지."

"어휴, 시 시콜콜 생각하 면서사 느라힘 들겠다."

너는 시시콜콜 생각을 안 하고 사니까 힘든 거야, 라고 생각했지만 물론 지나치게 상관하는 그런 말은 하지 않았다.

"좀더단 순하게 살면좋 을텐데."

"야노 너는…… 아주 조금만 더 생각 좀 하면서 살아주면 안 되겠니?"

이 정도의 공손한 주의가 바로 '적절'이라는 것이라고 생각한다.

"앗치처 럼힘들 어질텐 데?"

"……나? 별로 힘들지 않은데?"

너와는 달리, 라는 뜻에서 한 말이다.

"괜찮아, 앗치, 너무힘 들어하 지마."

힘들지 않다고 말했건만, 남의 말을 도무지 귀담아들을 줄을 모른다.

필요 없는 위로는 때때로 신경질이 난다.

약간은 싫은 얼굴을 내보였는데, 그래도 야노는 말을 이어갔다.

"노토선 생님이 말했었 어."

"무슨 말?"

일단 예의상 물어봐줬더니, 야노는 의자에 앉은 채 흠흠 헛기침을 하고 나를 향해 가슴을 쫙 폈다. 혹시 노토 선생님의 성대모사인지 뭔지를 하려는 건가.

"어려운 이론은 필요없고, 일단 살아남아! 어른이되면조금쯤은자유로워질수있어!"

"……."

"어때, 감동적이지? 감동적이지? 응? 응?"

꺄아아 하고 촐싹거리는 야노는 아무래도 내 침묵을 깊은 감동으로 본 모양이다. 그렇게 감동을 자꾸 재촉하면 쌔하니 썰렁해진다는 건 생각도 못하는가.

실은 침묵이 아니었다. 나는 말문이 턱 막힌 것이었다.

야노가 의기양양하게 읊은 그 말이 가르쳐준 것에.

노토 선생님은 야노의 현재 상황을 알고 있는 것이다.

야노에게 그런 말을 했다면.

무슨 일이 있었고, 애들에게 어떤 취급을 당하고 어떤 학교생활을 보내는지, 다 알고 있는 것이다.

알고 있다면 어째서 어떻게든 해주지 않는가. 그런 잔난 척하는 말만 툭 던져주고, 왜 구출해주지는 않는 건가. 선생님이면서. 어른이면서.

온몸이 술렁거렸다.

"왜, 왜그래?"

"아냐……."

사실은 그 이유를 알고 있다. 이해했다.

노토 선생님도 어떻게 해야 할지 몰라 차마 손을 대지 못하는 것이다.

교실이라는 공간에서, 같은 반이라는 공간에서, 동료의식이라는 공간에서, 교사나 어른들이 얼마나 국외자(局外者)인지, 그 안에 있는 우리가 가장 잘 알고 있다.

외부에서는 아무것도 해줄 수 없다. 뭔가를 해줬다가는 공연히 더 악화될지도 모른다.

"배, 고파?"

"아니, 가만 생각해보니 노토 선생님이 그런 말 했다는 거, 그것도 낮의 일 얘기 아니야?"

괴물의 입으로 일부러 히죽히죽 웃으면서 평소의 장난질에 대한 앙갚음인 척해보였다. 진지하게 그녀에게 대미지를 줄 마음은 없었다. 어차피 항상 하던 대로 자기만의 수수께끼 이론을 내세우며 도망치거나 아니면 못 들은 척 화제를 바꿔버릴 것이라고 생각했다. 단순히 내 침묵을 얼버무리기 위한 공격이었기 때문에 어느 쪽이건 상관없었다.

그런데.

"낮의 일 얘기아 니니까 괜찮아."

"……무슨 말이야?"

"책상일 으켜주 자, 앗치가 넘어뜨 렸잖아. 딱해라."

오늘밤도 역시 대화할 마음이 없는 야노에게, 먼저 얼버무리기를 시도했던 나는 아무 말도 안 하고 조용히 책상을 일으켜 세웠다. 둔해빠진 야노는 책상을 자꾸 놓쳐서 다시 바닥에 나동그라지게 하고 있었다. 그게 훨씬 더 딱하잖아.

"조심 좀 해, 그 소리 때문에 들키면 어쩔 거냐고."

"누구한 테들켜?"

"경비 아저씨라든가 그놈들이 들이닥쳤을 때라든가."

"내습자 에게라 면들키 는게더 좋잖아?"

내습자? 무슨 말인가 하고 십 초쯤 생각하다가 드디어 뇌 속에서 의미 변환이 이루어졌다. 내습자(來襲者)라니, 그야말로 괴수 영화에서나 쓰는 단어다.

"들키는 게 더 좋다니, 무슨 소리야?"

"안들키 면앗치 가못쫓 아내잖 아."

"아, 그렇지. 확실하게 쫓아내지 않으면 계속 숨어 있을 테니까."

"그래, 이 제야알 아들었 어?"

대체 뭐냐, 이 녀석.

목구멍까지 튀어나온 불만을 꿀꺽 삼키고, 어떻든 그 말은 맞는 말이었기 때문에 나는 내습자를 물리칠 올바른 대처법을 궁리했다.

"그러면 교문에 내 분신을 세워놓고······."

"새도, 새 도, 새도 래요."

"··········놈들이 나타나면 건물 안으로 슬슬 유도해서 위협을 해보자."

"그래, 그 러자, 그 러자."

즉각 나는 분신을 준비해 교문으로 내보냈다. 그는 크기를 조정하는 것도, 불을 뿜는 것도 못하는 것 같았다. 게다가 아무래도 학교 밖으로 나서면 시야가 사라져버린다. 맨 처음 분신을 만들때, 학교 안에서, 라고 상상해버렸기 때문인가.

"그러고 보니어 제그거, 누가그 랬는지 알아냈 어?"

불쑥 물어보는 바람에 야노가 가리키는 그것이 무엇인지 생각해내는 데 잠시 시간이 필요했다.

"1층 화단 쪽에서 자명종 울린 놈?"

"우리반 의어떤 바보가 왔었는 지도."

야노가 왜 그런 판단을 했는지 생각해보다가 퍼뜩 떠올린 게 있었다. 떠올리고 싶어서 떠올린 것은 아니지만.

"나카가와의 실내화, 화단에 버려졌었지? 혹시 어제 자명종을 울린 그놈이 던진 건가?"

"낮의일 얘기는……."

"그걸 내버린 건 밤중일 수도 있잖아."

처음으로 반론을 시도해봤는데 그럴싸했는지 야노는 입을 딱 다물었다. 그 직후의 "증거있 어?"라는 초등학생 같은 질문은 물론 무시했다.

"우리 반 아이라면, 누구지?"

"유리코 를싫어 하는 애."

유리코라는 건 나카가와의 이름이다. 그녀를 싫어하는 사람이라면? 한 사람이 금세 떠올랐다. 괴물이 아닌, 한 사람이.

"앗치너 의추리 는?"

추리, 라고 할 정도는 아니지만, 일단 나는 아니라고 치고, 어제 한순간 눈에 들어온 뒷모습을 통해 추측해보는 수밖에 없다. 야노만큼 작은 건 아니지만, 키가 작은 편이고 어깨선에 못 미치는 짧은 머리였다.

"남학생이라면 가사이……?"

"여학생 쪽일지 도."

"그 정도 키에 머리가 그만큼 짧은 여학생은 우리 반에는 없는데?"

"짧게잘 랐을수 도있지. 아무튼 앗치의 추리는, 가사이?"

"근데 가사이는 그럴 리가 없어."

"왜, 애?"

"그런 짓을 할 친구가 아니야."

나는 가사이를 잘 알지 못하는 야노에게 그가 악의 없는 좋은 친구라는 설명을 시도했다. 물론 나카가와가 하려고 했던 짓도, 가사이가 미두리카와를 좋아한다는 것도, 이미 디들 뻔히 아는 일이지만 일단 덮어두었다.

가사이가 어떤 위해도 가하지 않았다는 것은 야노도 알고 있을 테니까 내가 가진 가사이의 이미지에 그녀도 공감해줄 것이다.

내가 한바탕 의견을 말하자 야노는 "흐, 응" 하고 콧숨을 내쉬었다.

"그애, 정 말능숙 한모양 이다."

능숙하다니, 그 말의 의미가 이해되지 않았다.

"머리도 좋은가 봐."

"가사이 녀석, 성적 엄청 안 좋아. 평소에도 아무 생각 없이 살고."

"그런식 으로생 각하는 구나, 그 애를."

보는 눈이 없다, 라는 식의 야노의 말투에 불끈 화가 났다.

가사이에 대해 아무것도 모르면서.

이어서 야노는 이런 말을 덧붙였다.

"분명그 아이는 좋아하 는사람, 평생안 생길것 같아."

저거 봐, 진짜 아무것도 모르면서.

"앗치하 고는다 르게."

"……아니, 그보다 자명종 울린 놈, 진짜 누구지?"

"이구치 맞지? 앗치가 좋아하 는여학 생."

연애담 따위에 전혀 흥미가 없는지 모르는 나는 급하게 생각난 척하며 야노에게 "밤의 도서실에나 가볼까?"라고 제안했다. 도서실이라면 놈들이 갑작스레 들이닥치더라도 잠복하기 좋을 것 같고, 여기서 금세 갈 수 있을 만큼 가깝다. 시간을 때우거나 혹은 화제를 돌리기에는 딱 좋다고 생각해서 제안했는데, 돌아온 말은 "진짜숨 기는거 서툴다, 서툴러"라는 것이었다.

"야노 네가 할 소리는 아니지."

깜박 입 밖에 튀어나온 투덜거림에 야노는 "칭찬해 준건데?"라고 말했다. 뭐가, 어디가, 칭찬이냐고.

말은 그렇게 하면서도 결국 도서실에 가기로 했다. 교실을 나올 때의 순서는 다른 때와 똑같아서 내가 잠금장치를 채웠다.

"나는 처음에는 구도인 줄 알았어."

복도를 걸어가는 중에 야노가 변함없이 무신경하게 큰 목소리로 말했다.

"구도하고는 그런 거 아니야."

"하하. 역시 지독히 서툴다니까."

그 말을 듣고서야 은근슬쩍 떠본 말에 홀딱 넘어갔다는 것을 알았다. 가만 생각해보니 내가 내 무덤을 판 꼴이라는 것을 깨닫고 내심 켁 고꾸라졌다. 이건 야노가 파놓은 함정에 빠진 것조차도 아니다.

도서실이 가까워지자 야노는 신이 난 듯 뛰어갔다. 자기혐오에 빠진 나는 느릿느릿 그 뒤를 따라갔다.

오랜만에 와본 도서실은 양호실과 마찬가지로 학교 안 어느 곳과도 다른 독특한 냄새를 풍겼다. 밤의 조용함과 뒤섞여 특별한 분위기가 내 마음을 스르륵 띄워 올렸다.

이따금 이곳에 올 때마다 좋든 싫든 한 명의 클래스메이드가 저절로 머릿속에 떠오르지만, 그 얘기는 꺼내지 않았다. 왜냐면 낮의 일이기 때문에, 라는 것으로 해두자.

"아, 해리 포터!"

야노가 가리킨 곳에는 금세 눈에 띄게 해리 포터가 여러 권 주르륵 진열되어 있었다. 해리 포터를 읽는 것이 어긋난 짓이 아니라는 증명을 받은 것 같아 한결 마음이 놓였다.

야노는 도서실 안을 촐랑촐랑 돌아다녔다. 나는 중간부터는 따라다니기도 귀찮아 입구 근처에서 대기하기로 했다. 누가 불쑥 들어오더라도 괴물답게 위협해서 쫓아내면 된다.

교문에 가 있는 분신의 눈은 현재까지는 아무것도 포착하지 못했다.

아무래도 오늘은 이대로 평온한 밤을 보낼 수 있을 것 같다. 밤에는 누구라도 평온을 누릴 수 있다면 좋을 텐데.

나는 어두운 도서실 안에서 가만히, 마치 밤의 일부가 된 듯한 기분으로 앉아 있었다.

이윽고 도서실 한쪽에서 알람 소리가 들리고 야노가 책장 틈새로 얼굴을 내밀더니 이쪽으로 돌아왔다.

"읽고싶 은책이 없어."

"책 안 읽는다고 하지 않았나?"

"응,그래 도앗치 가책도 재밌는 건재미 있다고 해서찾 아봤지."

얼굴에 드러내지는 않았지만 흠칫 놀랐다. 언뜻 입 밖에 튀어나온 그런 말을 기억하고 있었다니. 그리고 그것을 진지하게 받아들였다니.

"하지만 글자만 잔뜩있 고,재밌 을만한 건없었 어."

"잠깐 훑어보고는 모르는 거 아닌가, 책은?"

"잠깐훑 어보기 만해도 재밌어 보이는 게좋아."

그런 말은 책 만드는 사람에게 하셔, 라고 생각하며 일어선 나는 야노를 먼저 나가게 해주었다. 그리고 다시 똑같은 순서로 문을 잠갔다.

"어?"

"왜, 왜?"

"아까 야노가 도서관에 먼저 들어왔지?"

"응."

"열쇠는?"

"열려있 있는데?"

문단속을 깜빡한 건가.

그렇다면 경비 아저씨들이 문을 잠그러 다시 올지도 모른다. 나는 분신을 교문에서 불러들여 평소보다 더 주의 깊게 현관까지 내려갔다. 그 사이에 야노는 정말 아무 위기감도 없이 내내 콧노래를 흥얼거렸다. 주의를 줬더니 "신경질 적인남 자,이구 치가싫 어할거 예요"라고 노랫말을 붙여가며 흥얼거리는 통에, 좋아, 내일부터는 타월이라도 가져와 직접 닿지 않게 조심하면서 저 입을 틀어막아주자, 라고 결심했다.

그렇다, 내일도 우리는 이 밤의 시간에 만나는 것이다.

"내일 보자."

교문을 나와 처음으로 내가 먼저 인사를 건넸더니 그녀는 묘하게 공손한 얼굴로 "네"라고 고개를 숙였다.

돌아가는 길에 야노가 놈들과 덜컥 마주치기라도 하면 큰일이다 싶어서 비척비척 달리는 자전거를 몰래 따라가봤다. 그녀의 집이 우리 집과 꽤 가깝다는 것은 오늘 처음 알았다. 어디서나 흔히 보이는 평범한 단독주택이었다.

　그 집에 갈 일은 영원히 없을 테지만.

수요일 · 낮

오늘도 야노의 "안녕, 좋은아침!"은 물론 무시를 당했다. 나카가와의 실내화뿐만 아니라 다카오가 자전거를 도둑맞은 것도 야노 때문이 아니냐고 의심하는 아이가 나오기 시작했다. 아침부터 야노가 쓰레기통을 뒤적이는 모습을 보고 반 전체가 웃었다. 나카가와는 상처 입은 가련한 얼굴로 주위 여학생들의 동료의식을 부채질하고, 점점 더 상황이 야노에게 불리해져가는 가운데, 딱 한 가지 반가운 일이 있었다.

필요한 정보를 마침내 입수한 것이다.

"엇, 오늘밤이라니, 왜 그렇게 급하게?"

가사이의 정보 제공에 감사하면서도 나는 긴장한 탓에 그런 본심이 저절로 튀어나오고 말았다.

"그러게 말이야. 나는 게임해야 하니까 제발 전화하지 말라고 미리 얘기해뒀어."

그렇구나, 가사이에게는, 아니, 가사이에게도 그 시간은 혼자 놀면서 보내는 휴식시간인 것이다. 역시나 우리 반에서 야노와 모토다 못지않게 낮잠을 즐길 줄 아는 녀석다운 면모였다.

"앗치, 네가 나 대신 모토다 얘기 좀 들어줘."

"나는 자야 한다니까."

"하긴 그렇지. 응, 그래야 앗치답지."

탄식을 하면서 가사이는 포기했다는 듯 수더분한 웃음을 보였다. 나의 개성으로 인정해준 것인지, 아니면 어이없어서 웃어버린 것인지는 모르겠지만, 어느 쪽이건 가사이가 나를 용인해준 것에 안도했다.

"뭐, 어차피 괴수 같은 건 나타나지 않을 테니까 별일 없이 터덜터덜 돌아가거나 아니면 경비 아저씨한테 붙잡혀 혼이 나거나, 둘 중 하나야. 당연히 붙잡히는 게 더 재밌겠지만, 아하하핫."

모토다 패거리가 붙잡힌 모습을 상상했을 가사이의 웃음에 나도 같이 웃었다. 가사이가 "그 1학년 후배도 다른 학교 애를 두들겨 패고 정학 당했대"라면서 웃는 것에도 덩달아 웃어주었다.

그렇다, 알지도 못하는 누군가가 얼마나 얻어맞고 얼마나 다쳤는지, 그런 것에 신경을 쓸 때가 아니다.

결전은 오늘밤이다.

과학실에서의 수업이 끝나자 지난주와는 달리 야노와 멀찌감치 거리를 두는 이구치를 보며 나는 혼자서 결의를 다졌다.

수요일·밤

하필 이런 날에, 라고나 할까. 내 인생에는 이런 일이 상당히 많았던 것 같다. 아마도 단순히 나한테 좋지 않았던 일은 똑똑히 기억하고, 좋은 일은 싸악 잊어버린 결과일 뿐인지도 모르지만.

오늘도 하필 이런 날에, 였다.

모토다 패거리가 학교에 괴수 사냥을 나간다는 오늘, 야노가 말했던 밤의 쉬는 시간은 이미 시작된 지 20여 분이 지났는데도 나는 아직 집에 있었다.

집에서 인간의 모습인 채로 방 안을 우왕좌왕했다.

"빨리 빨리 빨리!"

초조해서 작은 소리로 주문을 외워봤지만 검은 알갱이는 찾아오지 않았다. 하필 이런 날에.

이건 정말 큰일이다. 가사이의 얘기로는, 괴수 사냥은 지난번에 홀연 나타났던 그 시간에 결행할 것이라고 했다. 그렇다면 벌써 놈들이 학교에 출동했다고 해도 이상할 게 없다.

인간의 모습으로라도 일단 학교로 출발해야 할까. 아니, 변신 중인 모습을 누군가에게 들킬 수는 없다.

자세에 문제가 있는지도 모른다는 생각에 침대에 드러눕기도 하고 엎드리기도 하고 웅크려보기도 했지만 전혀 아무런 변화도 찾아오지 않았다.

혹시……. 지금까지 생각도 못했던 최악의 불길한 예감이 머릿속을 스쳤다.

괴물이 될 수 있는 횟수를 모두 다 써버린 건 아닐까.

그래서는 진짜 큰일이라고 생각하면서도, 만일 그렇다면 받아들일 수밖에 없다는 마음도 들었다.

애초에 내가 어떻게 괴물이 되었는지도 알지 못한다. 이 갑작스러운 변신 기능이 갑작스럽게 사라져버린다고 해도 그건 어쩌면 당연한 일이다.

이상한 것이 이상한 그대로 이상하다.

괴물도 이상하게 태어나 이상한 그대로 이상하게 사라지는 것인가.

하지만 그게 하필 오늘일 필요는 없는 거 아닌가 말이다.

맨 처음 괴물이 되었던 날 밤의 일을 떠올려보았다.

그때 어떻게 변신을 했던가.

느닷없이 입 밖으로 쏟아져 나온 검은 알갱이들. 처음에는 놀라서 나 자신에게 무슨 일이 일어났는지도 알지 못한 채 오로지 무섭기만 했고, 그냥 꿈이라고만 생각했었다.

그러나 꿈같은 일이기는 했지만 그건 꿈이 아니었다.

곧바로 현실로 받아들일 수 있었던 것은 이구치가 말했던 것처럼 내가 어린애 같은 면을 갖고 있었기 때문이다.

그리고 괴물이 되면서 희생해야 하는 밤 같은 것은 나에게는 없었기 때문이었다. 지키고 싶은 밤 같은 것은 나에게는 없었기 때문이다.

희생되는 밤이, 지키고 싶은 밤이 야노에게는, 있었다.

분명 나를 기다리고 있을 그녀에게는, 있었다.

이상한 그대로, 알지 못하는 그대로, 괜찮은 것인가.

아니, 그런 건…….

"엇……, 왔다!"

정말로 느닷없이 오늘밤에도 변화가 찾아왔다. 손가락 끝에서부터 개미에게 차례차례 먹히듯이 검은 알갱이가 온몸으로 퍼져갔다.

창문을 열고, 미처 다 변신이 끝나기도 전에 나는 밖으로 뛰쳐나왔다. 괴물인 나 자신을 굳게 믿었다. 검은 알갱이들은 허둥지둥 내 몸으로 괴물을 만들었고, 다음 순간 나는 유선형이 되어 날고 있었다.

한시바삐 학교로 가야 한다.

간절히 빌었더니 속도가 점점 더 빨라지는 것 같았다. 그냥 내 생각 탓인지도 모르지만.

이런 상황에서도 밤바람을 검은 알갱이 하나하나가 상쾌하게 감지하고 있었다.

평소보다 몇 배나 빠르게, 나중에 생각해보니 불과 몇 초의 시간 만에 학교에 도착했다. 서둘러 분신을 만들어 경비실이 있는 건물 쪽으로 보내놓고 나는 교실이 있는 건물로 향했다.

현관 쪽 문이 살짝 열려 있었다.

야노일까, 아니면 놈들일까.

어느 쪽이건 나는 마음을 전투태세로 전환하고 어두운 건물 안에 몸을 밀어 넣었다.

괜찮다, 괜찮다, 괴물을 슬쩍 쳐다보기만 해도 어떤 놈이든 냅다 내빼버릴 게 틀림없다.

그러니까 괜찮다.

언제 마주쳐도 괜찮도록 나는 몸을 약간 큼직한 사이즈로 유지하면서 조용히 잠입을 시작했다.

내 분신도 현재로서는 특이사항을 발견하지 못한 모양이었다.

우선은 교실로 가보자. 만일 놈들과 야노가 덜컥 마주쳤다면, 그렇다면………. 그 뒤에 어떻게 해야 할지 전혀 생각나지 않지만, 일단 큰일이 아닐 수 없다.

3층으로 뛰어올라가 애써 괴수인 척하며 복도를 건너갔다. 평소보다 어깨에 으쓱으쓱 힘을 주고 꼬리를 높직이 치켜들었다. 효과가 있는지 어떤지는 알 수 없었다.

한 걸음 한 걸음 교실로 다가가 바로 앞에 도착한 참에 안을 슬쩍 들여다봤지만 아무도 없었다. 평소에는 뒷문 틈새로 들어갔지만, 야노가 와 있는지 확인한다는 의미도 있어서 앞쪽으로 가서 문을 밀어보았다.

둔탁한 소리를 내며 앞문이 열렸다. 야노가 와 있는 것이다. 번번이 문단속이 왜 이리 허술한가, 라는 생각이 들었지만 지금은 그런 걸 따지고 있을 때가 아니었다.

머뭇머뭇 발을 들이밀면서 나는 옆에 있는 책상을 꼬리로 두 번 내리쳐봤다.

"네, 에."

귀에 들어온 멍한 목소리에 마음이 턱 놓이면서, 하마터면 "저런 바보!"라는 말을 날릴 뻔했다. 나는 소리가 들려온 청소도구함으로 다가갔다.

"내가 아니었으면 어쩌려고!"

목소리를 낮춰 나무랐더니 이번에는 안에서 톡톡톡 두드리는 소리가 돌아왔다. 이제야 새삼스럽게 그래봤자 무슨 의미가 있냐고.

"놈들이 오늘 들이닥친대. 일단 거기에 숨어 있어."

다시 한 번 노크 소리를 확인하고 앞문을 잠근 뒤에 나는 복도로 빠져나왔다. 놈들은 아직 오지 않은 건가. 분신은 아직 아무것도 발견하지 못했다. 그렇다면 분신을 교문 쪽으로 보내는 게 더좋을지도 모른다.

어떻든 위쪽 층을 살펴보자. 계단까지 이동해 한 걸음 한 걸음 올라갔다. 사방이 조용했다.

생각해보면 놈들이 괴수를 잡겠다고 공언한 것은 분명 단순한 핑계거리일 것이다. 사실은 놈들 역시 괴수의 존재 따위 반신반의, 아니, 거의 믿지 않는지도 모른다. 놈들은 심심풀이 삼아 학교에 잠입하기로 했을 뿐이다. 거기에 괴수 사냥이라는 것은 최고의 양념이었을 것이다. 그렇다면 쫓아내는 것도 그리 어려울게 없다.

애초에 괴수를 잡아서 뭘 어떻게 하겠다는 것인가. 키울 건가. 죽일 건가. 팔아치울 건가.

괴수다. 괴물이다. 아직 풋내기 어린 녀석들이 뭘 할 수 있다는 것인가.

그런 놈들에게 붙잡힐 일은 절대로 없다.

힘이 좀 센 것 말고는 아무 능력도 없는 놈들에게 밤의 괴물인 내가 패할 리는 없다.

"어?"

5층에서였다.

계단 옆 화장실에서 나오던 놈과 덜컥 마주쳤다.

"…………!"

졸지에 튀어나오려는 사람 목소리를 가까스로 꿀꺽 삼켰다. 화장실에서 들리는 물소리를 당연히 자동 세정일 것이라고 생각했지 사람이라고는 전혀 의식하지 못했다.

"크아, 아아아아아아악!"

내 모습을 보고 상대는 당연히 비명을 내질렀다. 이 녀석은 분명 지난번에 야구부 부실에서 만난 가사이의 친구 놈이다.

나는 온 마음과 온몸에 꾸욱 힘을 넣었다.

몸을 부풀리고 입을 크게 벌려 언젠가 떠돌이 개를 쫓아냈을 때의 요령으로. 짖었다.

"××××××××××××××!"

내가 듣기에도 생물의 소리라고는 생각되지 않는, 마치 알루미

늪 호일을 마구 구기는 듯한 그 소리에 놈은 엉덩방아를 찧으며 털썩 주저앉았다. 좋아, 완전히 겁을 먹었다.

소리도 못 내고 엉덩방아를 찧은 그대로 주춤주춤 뒤로 물러서는 놈을 쓰윽 노려보는 참에 등 뒤에서 소리가 났다.

돌아보니 음악실 문을 열고 두 놈이 넋이 나간 눈으로 이쪽을 보고 있었다. 모토다와 옆 반의 친구 놈이었다. 왜 음악실 문단속도 빠뜨렸는지, 그런 건 일단 제쳐두었다.

세 놈인가.

이 녀석들에게 실컷 겁을 줘서 두 번 다시 이곳에는 얼씬도 못하게 해야 한다. 나에게 주어진 미션을 마음속으로 거듭 확인했다.

우선 바닥에 주저앉은 놈을 훌쩍 뛰어넘어 세 명을 한 시야에 담았다. 주저앉은 놈이 다시 비명을 올리며 바닥을 데굴데굴 굴렀다.

목을 크르릉 울리자 바닥을 구르던 놈이 다리가 뒤엉키면서 가까스로 몸을 일으켜 내가 올라온 계단 쪽으로 내려가려고 했다. 도망치게 놔둬도 괜찮지만 일단 세 명을 한곳으로 몰아붙이는 게 편할 것이다.

"크흭!"

마침 아래쪽에서 분신이 도착했다. 분신은 계단 아래쪽에서 놈을 위로 몰고, 나는 조금씩 앞쪽으로 포위해서 세 놈을 한꺼번에 벽 쪽으로 몰아넣었다.

자칫 음악실 안으로 도망쳐 들어가면 일이 귀찮아진다.

분신에게 놈들을 감시하게 하고 나는 일단 창밖으로 뛰쳐나가 음악실 안으로 돌아 들어간 뒤에 문을 잠가버렸다. "어엉?"이라는 여자애 목소리처럼 가느다란 비명을 등 뒤로 들으며 나는 다시 밖으로 몸을 날렸다.

이대로 다시 복도로 돌아가는 건 별 재미가 없다.

경비 아저씨에게는 꿈을 꾼 것이라고 생각하도록 하자. 나는 화단에서 놈들이 괴수라고 부를 만한 크기까지 거대하게 몸을 부풀리고 큼직한 눈알을 부릅뜬 채 창밖에서 놈들을 노려보았다.

마치 시간이 멈춰버린 듯한 한순간의 정적 뒤에 건물 안에 비명이 울려 퍼졌다.

세 놈이 동시에 한심한 꼴로 넘어지고 구르면서 도망치는 것을 나는 무시무시한 웃음소리를 내며 지켜보았다. 물론 인간의 목소리가 나오지 않도록 주의 깊게 괴물의 소리를 유지했다.

세 놈을 계단 쪽으로 유도하려고 분신을 그 자리에 세워두고 나도 안으로 들어가 놈들을 계단 아래로 몰았다. 맨 처음 엉덩방아를 찧었던 놈이 발을 헛디뎌 층계참에서 넘어지는 바람에 혼자 일행과 떨어졌다. 나는 계단 위쪽에서 놈을 당장이라도 붙잡을 것처럼 잔뜩 겁을 줬다. 그 틈에 분신은 아래층으로 달려가 모토다의 발을 4층 쪽에 묶어뒀다.

"오지 마! 오지 마!"

층계참에 넘어진 놈이 허둥지둥 계단에 몸을 굴려 먼저 4층에 내려갔던 모토다 쪽에 합류했다.

3층으로 이어진 계단까지의 길을 열어 놈들의 도피 통로를 확보해주면서 분신은 복도 쪽에서, 나는 계단 쪽에서 눈을 부릅뜨고 노려보았다.

여기서 뭔가 좀 더 특별한 방법으로 위협 강도를 높일 수는 없을까.

생각을 가다듬으며 목을 크르릉 울리고 있는데 문득 모토다가 귀에 거슬리는 소리로 혀를 끌끌 찼다.

"흥, 겨우 두 마리?"

그렇게 중얼거리는가 싶더니 모토다는 갑자기 믿을 수 없는 행동에 나섰다.

아까부터 왼손에 움켜쥐고 있던 야구방망이를 오른손에 바꿔 들고 분신 쪽을 향해 휘두르기 시작한 것이다.

"야아앗!"

공격을 받으면 어떻게 해야 할지 알지 못했던 나는 순간적으로 분신을 뒤로 물리고 내가 직접 온몸을 꿈틀거리는 것으로 놈을 위협했다.

그렇게 온몸으로 연출한 분노에 모토다가 한 걸음 주춤 뒤로 물러섰다. 거기에 맞춰 분신과 나는 발을 한 걸음 쓰윽 내밀며 공격할 듯한 자세를 취했다.

무지막지한 놈이다. 그쪽에서는 전혀 눈치채지 못했겠지만, 있는지 없는지 모르는 내 심장이 벌떡벌떡 뛰고 있었다.

느닷없이 정체모를 괴물에게 야구방망이를 휘두르며 덤비다니, 모토다 녀석, 제정신인가.

그는 두 명의 짝패 쪽으로 달아나더니 다시 야구방망이를 겨눴다. 분신이 방망이를 피할 뿐 공격에 나서지 못했던 것, 그리고 분신을 향한 공격에 내 쪽이 분노를 드러냈던 것으로 눈치를 챈 모양이었다. 모토다는 입가에 평소의 뻔뻔한 웃음을 지었다.

"이쪽이 아들이야."

분신 쪽을 보며 내뱉은 그 말은 착각도 너무 심한 착각이었지만, 어떻든 내게는 불리한 것이었다.

어쩐지 짐작이 갔다. 지금부터 모토다가 취할 행동이 무엇인지.

"야아앗!"

모토다는 분신을 향해 다시 덤벼들었고, 분신이 피하자 더욱더 거칠게 야구방망이를 휘둘렀다.

그렇다, 그런 식으로 나올 것이라고 나는 미리 짐작했다. 이 녀석은 자신보다 약하다는 것을 확인하면 그 즉시 신이 나서 공격해 대는 부류의 인간이다. 어리다는 것을 확인하자마자 분신을 바라보는 눈빛이 낮 시간에 야노를 노려보던 때의 눈빛과 똑같아졌다.

모토다의 공격을 피하는 것쯤은 별것도 없다. 여차하면 본격적으로 달아나 아예 쫓아오지 못하게 따돌릴 수도 있다. 뒤쪽의 두 명은 여전히 바짝 긴장하고 있다.

그래서 불리한 점이라면, 두 가지뿐이다.

첫째로, 공격으로 전환하지 못한다는 것을 놈이 눈치채는 것. 실은 아까부터 계속 모토다의 야구방망이를 쳐내라는 명령을 보냈지만 분신은 전혀 그 명령대로 움직이지 않았다. 분신을 만드는 능력을 처음 사용했을 때, 공격 이미지는 첨부하지 않았기 때문인지도 모른다.

또 하나는, 본체인 나 자신이 놈들에게 손을 댈 수 없다는 것이다. 정확하게 말하자면, 손을 대면 어떻게 되는지 알지 못한다. 혹시라도 검은 알갱이가 놈들까지 괴물로 만들어버린다면 당장 형세가 뒤바뀔 우려가 있다.

설마 모토다가 이렇게까지 막무가내로 덤빌 줄은 예상하지 못했다.

분신이 주춤주춤 뒤로 물러서는 가운데, 나는 일단 놈들에게 공격의 의지만이라도 보여주지 않으면 안 되었다.

언젠가 옥상에서의 일을 떠올리면서 이전보다 상당히 조심스러운 이미지로 안쪽의 검은 알갱이를 발열시키고 입을 벌려 소량의 불길을 뿜어보았다. 자칫 놈들을 불태워버리지 않게 최대한 신중에 신중을 기해서.

"크윽!"

모토다를 멀리서 지켜보던 두 명이 불기운을 느끼고 화들짝 놀라며 물러섰다. 효과가 있었는지 두 놈은 허둥지둥 모토다 쪽으로 달라붙었다.

"괴, 괴수가 불을 뿜었어!" "위, 위험해!" "도망치자, 빨리!"

그런 고함을 들으면서 나는 분신과 함께 조금씩 간격을 좁혀 놈들을 포위하는 모양새를 만들어갔다. 하지만 물론 분신은 방어만 가능할 뿐이어서 언제까지고 이러고 있을 수는 없었다. 어떻게든 놈들 쪽에서 먼저 도망치도록 하지 않으면 안 된다.

하지만 그다음의 행동은 나의 경솔한 실수였다. 동작 하나를 지나치게 서두른 것이다.

분신을 일단 바깥으로 내보냈다가 이쪽으로 돌아오게 했더라면 좋았을 텐데 나는 적을 지나치게 만만하게 생각하고 말았다. 모토다가 공격의 손을 늦춘 틈에 분신을 세 놈의 머리 위로 직접 뛰어넘게 한 것이다.

설마 모토다가 그렇게까지 무모한 놈이리라고는 생각하지 못했다.

놈은 분신이 뛰어오르는 것을 알아보자마자 거의 반사적으로 야구방망이를 이쪽 방향으로 내던졌다. 자칫하면 짝패 두 녀석을 맞혀버릴 정도의 아슬아슬한 궤도를 그리며 날아온 방망이는 불운하게도 분신의 꼬리를 살짝 스쳤다.

그 순간, 분신은 연기처럼 사라지고 복도의 형광등이 깨지면서 요란한 소리가 울렸다.

일순 시간이 멈춰버린 느낌이었다.

"⋯⋯위, 위험해! 위험하다니까!"

엉덩방아를 찧었던 놈이 소리치면서 내가 있는 쪽과는 반대방향으로 달아났다.

나도 그의 말에 동의한다. 이건 정말 위험하다.

하지만 재빠르게 위기를 감지한 것은 달아난 놈과 나뿐이었다.

여전히 버티는 두 놈과 대치하면서 나는, 흘리는지 어떤지도 알지 못하는 식은땀이 흐르는 것을 느꼈다.

형광등이 깨진 것은 물론 나중에 문제가 될 것이다.

하지만 나로서는 그보다 더 큰 위기를 몰고 올 문젯거리가 있었다. 무기 공격에 의해 분신이 사라진다는 것을 놈들에게 들킨 것이다.

놈들은 그 공격이 나한테도 효과가 있을 거라고 생각할 것이고, 혹시 악의를 품고 내 몸에 손을 댄다면 정말로 효과가 있다든가 하는 규칙도 꼭 없다고만은 할 수 없다.

그렇다면 오늘 이 자리에서는 놈들이 도망친다고 해도 다시 나를 잡겠다고 학교에 몰려올지도 모른다.

아예 놈들을 뭔가로 후려쳐 기절을 시켜버릴까. 아니, 괴물이 된 뒤로 직접적인 공격이라고는 한 번도 해본 적이 없다. 적당한 타격 강도를 조절하지 못해 자칫 죽이기라도 하면 어쩔 것인가.

그런 생각들이 머릿속을 내달렸다. 우선 분신부터 다시 만들기로 했다. 하지만 아무리 해봐도 나오지 않았다. 뭔가 규칙 같은 것이라도 있는가.

그래도 이쪽을 얕잡아보게 해서는 안 된다. 괴물의 무서움을 분명하게 보여줘야 한다.

나는 주의 깊게 입 가장자리로 불을 내뿜으면서 조금 전보다 더 크게 크르렁거렸다. 그렇게 내 분신을 사라지게 한 것에 진심으로 분노하는 모습을 연출해봤다.

"야, 그만 도망치자!"

옆 반 친구놈은 한걸음 물러서면서 모토다에게 충고했다. 모토다는 그 목소리를 따라 뒤로 물러서면서도 계속 이쪽을 노려보고 있었다.

"잘하면 저놈도 사라지게 할 수 있을 것 같은데?"

"바, 바보 같은 소리! 빨리 도망치지 않으면 경비도 올 거야!"

나는 놈들에게 선수를 빼앗겨서는 안 된다고 생각했다. 그래서 놈들이 도망치기 전에 한 걸음 앞으로 뛰쳐나갔다. 동시에 귀를 찢는 포효를 내질렀다. 이 소리로 경비 아저씨가 달려와 놈들을 잡아간다면 그것도 어쩔 수 없다고 생각했다.

아무래도 내 작전이 통한 모양이었다. 괴물이 본격적으로 분노했다고 생각했는지, 놈들은 내게서 벗어나려고 도망치기 시작했다.

복도 폭이 가득 찰 만큼 몸을 크게 키워서 놈들을 쫓아갔다. 놓치지 않게, 하지만 결코 잡히지 않게 세심한 주의를 기울여 여섯 개의 다리로 저어가면서 입을 크게 벌리고 놈들을 몰아갔다.

마침 적당한 정도로 놈들은 달리기가 빨랐다. 게다가 순간적인 판단력도 제법 뛰어나서 복도 끝에 도착하자 신속하게 계단 쪽으로 진로를 변경했다. 나도 몸을 기울이듯이 그 뒤를 쫓아갔다.

흔들리는 꼬리가 벽을 내리쳤다.

몇 번이고 울리는 그 소리가 두 놈 중의 한 명, 즉 옆 반 친구놈을 계단 중간에서 부주의하게 뒤돌아보게 해버렸다. 그는 4층과 3층의 중간 층계참 끝의 마지막 한 단을 미처 밟지 못하고 그 자리에서 나뒹굴었다.

나는 순간적으로 그를 피하려고 훌쩍 몸을 날려 계단에 달빛을 비추는 창문에 달라붙었다. 비상등의 초록 불빛만 그 자리에서 으스스하게 빛나고 있었다.

"자, 잠깐!"

옆 반 친구놈의 목소리가 나를 향한 것인지 아니면 모토다를 향한 것인지 판단하기도 전에 나는 천장을 스르륵 기어 거꾸로 물구나무를 서서 그를 노려보았다. 중력을 거스르는 괴물, 이건 공포감이 상당히 증폭되었을 것이다.

이걸로 놈들이 잔뜩 겁을 먹어주면 좋았을 텐데 일이 그리 쉽게 풀리지는 않았다.

모토다는 몸을 틀어 이쪽을 살펴보면서 더 이상 도망치려 하지 않았다.

그리고 그 순간, 강한 빛이 내 시야를 덮쳤다.

갑작스러운 일에 놀라 여덟 개의 눈을 질끈 감고 그 빛을 피하기 위해 급히 천장으로 이동했다.

"야, 도망친다, 도망친다!"

옆 반 친구놈의 목소리였다. 번쩍번쩍 점멸하는 시야 속에서 소리 나는 쪽을 돌아보니 놈이 손에 핸드폰을 들고 있었다. 그걸로 빛을 쏘아 보낸 것인가. 검은 괴물이니 빛이 먹힐 거라고 생각하다니, 이건 애니메이션이나 게임 같은 게 아니야. 하지만 원래 평범한 인간일 뿐인 나에게는 그 나름의 효과가 있었다.

놈들이 도망치기 전에 한 번 더 겁을 줘야 한다는 생각에 눈알이 따끔거리는 가운데서도 아래층까지 쫓아갈 마음으로 바닥에 털썩 내려앉아 놈들에게로 다가갔다.

그대로 1층까지 몰아가 운동장으로 나가서 무시무시한 화염으로 위협하면 될까.

그런 생각을 했지만 놈들은 내 계획대로 움직여주지 않았다.

"이쪽으로 와!"

모토다가 그렇게 외치며 계단 쪽이 아니라 복도 쪽으로 뛰었다. 이쪽으로 오라는 그 말이 자신에게 외친 것이라고 깨달은 옆반 친구놈은 30초쯤 멈칫한 뒤에야 모토다를 향해 뛰었다. 나도 그 뒤를 쫓아갔다.

어쩔 생각인가. 대체 무슨 짓을 하려는 건가.

크르릉거리며 뒤를 쫓았더니 모토다는 빈 교실과 평소 수업하는 다른 교실을 지나쳐 어느새 우리 반 교실의 앞문을 붙잡고 있었다.

한순간 온몸이 오싹했지만, 별 문제없다. 무슨 방법을 쓰는지는 모르지만 야노가 매번 쉽게 열고 드나들던 그 앞문은 내가 조금 전에 단단히 잠가두었다.

덜컥, 하고 잠금장치가 똑똑히 제 역할을 하는 소리가 났다.

"왜 안 열려, 제기랄!"

다시 달아나면서 모토다가 욕을 내뱉었다. 당연히 열린다고 생각한 듯한 그 말의 의미를 알지 못한 채, 나는 닿을락 말락 놈들의 등 뒤에 바짝 붙어 금세라도 잡아먹을 듯 입을 크게 벌렸다.

하지만 그 입이 벌어진 그대로 다물어지지 않았다.

모토다가 지치지도 않는지 다다닷 뛰어가 붙잡은 뒷문.

열리지도 않는 문에 집착하는 바보 녀석이라고 한심하게 생각하는 나를 보기 좋게 배반하고 그 뒷문이 스르륵 열린 것이다.

두 사람은 교실 안으로 슬라이딩을 하듯이 뛰어들었고, 나는 달려오던 힘의 기세에 밀려 교실 앞을 한참이나 지나쳐버렸다.

왜 열려 있지? 그런 말이 머릿속을 스치는 것과 동시에 등 뒤에서 문을 잠그는 소리가 났다.

야노가 항상 앞문으로 들어왔기 때문에 미처 알지 못했다. 혹시 그녀는 뒷문까지 열어둔 것인가. 왜? 그리고 모토다가 마치 그것을 미리 알고 있었던 것처럼 교실로 도망친 것은 어째서인가.

초조한 마음으로 복도를 되돌아가 창문으로 교실 안을 들여다보았다. 두 녀석이 땀범벅이 된 얼굴로 이쪽을 보고 있었다.

그들도 마찬가지겠지만 나 역시 온몸이 긴장으로 벌떡벌떡 뛰고 있었다. 그들의 뒤편에는 야노가 숨어 있는 청소도구함이 있다. 들켰다가는 끝장이다.

그렇건만, 끝장이다 라고 생각한 바로 그때였다.

청소도구함 뚜껑이 슬그머니 열리는 것이 보였다. 상황을 확인하려는 건지 뭔지는 모르겠지만, 빙긋이 웃으며 야노가 얼굴을 내밀었다.

저런 멍청이!

입에서 그런 험한 말이 튀어나오려는 것을 꾹 참고, 어떻게든 두 놈이 내 쪽을 주목하도록 해야 한다고 생각했다.

평소에 하던 것과 똑같이 머릿속에 이미지를 떠올렸다. 다만 평소와는 달리 천천히, 천천히, 놈들의 공포를 부채질하듯이.

나는 방울방울 액체처럼 흩어져 문 틈새로 교실 안에 침입했다. 독수(毒水)가 넘쳐흐르는 것처럼, 독가스가 흘러드는 것처럼, 조금씩 조금씩 검은 그림자가 교실 안에 물웅덩이를 만들었다.

내가 그런 식으로 교실에 들어오리라는 상상도 못했던 것이리라, 녀석들은 역시나 바짝 얼어붙었다. 그렇게 내가 천천히 복도에서보다 작은 형태의 몸을 만들자 이윽고 그들의 비명이 터졌다.

어때, 이런 것까지 해낼 줄은 몰랐지? 그런 의기양양한 기분을 담아 괴물의 거칠거칠한 입으로 크르르르 웃음을 던졌다.

"대체 뭐야, 저거!"

모토다는 소리치면서 가장 가까이에 있던 의자를 집어 들어 나를 향해 내던졌다. 나는 꼬리로 그 의자를 받아 사알짝 모토다에게 다시 던졌다. 야노에게 우산을 건넸을 때처럼 사알짝. 물리적인 접촉이 가능하다는 것을 보여주기 위해서였다.

소스라치게 놀란 모토다는 가까스로 의자를 캐치하더니 분하다는 듯이 이쪽을 보았다.

"우릴 완전히 만만하게 보고!"

게임처럼 사냥감을 갖고 논다고 생각했는지도 모른다. 실제로는 나에게 그런 여유는 없었다. 상대에게 내 몸이 닿지 않도록 조심조심 위협해서 두 번 다시 올 생각도 못하게 한다는 것은 몹시 어려운 일이었다. 하지만 사냥감을 만만하게 보고 갖고 논다는 것은 저 모토다에게는 아주 잘 어울리는 말이라고 생각했다.

항상, 매번, 모토다가 하던 짓이었기 때문이다.

긴장감과는 또 다른 감정으로 내 온몸이 술렁거렸다.

하지만 나도 느긋하게 시간을 끌 수는 없었다. 야노를 찾아내기 전에 놈들을 한시바삐 이 교실에서 몰아내야 한다.

베란다로 밀어붙여 뛰어내리게 하는 것은 역시나 그리 바람직하지 않다. 이 교실은 3층이다.

어떻게든 놈들이 제 발로 도망치게 할 방법을 찾아야 한다고 생각하는 사이에 상대가 먼저 행동에 나섰다.

우리 반 한 사람 한 사람에게 주어진 사물함, 그 위에 검도부로 활동하는 구도가 죽도(竹刀) 하나를 놓고 간 것이 있었다. 모토다는 그것을 낚아채더니 나를 향해 겨누는 자세를 취했다.

죽도 끝이 나를 향하자마자 이건 아무래도 위험하다고 생각했다.

그것은 모토다의 싸우려는 자세에 대한 위기감이 아니었다.

모토다 뒤에 붙어있던 또 한 놈이 짝패의 용기에 자극을 받았는지 자신도 무기를 손에 넣으려고 주위를 두리번거렸기 때문이다.

내 쪽으로 시선을 고정한 채 그는 뒷손으로 슬금슬금 청소도구함을 향해 팔을 뻗었다. 괴수에게 들키지 않게, 라는 속셈일 것이다.

어떻게 해야 할까. 심장이, 머릿속이, 후끈 달아올랐다. 어떻게든 해야 하는데 섣불리 나섰다가 일을 그르칠지 모른다는 지나친 걱정으로 동작이 한발 늦어졌다.

놈의 손이 청소도구함 손잡이를 더듬더듬 찾고 있었다. 두 번 헛손질을 하고 세 번째에 정확히 손잡이를 움켜쥔 그는 그것을 슬그머니 열었다. 아니, 열려고 했을 것이다.

청소도구함은 열리지 않았다. 분명 야노가 안에서 잡아당기고 있는 것이다.

다행이라고 가슴을 쓸어내린 것도 잠시, 청소도구함에서 목소리가 새어나왔다.

"사람있 어요."

저, 저런 바보!

내가 그렇게 부르짖기 전에, 녀석들이 돌연 들려온 낭랑한 목소리에 놀라 풀쩍 물러서서 청소도구함과 거리를 두려고 한 것이 그나마 다행이었다. 나는 하마터면 튀어나올 뻔한 부르짖음을 꿀꺽 삼킨 채, 지금 이 순간을 놓칠 수는 없다 하고 단숨에 청소도구함을 덮쳤다.

순간적인 판단이었다. 그래서 야노가 전에 해준 얘기를 떠올린 것도 뭣도 아니다.

나는 입을 한껏 크게 벌려 청소도구함을 덥석 물어버렸다.

상상했다.

내 몸 속은 우주와도 같다. 외부에서 보이는 몸의 크기와는 다르게 그 안에는 엄청난 공간이 펼쳐져 있다. 입은 그 공간으로 가는 출입구, 나는 어떤 것이든 꿀꺽 삼켜 그곳에 넣을 수 있고 또한 자유롭게 토해낼 수 있다.

마치 새가 물고기를 한입에 삼키듯이 나는 청소도구함을 몇 초만에 통째로 삼켜버렸다.

과연 그런 게 가능하겠느냐고 의심할 여유도 없이 감행한 일이었지만, 그걸 해치워버린 나는 아연한 표정의 두 놈과 눈이 딱 마주쳤다.

다시 시간이 멈춰버린 것 같았다.

"으아아아아아아아아아아악!"

괴물이 자신들보다 커다란 것을 삼키는 모습은 그들에게 상당한 충격을 안겨준 모양이었다. 두 놈은 비명을 내지르고 다리를 접질려가며 교실을 뛰쳐나갔다.

상상력으로 무엇이든 할 수 있다.

그것을 의심 없이 믿었던 것은 아니지만, 만일 할 수 있다면, 이라는 생각은 늘 품고 있었다. 날개가 생겨 하늘을 날 수 있다든가 잠수하듯이 땅 속을 헤집고 들어간다든가 순간이동이 가능하다든가. 그리고 그중 하나가 사차원 포켓이었다. 괴물이라서 꿀꺽 삼키는 방법밖에 없었지만.

만일 무엇이든 할 수 있다면 나 좀 도와줘, 라는 말을 듣게 되지 않을까, 그게 두려워서 여태껏 나 자신의 능력을 시험해보지 않았다. 나 좀 도와줘, 라는 것은 내게 어떤 뛰어난 능력이 있더라도 해결해줄 수 없는 일이었다.

하지만 밤의 내가 해치울 수 있는 일이라면 해도 된다. 그것뿐이었다. 그러지 않고서는 이 바보는 자진해서 들기고 말 것이다. 그런, 아무것도 못하는 아이인 것이다.

괴물쯤은 그런 아이를 구해줘도 괜찮다.

모토다가 난폭하게 팽개치고 간 구도의 죽도를 선반에 세워놓고 나는 놈들을 쫓기로 했다. 학교 밖까지 확실하게 몰아내야 한다.

계단을 구르듯이 내려가는 그들을 따라잡는 것은 간단했다. 이쪽을 알아보게 하려고 뒤에서 크르릉거리는 소리를 내자 그들은 흘끗 돌아보고 다시 비명을 지르며 전력을 다해 뛰었다.

오지 마! 아악, 오지 마!

꼴사나운 비명을 내지르는 모토다를 보며 나는 조금씩 즐거워지기 시작했다.

1층에 도착하자 그들은 고맙게도 현관 쪽으로 달려가 그대로 바깥을 향해 뛰었다. 그때 그들이 야노와는 달리 운동화로 갈아

신지 않았다는 것을 알았다.

밖으로 나오면서 나는 드디어 자유롭게 몸의 크기를 바꿀 수 있었다.

교문까지 뛰어가는 놈들이 포착되었다. 의리상 여태까지 기다려줬는지 맨 처음 엉덩방아를 찧었던 놈도 함께 있었다.

그들 뒤에서 나는 괴수다운 크기까지 몸을 키우고, 첫발을 그들이 밟히기 직전의 자리에 턱 짚었다. 우글우글 꿈틀거리는 검은 알갱이가 쿠션 역할을 해서 큰 소리가 나지는 않았지만 부옇게 모래먼지가 피어올랐다.

그들은 두어 번 자빠지고 꼬꾸라지며 교문에 도착했다. 여기서 마지막 쐐기를 박아야 한다.

주의 깊게 주위에 사람이 없는지를 확인하고 나는 교문 너머 그들이 가는 방향 쪽으로 후욱 불을 내뿜었다. 내가 떠올린 이미지대로 교문에서 약간 앞쪽, 정확히 놈들이 도망갈 수 있는 루트 하나만 제외하고 퍼부은 화염 공격이었다.

그 정도의 불길도 그들에게는 지나치게 뜨거웠는지, 셋이 함께 바닥에 덜퍽 주저앉아 이쪽을 올려다보며 옴짝달싹하지 못했다. 아무래도 서 있기조차 힘든 모양이었다.

그들이 예상보다 훨씬 더 겁을 먹은 모습에 나는 적잖이 난처해져서 발을 멈췄다. 그러자 모토다가 뭔가 소리쳤다.

주의해서 들어보니 욕을 내뱉는 것 같았다. 나는 눈을 부릅뜨고 무섭게 노려보았다.

"어휴, 제기랄! 대체 넌 뭐야!"

클래스메이트다, 라고는 물론 대답할 수 없었다.

"내가 뭘 어쨌다고!"

분명 아직 아무 짓도 안 했지, 네가 뭔가 했다면 나도 난감했을 거야, 라고는 물론 대꾸할 수 없었다. 그 대신 위에서 한 차례 거칠게 발을 굴렀다. 밟아버리겠다는 의지를 내보인 것이다.

몇 단계나 수준을 낮춘 위협이었는데도 모토다는 나를 올려다보고 잔뜩 겁먹은 얼굴을 고스란히 드러냈다. 그러면서도 여전히 허세를 부리며 눈을 부라리고 있었다.

이제 그만 지겹다고 느낀 바로 그때, 놈이 내뱉은 말이 화근이었다.

"왜 내 학교에 와서 난리야!"

그 순간, 있는지 없는지 모르는 내 뇌가 끓어올랐다.

"…………네 학교가 아니야!"

나도 모르게, 라고 할 수밖에 없다. 저절로 새어나왔다, 라고 할 수밖에 없다.

아차 했지만 이미 때는 늦었다. 모토다도 분명하게 내 말을 알아들은 모양이었다. 눈이 휘둥그레진 채 바짝 굳어 있었다.

끝장, 이라고 생각했다. 내 목소리를 들어버렸다. 괴물이 나라는 것을 들켜버렸다.

그런 걱정을 해버린 것은 놀랍게도 야노가 괴물인 나에게 보여준 반응을 마치 당연한 기준처럼 받아들이고 있었기 때문이었다.

"말할 줄, 알아……?"

모토다의 쥐어짜낸 듯한 목소리를 듣고 퍼뜩 정신을 차렸다. 그건 그렇다, 이런 모습의 괴물이 자신들과 똑같은 말을 사용하고 그만한 지능을 갖고 있다는 것에 소스라치게 놀랐을 것이다. 그 말소리가 누구 목소리인지 단번에 분간해내는 야노 같은 바보는 우리 반에 없다.

"아, 아, 알았어."

뭘 알았다는 것인가.

"이제 안 와, 안 올게."

공손한 태도로 그렇게 말하더니 모토다는 가까스로 몸을 일으켜 짝패를 버려둔 채 도망치려고 했다. 옆 반 친구놈도 버둥버둥 일어나 "같이 가!"라고 바짝 따라붙었다.

아무래도 내 말을 다른 뜻으로 잘못 받아들인 모양이다. 그들에게는 내가 이 학교의 주인인 것처럼 보인 것이다. 만일 그렇다면 마침 잘된 일이다. 괴물이 주인인 한밤중의 학교에 놈들은 더이상 찾아오지 않을 것이다.

그들이 교문을 지나 정신없이 달아나는 모습을 나는 기대한 괴물의 눈으로 지켜보았다.

운동부답게 발이 빨라서 그들은 눈 깜짝할 사이에 사라졌다.

나는 있는지 없는지 모르는 폐에 한껏 공기를 채우고, 그리고 긴 한숨을 내쉬었다.

아무래도 결전은 끝이 난 모양이다.

나는 괴수인 채로 하늘을 우러러보았다. 몸을 꽁꽁 묶고 있던 긴장감이 서서히 풀렸다.

다행이다.

이겼다. 내가 쫓아냈다. 저 모토다 패거리를.

확실한 실감을 온몸으로 움켜쥐고, 나는 이구치가 말했던 대로 또다시 어린애 같은 생각을 했다.

밤의 나는 무적의 괴물이다.

상상력을 품으면 정말 우주에라도 갈 수 있는가. 그런 생각을 하다가 나는 퍼뜩, 한입에 삼켜버리고서 까맣게 잊고 있던 그 아이를 떠올렸다. 안 되지, 승리에 젖어있을 때가 아니다.

삼킨 것이 몸속에서 어떻게 되는지 아직 알지 못한다. 내가 상상한 대로라면 아마도 우주공간을 허위허위 헤매고 있겠지만.

교실로 가려다가 생각을 바꿔 일단 옥상에 들르기로 했다. 다시 뱉어낼 때 힘이 남아돌아 창문이라도 깼다가는 큰일이다. 그러잖아도 형광등 하나를 깨뜨렸는데.

훌쩍 뛰어올라 공중에서 착지하기 좋은 사이즈로 몸의 크기를 바꾼 뒤 옥상에 내려섰다.

곧바로 청소도구함을 뱉어내려다가 문득 불안해졌다.

내가 우주공간 따위를 상상하는 바람에 혹시라도 내 몸속이 무산소 상태여서 야노가 질식사라도 했으면 어떡하지? 안에 블랙홀 같은 것이 있어서 청소도구함이 통째로 꾸깃꾸깃 짓눌렸으면 어떡하지? 차례차례 무서운 생각들이 떠올랐다.

……겁을 내고 있어봤자 별 수 없다. 어떻든 언젠가는 밖으로 꺼내주지 않으면 안 된다.

나는 용기를 쥐어짜내 천천히 입으로 청소도구함을 뱉어내는 이미지를 머릿속에 떠올렸다.

이윽고 입 속에서 네모난 청소함이 얼굴을 내밀더니 검은 알갱이를 헤치고 서서히 밖으로 나왔다. 우선은 짓눌리지 않은 것에 마음이 놓였다.

모두 다 뱉어내기 전에 꼬리로 단단히 받쳤다. 떨어뜨리지 않게 천천히 옥상에 세웠다. 이 청소도구함도 옥상까지 오게 될 줄은 생각도 못했을 것이다.

그다음은 야노가 질식한 건 아닌가 하는 문제였다.

달빛을 받은 으스스한 청소도구함 앞에 섰다. 몇 초 기다려봤지만 안에서 어떤 반응도 없어서 꼬리로 손잡이를 잡고 멈칫멈칫 덮개를 열었다.

그 안에서 야노는 눈을 감고 직립으로 빳빳이 굳어 있었다.

설마, 죽은 거가?

걱정스럽게 들여다보니 팟 소리가 들릴 것처럼 힘차게 야노의 눈꺼풀이 열리는 바람에 나는 흠칫 뒤로 물러섰다.

야노는 몇 번이나 눈을 깜작거린 끝에 밖으로 한 걸음을 내밀더니 입을 툭 내밀었다.

"으."

"…………으?"

"으으."

"……."

무슨 말을 하려는 건가. 야노에게로 한 걸음 다가가 귀를 쫑긋 세웠다.

"으으, 으으으, 으으으으, 으으으으으우우와아아아아아아아아!"

그녀는 갑자기 우렁찬 외침소리를 터뜨렸다.

큰 소리에 전혀 대비하지 못한 내 몸이 마음에 비례해 크게 부풀면서 경련을 일으켰다.

그런 나를 염려해주는 것도 없이 야노는 온몸의 공기를 일단 모조리 토해내더니 다시 크게 숨을 들이쉬면서 '와' 모양으로 입을 크게 벌렸다.

"와아아아아아아아아아아아아앗!"

망가진 장난감처럼 소리를 지르고 그다음에는 제자리에서 뿅뿅 뛰었다. 표정은 빙긋이 웃는 것이어서 괴물에게 잡아먹히는 바람에 미쳐버린 게 아닌가, 더럭 겁이 났다. 하지만 아무래도 그런 건 아닌 모양이다.

"위험했 어, 진짜, 하마터 면큰일 날뻔했 다아!"

야노는 옥상을 다다라 내달려 가장자리를 한 바퀴 빙 돌았다.

내 눈앞까지 돌아와 두 팔을 펼치고 빙긋이 웃으며 야노는 소리쳤다.

"꿀꺽삼 켜버렸 어!"

"조용히! 목소리가 너무 크잖아!"

주의를 주는 내 목소리도 충분히 컸겠지만, 야노는 거기에 한층 더 보태듯이 고함을 내질렀다.

"너무너 무무서 웠다아!"

내 말을 전혀 듣지 않는 야노에게 나도 좀 화가 났다.

"야노, 너 진짜……."

"뭔데?뭔 데?"

"무서웠던 사람은 나야! 얼굴을 내밀질 않나, 안에 사람 있다고 하질 않나."

"그치, 그 치, 그때 진짜무 서웠어!"

"그치그치, 가 아니라……."

어이없어하는 내 얼굴을 보고 뻔히 알았을 텐데도 야노는 더욱 더 신이 난 듯 웃는 얼굴로 몸을 흔들었다. 하늘하늘, 하늘하늘.

그 모습을 보고 왠지 나도 피식 웃음이 터졌다. 분명 어처구니가 없었던 것이다. 게다가 흥분했던 것도 있었다.

"진짜 뭐냐고, 너."

나 역시 알고 있었다. 그 말에 전혀 비난의 색깔이 섞이지 않았던 것. 나는 분명 묘하게 재미있다고 느끼기 시작해버렸다, 이 이상한 클래스메이트를.

당연히 그건 우리가 아무 탈 없이 무사했기 때문일 뿐이고, 나중 일을 생각해서라도 그녀에게 의연하게 주의를 주는 게 맞겠지만, 아마도 당분간 이런 일은 다시 없을 것이다. 그래서 지금은 마음껏 승리에 취해도 괜찮다. 야노가 신이 나서 통통 뛰어다니는 것도 조금은 이해가 되었다.

말없이 야노의 움직임을 지켜보고 있으려니 그녀는 힘을 주체하지 못하는 어린애처럼 뛰고 달리고 괴상한 스텝을 밟으며 춤을 추었다. 이윽고 몸 안의 흥분을 모두 써버렸는지 움직임을 딱 멈추고 어깻숨을 몰아쉬며 왜 그런지 자신의 두 손을 들여다보였다.

"손이얼 얼해."

"실컷 뛰었어?"

"무, 무서 웠어."

"……역시 야노 너, 이상한 거 아냐?"

친구끼리의 야유 비슷한 내 질문에 야노는 거친 호흡으로 어깨만 들먹이면서 고개를 갸우뚱했다.

"뭐가이 상해?"

나는 꼬리로 그녀를 가리켰다.

"뭐가, 라니? 너는 역시 이상해."

"그렇, 지 않은데?"

꺾이지 않을까 걱정스러울 만큼 고개를 세게 가로젓는 그녀는 아무리 봐도 이상하게 보여서 나는 다시 웃었다.

"아까 교실에서도 그렇고, 지금도 그렇고."

"어, 뭐가?"

"그 얼굴."

항상 생각해왔던 것을 분위기에 편승해 드디어 말해버렸다.

"얼, 굴?"

"말로는 무섭다면서 그런 식으로 웃을 수 있다니, 진짜 이상하잖아."

짓궂은 마음까지 담아 놀려줄 생각으로 한 말이었다. 내내 나를 조마조마하게 했다. 이 정도는 분풀이 삼아 말해도 괜찮다고 생각했다.

상처 입히네 마네 하는 것 따위 신경쓰지 않아도 되는 허물없는 친구에게 말하듯이.

야노는 한순간 어리둥절한 얼굴이었다. 그러고는 자신의 얼굴을 만져보고 그제야 "아, 아"라고 알아들었다는 듯 중얼거렸다. 그리고 그동안 내게 깜빡 잊고 말하지 못했다는 듯이 찬찬히 알려주었다.

"나는말 이지."

야노는 뺨에 댔던 손을 입으로 가져갔다.

"무서우 면억지 로웃어 버려."

그리고 자신의 입 양 끝을 들어올렸다.

"이런식 으로빙 긋이빙 긋이."

빙 긋이빙 긋이.

"……응?"

아, 빙긋이. 빙긋이.

야노는 한계까지 입 끝을 쭈우욱 올렸다.

그건 평소의 그 웃는 얼굴이었다.

날마다 보는, 이상하게 웃는 얼굴.

"버릇이 됐나봐, 항상그 런다니 까."

야노는 자신의 뺨을 비비며 말했다.

항상.

어떤 경우에라도?

야노의 말의 의미를 나는 달아오른 뇌로 생각해보았다.

몸속에 있던 고양감이 단숨에 밤바람에 쓸려간 듯한 느낌이었다.

"엇?"

빙긋이, 웃고 있었다. 지금도 야노가 내 눈앞에서.

모토다에게 페트병으로 얻어맞았을 때도 빙긋이.

매일 아침 클래스메이트에게 아무 응답도 없는 인사를 할 때도 빙긋이.

이구치에게 폭력을 휘두른 것에 대해 "몰라"라고 대답했을 때도 빙긋이.

괴물 모습의 나를 처음 만났을 때도 빙긋이.

야노는 웃고 있었다.

동료의식의 의미가 바뀌어버린 그날도…….

나는 제대로 숨이 쉬어지지 않았다.

"왜,왜그 래?앗치, 앗치."

야노의 목소리가 먼 곳에서 들렸다.

머릿속이 지금까지의 기억에 잠겨드는 것을 느꼈다.

몇 번이고 몇 번이고 그녀는 그 얼굴로 웃고 있었다.

어떻게 그런 식으로 웃고 있을 수 있는지, 내내 궁금했었다.

머리가 이상한 애니까, 우리와는 다른 신경으로 사는 애니까, 그런 식으로 즐거운 듯이 자기 멋대로, 분위기 파악도 못하고 웃을 수 있는 거라고 생각했었다.

나와는 다르니까, 그게 아무렇지도 않을 거라고 생각했었다.

그걸로 다 알아버린 것처럼 생각했다.

알아버린 척하는 게, 편했다.

"앗, 치?"

타이밍도 좋게 그쯤에서 그녀의 핸드폰 알람이 울렸다. 놈들이 있을 때 울렸으면 어쩔 뻔 했느냐는 말 따위, 더 이상 하지 않았다.

"우, 우선 교실에 청소도구함부터 갖다놓자."

알람 소리에 의식을 얻어맞은 나는 다시 한 번 청소도구함을 꿀꺽 삼켰다. 한 번 해본 일이라서 두 번째는 일련의 과정을 반복하기만 하면 되었다.

우리는 살금살금 청소도구함을 옮겨놓고 밤의 학교에서 하교하기로 했다.

"또 만나."

교문에서 그녀의 작별 인사에 나는 대답하지 않았다. 야노의 얼굴도 돌아보지 않았다.

"오늘고 마웠어."

감사 인사에는 "응"이라는 대답만 하고, 나는 하늘 높이 뛰어올라 그 자리를 뒤로했다.

그대로 어딘가에 가버릴 생각이었지만 또다시 괜한 걱정에 빠진 나는 비척비척 자전거를 타고 달려가는 야노를 지켜보기로 했다.

생각났던 것이다. 며칠 전, 그녀는 집에 돌아갈 때, 혼자가 된 뒤에, 누구에게 내보일 것도 없이 빙긋이 웃고 있었다.

그래서 또 한 가지, 괜한 것을 깨달았다.

야노는 밤의 나를 향해 빙긋이는 웃지 않고 있었다.

나는 이제 밤의 학교에 와서는 안 된다, 라고 생각했다.

목요일 · 낮

평소와 똑같은 아침. 아무 문제도 없을 터인 일상.

힘차게 인사하며 교실로 들어오는 야노를 쳐다보지 않도록 조심했다.

고무줄 총으로 저격당할 때도, 여학생들이 들으라는 듯 심한 말을 할 때도, 절대로 야노 쪽을 쳐다보지 않도록 조심했다.

평소와 다른 것은 내 마음속 상황이지만, 그런 건 의식적으로 어떻게든 처리할 수 있을 것이다. 그래서 오늘은 평소보다 더, 그 아이의 일에는 신경쓰지 않도록 조심하자고 마음먹었다.

게다가 야노 일보다 더 마음에 걸리는 것이 세 가지나 있다. 그 쪽에 더 주의를 기울이자.

첫째, 모토다가 학교에 오지 않은 것이다. 이것에 관해서는, 어젯밤에 그런 엄청난 일이 있었는데 오늘 당장 학교에 나오라는 게 오히려 더 무리한 얘기인지도 모른다. 아무리 괴물을 봤다고 떠들어봤자 어느 누구도 믿어주지 않을 거고. 그걸 곧이듣는 쪽이 정상이 아닌 것이다.

또 하나는, 간밤에 형광등을 깨뜨렸는데도 그게 전혀 문젯거리가 되지 않았다는 것이다. 어쩌면 괜히 말썽나지 않게 학교 측에서 비밀에 부친 것인지도 모르지. 그래도 어떻든 마음에 걸린다.

마지막으로, 어제 또다시 누군가 야구부 창문을 깨뜨렸다. 가사이는 "모토다가 깨뜨려놓고 들킬까봐 결석한 거 아냐?"라면서 웃었지만, 그게 전혀 잘못 짚은 말이라는 것을 알고 있는 나는 창문을 깬 범인이 혹시 밤의 나를 목격하지는 않았는지 불안했다.

이제 두 번 다시 침입자와의 추격전 같은 성가신 짓은 하고 싶지 않다. 게다가 나는 이제 밤의 학교에는 오지 않을 것이다.

2교시가 끝나고 20분 쉬는 시간에 나는 일단 형광등을 살펴보러 가기로 했다.

화장실에 가는 척하며 슬쩍 교실을 빠져나왔다. 생각해보니 이미 교체했을 테지만 어쨌든 가보고 싶었다. 아니, 분명 그게 아니라 교실에서 빠져나올 구실을 만들기 위해 형광등에 신경을 썼을 뿐이다. 학교에 몰래 들어올 핑계거리를 만들었던 모토다하고 비슷하다.

4층에 올라가보니 역시나 형광등은 새것으로 교체되어 있었다. 일단 슬슬 5층에도 올라가 어제의 흔적이 남아있지 않은지 확인했지만, 딱히 이렇다 할 것도 없어서 나는 5층 화장실에서 볼일을 보고 슬슬 교실로 돌아가기로 했다.

그러자 4층에서 계단을 올라오던 클래스메이트를 딱 마주쳤다. 5층에서 내려오는 모습을 들키는 건 재미없을지도 모른다고 생각했지만, 그녀라면 괜찮을 것이다.

나는 자연스럽게 한 손을 들며 인사를 건넸다.

"아, 도서실?"

"응."

뻔히 다 아는 것을 쓸데없이 묻지 말라는 듯한 태도로 고개를 끄덕이는 미도리카와를 보며 나는 문득, 잠깐이나마 대화를 시도해보자고 생각했다.

알고 있다, 이것도 교실에 머무는 시간을 최대한 줄이기 위한 핑계거리다.

"뭐 읽었어?"

내 질문에 미도리카와는 들고 있던 책을 내게 내밀었다. 아무 생각 없이 대충 던져본 질문이었기 때문에 그 책을 보고는 흠칫 놀랐다.

"해리 포터?"

"응."

"……책도 재미있나?"

"응."

미도리카와가 고개를 끄덕인 것에 약간 안심했다. 아무 의미도 없는 안심이었다.

대화는 끊겼고 미도리카와 쪽에서 뭔가 말을 꺼낼 리도 없으니 시간벌기는 여기서 끝, 이라고 생각했는데 그녀가 5층으로 가는 계단 쪽으로 시선을 던졌다.

"아, 머리가 눌려서 그거 살리려고 잠깐 올라갔어. 아무도 없는 데서 하려고."

대충 둘러댄 변명에 미도리카와는 "응" 하고 고개를 끄덕였다. 무엇에 대한 긍정일까. 아, 그러셔? 그런 변명을 둘러대려고? 응, 알았어, 라는 식인가. 정말 그런 거라면 가사이는 그녀에 대한 환상이 깨질 것이다.

대화가 이어진 김에 그 친구의 평판이나 높여주자는 생각이
났다.

"아참, 오늘 또 누군가 야구부 창문을 깨뜨렸다는데?"

"응."

"엇, 알고 있었어? 다카오 자전거도 도둑맞았고, 요즘 어째 어
수선한 일이 많네."

"응."

"지난번에 나카가와 실내화도 누군가 화단에 던져서 그거, 야
노가 한 거 아니냐고 다들 화가 났었지? 근데 가사이는 증거도
없이 그러는 건 잘못이라고 하더라고. 가사이가 평소에는 아무
생각 없이 까불거리는 것 같지만, 그런 쪽으로는 뚜렷한 자기 생
각이 있어서⋯⋯."

미도리카와는 별다른 말이 없었다. 하지만 고개를 갸웃거리지
도 않았다. 너무 무리하게 이 얘기 저 얘기를 엮어버렸나. 그녀의
반응으로는 어떻게 받아들였는지 전혀 짐작할 수 없었다.

뭐, 됐다, 이 정도만 해두자.

"그럼 이따 교실에서."

내가 미도리카와를 지나쳐 두세 걸음 계단을 내려갔을 때였다.

"가사이는 나쁜 애야."

누가 한 말인지 언뜻 알아듣지 못했다. 뒤를 돌아보고서야 그
게 미도리카와의 목소리라는 게 생각났다.

미도리카와는 나와 눈이 마주치자 얼른 몸을 돌려 도서실로 향했다.

그녀가 수업 때 외에 뭔가 말을 내뱉은 것은 정말 오랜만이었다.

가사이는 나쁜 애라고?

미도리카와의 말을 이해하지 못한 채 나는 그녀의 등이 모퉁이 뒤로 사라질 때까지 멍하니 바라보았다.

그날 내내 미도리카와가 내게 전하려 한 것이 무엇인지 필사적으로 생각해봤지만 아무것도 생각나지 않았다.

혹시, 라고 할 만한 것은 몇 가지 있었지만 그런 있을 리 없는 일을 생각하는 건 좋지 않아서 관두기로 했다.

오늘 일 중에서 특이한 것이라고 하면 그런 정도였다.

그다음은 이구치의 가방에 아직도 토토로가 달려 있지 않았다는 것 정도일까.

목요일·밤

옥상의 바람은 언제라도 기분 좋다.

오지 않겠다고 말했으면서, 라고 나 스스로도 생각했다.

학교 옥상에 와있는 것은 혹시 만에 하나라도 모토다 패거리가 다시 올지 모른다고 생각했기 때문이다.

나는 야노가 교실에 있는 것을 확인하고 내 분신을 그 앞에 세워두었다.

내가 직접 야노를 만날 마음은 없었다.

어제와는 달리 조용한 학교. 밤바람을 맞으며 나는 이런저런 생각에 잠겼다.

오늘 미도리카와가 했던 말, 왜 나한테 그런 말을 했을까.

해리 포터를 읽고 있었다.

독후감에 대해 물어보고 싶었다.

가사이가 대체 뭐가 어떻다는 것인가.

야구부 창문을 누군가 깨뜨렸다…….

어제 모토다 패거리와 추격전을 벌일 때, 놈들이 우리 교실 문이 잠기지 않은 것을 알고 있었던 것은 어쩌면 내가 오기 전에 한 차례 미리 들어갔었기 때문인지도 모른다.

야노는 그것을 눈치채고 청소도구함 속에 얼른 숨었던 것인지도.

그렇다면 더더욱, 사람 있어요, 대답해버리다니 너무 부주의하다. 바보짓에도 정도가 있어야지…….

………뭐야.

…….

두려운 거야?

어떤 딴생각을 해봐도 결국 그 질문을 맞닥뜨렸다.

야노의 말을 들어버린 나 자신이 두려웠다. 그녀가 말하는 두려움과는 다른 종류의 두려움.

그런 말을 들어버린 것 때문에 내가 가는 방향이 우리 반 아이들이 가는 방향과 어긋나는 것을 걱정하고 있었다.

생각하는 방식이 어긋나기 시작하면, 인식이 어긋나기 시작하면, 어디서 불쑥 말실수를 해버릴지 알 수 없다.

이전에 깜빡 실수로 어긋났던 이구치처럼 내 하루하루가 피해를 입는 일 따위, 있어서는 안 된다.

그런 건, 절대로, 싫다.

괴물의 어금니로 꾸욱 결의를 곱씹었다.

어떤 쪽 파야? 그런 그녀의 목소리가 들려오는 것 같았다.

나는 야노파가 아니다.

이윽고 밤의 쉬는 시간이 끝나고 야노가 교실 문을 여는 것과 동시에 나는 분신을 없앴다.

내가 오건 오지 않건 야노는 밤의 쉬는 시간을 마음껏 즐기고 집으로 돌아갔다.

어느새 밤의 쉬는 시간이 내 밤 시간의 중심이 되어버렸다고 이제야 드디어 깨달았다.

그래서는 안 된다는 생각에 나는 아침까지 다양한 장소에 놀러
다니기로 했다.

아무도 나를 알지 못했다.

금요일 · 낮

신발장 앞에서 구도를 만나, 쪽 고른 이가 내보이는 웃는 얼굴에 약간 기운을 차린 내 마음은 5분도 안 되어 시들어버렸다.

"안녕, 좋은 아침!"

구도와 함께 교실로 향하는데 계단을 내려오던 야노가 오늘도 환하게 인사를 건넸다.

나는 평소처럼 물론 무시했다. 야노의 얼굴 쪽도 쳐다보지 않았다.

구도도 물론 무시했다. 당연하다. 그게 우리 반이 향하는 방향이니까. 야노도 대답을 바라는 일 없이 계단을 내려갔다.

이걸로 접촉은 끝, 휴우 안도한 바로 그때였다.

구도가 아래로 내려간 야노 쪽으로 몸을 돌리더니 손에 들고 있던 카페오레 팩을 획 던졌다. 아니, 던진 모양이었다. 나는 바닥이 실내화에 쓸리는 높은 소리를 들은 뒤에야 돌아봤기 때문에 구도의 행동은 추측한 것에 지나지 않지만 아마 거의 정확할 것이다.

카페오레 팩은 정확히 야노의 뒤통수를 때린 다음에 바닥에 떨어졌다. 안에 든 것은 대부분 다 마신 모양이지만 빨대에서 튄 카페오레가 야노의 머리카락에 묻었다.

"앗, 깜짝이야."

야노의 그런 목소리가 들려온 순간, 구도는 다시 몸을 돌려 나를 향해 씨익 웃으면서 "그래서 그게"라고 조금 전에 하던 얘기를 이어갔다.

하마터면 위험할 뻔했다. 하지만 가까스로 "응"이라고 대답해주고 구도와 똑같은 페이스로 내 몸을 원래의 행동으로 옮겨갔다. 즉 클래스메이트를 만나 사이좋게 교실로 향하면서 그녀의 하소연을 들어주는 나 자신을 정확히 되찾을 수 있었다.

교실에 들어온 뒤에 조금 전의 일을 되짚어보다가 그 의미를 깨닫고, 두려웠다.

어쩌면 나는 이미 어긋나기 시작했는지도 모른다.

구도는 원래부터 진짜로 야노가 눈에 안 보이는 건가 싶을 만큼 자연스럽게 무시해주는 게 가능한 아이였다. 괴롭히는 행동에 나서는 것은 누군가 동참하라고 청했을 때, 그리고 야노가 구도의 영역에 무리하게 들어왔을 때 정도였다. 즉 우리 반에서 대략 한가운데쯤의 가치관과 태도를 갖고 있다고 나는 판단했었다.

그런 구도가 조금 전에 카페오레 팩을 던지는 행동을 했다.

이구치나 나카가와의 그 일이 아이들의 행동 의욕을, 동료의식을 부쩍 끌어올린 걸까.

나는 자세를 바로잡았다.

좀 더 주의 깊게 내 행동을 결정하지 않으면 안 된다.

자칫 방심하다가는 금세 우리 반 친구가 아닌 것으로 간주될지도 모른다.

그렇게 생각하며 긴장한 것도 잠시, 나처럼 걱정하는 일은 전혀 없는 마이페이스 녀석이 웃으며 다가왔다.

"모토다는 괴수에게 영혼을 먹혀버린 거 아니냐? 아하하핫."

가사이의 명랑한 웃음소리에 나는 구원을 받았다.

물론 농담일 테지만, 생각해보니 가사이의 말도 맞는 것 같다. 내가 위협한 것 때문에 모토다가 학교를 결석하는 것이라면 영혼을 먹혀버렸다고 해도 틀린 말이 아닌지도 모른다.

가사이는 핸드폰을 꺼내 어제 발견했다는 길고양이의 사진을 내게 보여주었다. 밤에 괴물의 모습으로 놀러나갔을 때 본 적이 있는 길고양이였다.

개파냐 고양이파냐 라는 얘기가 나왔고, 가사이는 고양이파라고 하길래 거기에 맞춰 나도 고양이파라고 대답했을 때, 복도 쪽에서 큼직한 그림자가 스윽 나타났다.

"가사이, 핸드폰 압수!"

4반 담임선생님이었다. 험상궂은 얼굴의 선생님에게도 가사이는 기죽지 않고 "에이, 왜요!"라고 짐짓 목소리를 높였다. 그 틈에 우리 반 몇몇은 자신의 손을 호주머니나 책상 속에 재빨리 감췄다.

"당연하지, 규칙이야."

"소중한 물건이라고요. 제가 직접 관리할 거예요."

"그렇다면 집에 두고 와. 학교에 가져오지 말라고. 내놔, 어서."

쓱 내민 손바닥에 가사이가 투덜거리며 핸드폰을 올려놓자 험상궂은 얼굴의 선생님은 우리 담임에게 건네주겠다고 말하고 자리를 떴다.

어지간히 약이 올랐는지 가사이는 "왜 나야, 다들 갖고 왔는데? 저기 나카가와도 가져왔고"라고 주위 사람들까지 끌어들이려다가 애정 어린 빈축을 사고 있었다.

가사이가 씩씩거리며 자리로 돌아가는 것을 보며 나는 전부터 마음에 걸렸던 일의 의미를 마침내 알아냈다.

아, 그래, 그런 거였어.

그래서 이구치의 가방에는 토토로가 달려 있지 않은 것이다.

소중한 것이기 때문에. 아차하면 내 손으로 관리할 수 없는 곳으로 가버릴 수 있으니까.

이구치를 슬쩍 살펴보았다. 다른 여학생의 말에 방글방글 웃으며 고개를 끄덕이는 그녀.

대충 맞춰주고는 있었지만 이구치는 이미 동료의식 밖으로 튕겨나갔구나, 라고 이해가 되었다.

그녀도 두려울까……

하지만 그런 생각은 얼른 중단해버렸다.

다만 이구치의 행동의 의미를 깨닫고 보니, 밤이면 항상 핸드폰을 만지작거리는 야노가 낮에는 전혀 그런 몸짓을 보이지 않는 것이 당연한 일이라고 생각되었다.

그 아이는 몸소 알고 있었다. 소중한 물건은 상대를 상처 입힐 때 그 표적이 될 수 있다는 것을.

마침 그때 미도리카와가 도서실 책을 들고 교실로 돌아왔다.

"안녕?"

"응."

그 이상의 말은 역시 돌아오지 않았다.

우리 반에서 유일하게 어긋나가는 것이 허락된 미도리카와에 대해 나는 이따금 생각하곤 한다.

부럽다는 생각은 들지 않았다.

그녀 역시 자칫 잘못하면 야노와 똑같은 처지가 됐을 것이다. 그러던 게 피해를 겪었던 것과 이를테면 그녀의 용모가 단정했던 것, 결코 쭈뼛쭈뼛하는 일이 없다는 것 등을 이유로 비난받지 않는 위치에 섰을 뿐이다. 하지만 그 위치에서 언젠가는 떨려날지도 모른다.

미도리카와도 그걸 알기 때문에 날마다 보란 듯이 도서실 책을 들고 다니는 것일까. 가엾게도 나는 집에 있는 책은 무서워서 가져올 수가 없답니다, 라는 것으로. 만일 그게 작전이라면, 얄미울 만큼 성공적이다.

수업 시작종이 울리자 담임선생님이 도착했고 가사이에게 방과 후에 교무실로 오라고 얘기하는 찰나에 야노가 느릿느릿 교실로 들어왔다. "벨 울리기 전에 자리에 앉아 있어야지!"라고 한숨 섞인 주의를 주자 야노는 "네,에"라고 대답하고 자리에 가서 앉았다.

평소에는 그런 야노의 태도를 봐도 그냥 포기하거나 짤막한 주의만 주던 담임선생님이 왜 그런지 오늘은 달랐다.

"너희들, 이게 시험 날이었으면 어떻게 됐겠어? 네에, 라고 삐쭉 대답하면 괜찮다고 시험 보게 해줄 것 같아?"

실제 시험 날에는 정신 바짝 차리고 일찍 오겠지요, 라는 쑷코미, 그리고 야노라면 그런 날에도 태연히 지각할 것 같다는 생각이 동시에 떠올랐다.

"거기, 야노!"

쓸모없는 설교라고 생각하고 있는데, 이어서 터져 나온 것은 고함소리였다.

"히죽히죽 웃지 마!"

괴물일 때처럼 온몸의 맥박이 뛰는 것을 느꼈다.

그리고 기나긴 설교가 시작되었다. 처음에는 야노 개인을 향한 훈계였던 것이 이윽고 우리 반 전체의 문제로 바뀌고, 가사이의 핸드폰 문제도 거론하면서 자각이 없다느니 학생의 본분이 이러쿵저러쿵 하는 이야기가 1교시 전 쉬는 시간까지 까먹고 결국 수업 시작종이 울리기 직전까지 이어졌다.

1교시 수업은 그런 무거운 분위기 속에서 시작되었다. 그런 속에서 자리를 지켜야 하는 상황을 아이들 모두가 지겨워한다는 게 살갗이 얼얼할 만큼 전해져왔다. 그리고 지겹다는 그 마음이 원인을 만든 아이에 대한 분노로 바뀌는 것도 순식간이었다.

그다음은 뭐, 더 이상 설명할 필요도 없다.

금요일 · 밤

어젯밤과 별다를 것 없는 밤을 보냈다.

내 기분만 빼고 세상 모든 게 평온한 것처럼 보였다.

월요일·낮

잠에서 깨어난다, 라는 것이 괴물이 된 이후로 없어졌다.

그래서 밤과의 경계는 내 몸이 둘 중 어느 쪽의 모습을 하고 있느냐로 결정되었다. 대개 몸이 인간으로 돌아오는 것은 오전 4시부터 5시 사이, 해가 뜰 무렵이다. 물론 괴물의 몸으로 집에 돌아왔을 때, 가족은 아무도 일어나지 않았고 아침밥이나 등교 때까지 시간이 많이 남아돌아서 나는 한가한 시간을 주체하지 못하고 있었다.

두 시간쯤이라도 잠을 자볼까 하고 몇 번 이불 속에 들어간 적도 있었다. 하지만 결국 잠들지 못한 채 1층에서 커피 냄새가 풍겨오는 일이 거듭되면서 이미 포기했다.

오늘도 나는 내 방에서 홀로 침대에 앉아 그저 시간이 흘러가기를 기다렸다. 방의 전깃불을 켰다가 복도로 불빛이 새어나가면 가족에게 말을 들을 수 있어서 어둠 속에 커튼을 열고 조용히 보냈다. 토요일부터 계속 구름이 짙어서 달이 보이지 않았다.

전에는 핸드폰으로 작은 불빛을 만들고 그것을 이용해 만화책을 읽기도 했지만, 요즘에는 그런 짓을 할 마음도 나지 않아 숙제를 끝낸 뒤에는 그저 오도카니 시간의 경과만 기다리는 장식품처럼 앉아 있었다.

그 동안에 사실 아무것도 생각하지 않을 수 있다면 좋을 텐데 아무것도 생각하지 않는다는 게 쉽게 되지 않는다. 영화에서도 마음을 무(無)로 하는 건 무술의 달인이나 가능한 일인 것으로 나온다. 아마 상당한 수행이 필요한 일일 것이다.

앉아 있던 침대에 벌렁 누웠다. 천장을 바라보자 잠은 오지 않아도 몸이 쉬는 듯한 느낌은 들었다.

어차피 뭔가 생각할 거라면 즐거운 생각을 하는 게 좋다.

머리에 손을 얹고 오늘 맞이할 밤의 일을 머릿속에 그려보았다.

밤이 되면 나는 분명 다시 학교로 가서 야노를 숨어서 지켜보고, 그러고는 자유로운 시간을 보낼 것이다. 오늘밤에는 뭘 할까.

다양한 행선지를, 시간을 보내는 방법들을 상상했다.

지난 주말에는 섬 몇 군데를 돌아보았다. 바다를 뛰어넘어 달려간 곳에는 풍성한 자연이 있고 평소에는 만날 일도 없을 듯한 사람들의 생활이 있었다. 고양이나 개 이외의 동물도 많았지만 내 기척을 감지하자마자 그들은 순식간에 달아나버렸다.

다음에는 드디어 외국에 도전하는 건가. 아시아에 있는 나라 정도라면 오래 있지는 못하더라도 갈 수는 있을 것 같다. 만일 성공한다면 그 다음에는 전 세계로.

그런 상상을 하다가 문득 깨달았다.

나는 대체 언제까지 계속할 생각인가.

어느새 나는 밤에 일어나는 이 이상한 일이 언제까지나 계속 이어진다는 것을 전제로 상상을 펼쳤다.

하지만 그런 전제는 있을 수 없다.

밤에 괴물이 된다는 이 이상한 현상이 언제까지 이어질지 알지 못하는 것이다.

모토다 패거리를 쫓아낸 날 밤에도 생각했었지만, 어느 순간에 평범한 밤이 되돌아온다고 해도 전혀 이상할 게 없다. 밤의 자유를 상실하는 때가 언젠가는 찾아오는 것이다.

그렇다, 알고는 있지만 바라건대 가능한 한 오래오래 이어지면 좋겠다고 생각했다. 그렇다면 그 '가능한 한'이라는 건 구체적으로는 언제까지인가.

중학교 끝날 때까지? 고등학교 끝날 때까지? 대학이 끝날 때까지? 어른이 끝날 때까지?

확실한 시기는 모르지만, 가능한 한 자유로워질 때까지가 좋다. 이런 갑갑함을 느끼지 않게 될 때까지가 좋다. 그때까지는 괴물인 나를 계속 준비해두고 싶다.

그건 과연 언제까지일까.

노토 선생님이 말했다고 한다.

어른이 되면 조금쯤은 자유로워진다.

정말일까.

정말이라고 치고, 그건 대체 몇 살 때부터일까.

앞으로 몇 년이나 남았을까.

그것은 딱히 내가 괴물이 된다는 것에만 국한된 문제는 아니었다.

앞으로 얼마 동안 나는 누군가가 클래스메이트의 밤을 무너뜨리지 않도록 감시를 하러 갈까.

앞으로 얼마 동안 야노는 밤의 학교에 몰래 숨어드는 생활을 계속할까.

언제까지 계속되는가.

뭔가 사건이 터지는 경우만 말하는 게 아니다

야노가 분위기 파악을 못해 사람들을 짜증나게 하는 것도.

미도리카와가 타인과 커뮤니케이션을 하려 들지 않는 것도.

모토다나 나카가와가 누군가를 상처 입히는 것에서 기쁨을 찾는 것도.

이구치가 더 이상 주위 사람들을 믿지 못하는 것도.

언제까지 계속되는 걸까.

이를테면 이 학교를 졸업하면 그때는 끝이 날까.

몇 군데의 고등학교로 갈라져 우리 교실이 그저 기억 속의 것이 되면 클래스메이트를 대하는 태도나 성격, 신뢰, 비뚤어진 취향이 바뀌기라도 하는 걸까.

그 답을 누가 알고 있을까.

새삼 노토 선생님은 정말 무책임한 말을 했구나, 하고 엉뚱한 화풀이 같은 원망을 했다.

그리고 남의 걱정 따위를 할 때가 아니라는 생각도 들었다. 지금은 내 일만으로도 벅차다. 교실에서 실수하지 않도록, 모두에게서 어긋나가지 않도록, 오늘부터 일주일 동안 다시 세심한 주의를 기울이며 살아가지 않으면 안 된다. 상상만 해도 식은땀이 날 것 같은 기분이다.

괜찮아, 나한테는 밤이 있으니까.

나 자신을 달래며 자세를 오른쪽 왼쪽으로 뒤척이는 사이에 인간들이 활동을 시작하는 소리가 들려왔다.

등교할 때쯤에는 비가 흩뿌렸다. 그러잖아도 우울해지는 월요일인데. 우산을 받고 나가면서 밤새 다 쏟아졌으면 좋았잖아, 라고 날씨를 저주했다.

오늘 하루의 일을 두서없이 생각하며 걸어갔다. 월요일은 정기 홈룸이 있고, 영어, 수학……. 뭐, 특히 힘들다고 할 일도 없는 하루일 것이다.

문제는 우리 반 전체가 지난주 금요일의 분위기를 어느 정도나 질질 끌고 가느냐는 것이다. 그걸 똑똑히 감지하지 않으면 안 된다. 그러지 않고서는 눈 깜짝할 사이에 어긋나가는 편이 되고 만다. 순식간에 동료의식의 테두리 밖으로 떨려난다. 그 안과 밖이 뒤바뀌는 것은 밤과 낮이 바뀌는 것만큼이나 눈 깜짝할 사이인데, 내가 처하게 되는 상황은 마치 인간과 괴물만큼이나 달라져버린다.

정신 바짝 차리고 올바른 행동을 선택해나가지 않으면 안 된다.

사실은 새벽녘에 했던 생각들조차 이미 어긋난 것이고 결코 허

용될 일이 아닐지도 모른다.

주의해야지.

"앗치."

부르는 소리에 퍼뜩 정신을 차리고 돌아보자 가사이가 신이 난 얼굴로 다가오고 있었다.

"너, 어깨 다 젖었잖아, 아하하핫."

멍하니 생각에 잠겨 걷느라 빗물을 제대로 방어하지 않았던 모양이다. 나는 왼편 어깨를 툭툭 털고 자세를 바로잡았다. 몸도, 그리고 마음도.

"앗치, 꽤 오랜만 아니냐? 자전거 안 타고 걸어오는 거."

"그런가? 비 올 때는 항상 걸어왔는데?"

"그랬나?"

집에서 학교까지 비교적 가까운 편인 가사이는 항상 걸어서 등교하고 하교할 때는 누군가의 자전거 뒷자리를 얻어 타는 일이 많았다. 자전거 합승은 교칙으로 금지되어 있지만, 그런 건 학교 밖으로 한 걸음만 나서면 아무 의미도 없는 것처럼 느껴지게 마련이다.

오늘도 비 오는 날만의 자동차 등교 팀에 차례차례 뒤처지며 물웅덩이를 피해 걸었다. 딱히 뭔가 일어나는 일도 없이 우리는 무사히 교문에 도착했다.

무사히, 라고 마음속으로 되뇌다가 그런 속편한 단어를 떠올린 나 자신에게 실소가 터졌다.

지금부터가 본방인데.

말하자면 지금부터가 지뢰밭인데.

가사이는 아무런 감개도 없는 얼굴로 교문을 지나 지뢰 따위 아랑곳하지 않고 척척 현관을 향해 걸어갔다. 변함없이 대단하다.

나는 못한다. 나는 가사이처럼 살아가는 방법에 대한 센스가 없다. 지뢰를 밟지 않도록 한 걸음 한 걸음 신중에 신중을 기하고, 그러면서도 그 신중함을 들키지 않도록 주의하며 살아가지 않으면 안 된다. 그러지 않고서는 모든 것을 들켜버리고 결국 떨려날 것이다.

그 한 걸음 한 걸음에 갑갑함이 느껴지지만 어쩔 수 없다. 내 성격의 문제다. 그렇지만 때때로 이게 언제까지 계속되는 건가, 하고 오늘 새벽녘처럼 생각해버릴 때가 있다.

머리에 묻은 빗물을 털어내는 척 고개를 가로저으며 나는 심약한 생각도 함께 날려버렸다.

조심조심 살아가면 되는 것뿐이다. 올바른 방법을 그때그때 선택하면 되는 것뿐이다. 그리 어려운 일이 아니다.

현관 앞, 빗물이 누군가의 교복에 묻지 않게 꼼꼼히 우산을 접고 있는데 대충 우산을 접고 먼저 안으로 들어간 가사이의 씩씩한 목소리가 들려왔다.

"야호, 논짱, 외출해요?"

"논짱 아니야!"

우산 끝으로 바닥을 콕콕 치면서 우리 반 신발장 앞에서 가사이와 노토 선생님이 주고받는 옥신각신 배틀을 향해 다가갔다. 가만 보니 노토 선생님은 가방과 우산에 구두를 신고 있었다. 가사이의 말대로라면 방금 양호실에서 나오는 길일 것이다.

"아다치도 안녕?"

"안녕하세요?"

"1학년 아이가 자전거를 타다 뼈가 부러져서 병원에 데려가는 거야."

"그냥 내버려두시지."

"응, 가사이가 뼈 부러졌을 때는 그냥 내버려둘게. 양호실은 내가 없어도 다른 선생님이 와 계실 거야. 자, 그럼 둘 다 수업 열심히 해라."

말을 마치자마자 노토 선생님은 급히 현관을 나갔다.

"양호실 선생님이 그런 것도 하는구나."

노토 선생님의 등을 지켜보며 무심코 말했더니 가사이가 피식 웃었다.

"만날 편하게 노는 것 같던데 뭐, 그 정도는 하셔야지 하는 느낌이랄까?"

아닌 게 아니라 양호교사 일은 편해 보인다.

우리에게 보이는 부분만으로 말하면 그렇다는 얘기지만.

실제로는 그 이외의 부분은 굳이 생각할 필요도 없다. 내 눈에 보이는 범위 밖의 일을 생각하는 상상력 따위, 살아가는 데 별 필요도 없고 무익할 뿐이다. 가사이는 그것을 잘 알고 있었다.

신발장 앞에서 운동화를 실내화로 갈아 신고 드디어 평소와 다름없는 일주일이 시작되었다.

평소와 다름없다는 것을 나는 특히 좋아하지도 싫어하지도 않는다. 단지 이 별다를 것 없는 일상이, 나의 하루하루가, 무너지지 않도록 조심하지 않으면 안 된다는 것뿐이다.

사실은 아무것도 생각할 필요 따위는 없다. 자유로운 장소가 이러니저러니, 어른이 되면 이러니저러니, 그런 것 따위.

올바르게 하루하루를 살아간다. 교통사고를 당하지 않도록 조심하는 것보다 더 간단한 일이다. 내가 하지 말아야 할 행동만 하지 않도록 잘 챙기면 된다.

언제까지 계속될지, 그런 건 여기서는 생각할 일이 아니다.

반드시 지켜야 할 것은 평범하게 등교할 수 있고 수업 받을 수 있고 쉬는 시간을 얻을 수 있는, 이곳에서의 내 위치뿐이다.

평소와 다름없는 것이 한순간에 끔찍한 나쁜 것으로 바뀌지 않게 조용조용 지켜온 내 자리를 앞으로도 지켜나가지 않으면 안된다.

뭐, 그런 정도다, 인간인 내가 할 수 있는 일이라고는.

괴물일 때와는 다르다. 상상력 같은 걸 품어서는 나 자신에게 전념할 수 없다.

평소와 똑같다. 평소와 똑같이 하기만 하면 된다.

평소와 똑같이, 올바른 행동을, 취한다.

마음을 정하고 등을 쭉 펴고 나는 가사이와 함께 계단을 오르고 복도를 지나 교실로 한 걸음 들어섰다.

그때였다.

발밑에 뭔가 날아왔다.

어떤 경위가 있어서 어떤 일이 벌어져서 어떻게 그것이 내 발밑으로 굴러왔는지는 알지 못한다.

그것이 무엇인지도 그 시점에는 알지 못했다.

다만 가사이를 제외하고 교실 안의 모든 시선이 일제히, 내 발밑에 굴러온 그것과 나에게로 쏟아지고 있었다.

뭔가 하고 바닥에 떨어진 그 희고 두툼한 봉투를 흘끗 쳐다보았다. 그곳에 뭔가 적혀 있었다.

삐뚤삐뚤한 글자가 눈에 들어왔다.

'야노 사쓰키'

야노의 것이다.

판명된 그 순간.

새벽녘에 생각했던 여러 가지 것이 머릿속에서 소용돌이치고, 어느 지점에선가 모든 것이 캄캄해졌다.

그 캄캄함 속에 희미하게 이구치의 일이 떠올랐다.

아니, 사실은 이구치가 아니다. 이구치를 덮친 좀 더 무서운 것.

왜 하필 오늘이지?

나는 다시 한 번 교실에 있는 아이들 모두의 얼굴을 봐버렸다.

그 자리에 있던 모두가 나의 행동을 주목하고 있었다. 그 속에는 "아, 아"라고 말하며 이쪽으로 뛰어오는 야노도 있었다.

등줄기에 서늘한 것이 흘렀다.

올바른 행동을.

나도 모르게 무심코, 라는 변명은 통하지 않는다.

문득 깨닫고 보니, 라고 둘러댈 그런 우연 같은 것도 아니다.

나는 똑똑히 발밑의 그것을 확인했다.

짧은 시간이었지만 나 스스로 생각하고 판단해서 행동을 결정했다.

나는 그 하얀 봉투를 오른발로 꾸욱 밟았다.

뽀샤샥, 하고 안에 든 것이 소리를 냈다.

그 소리가 마법이 풀리는 열쇠 같은 것이었던 모양이다. 나의 한 발짝을 경계로 교실 안의 시간이 다시 돌기 시작하고 모두가 내게서 시선을 거두고 각자의 행동으로 돌아갔다.

나에 대한 의심이 풀리는 소리였어, 라고 나는 안도했다. 우리 반의 일원으로서 나는 내가 취해야 할 올바른 행동을 취했다.

봉투를 밟은 것을 첫걸음 삼아 나는 내 책상으로 향했다.

알고 있다. 보통 상식이라면 비난받을 행동이다. 하지만 이 교실에서는 올바른 행동일 터였다. 평소와 다름없이 선택하고 이 교실에서의 올바른 방향으로 나아간 것뿐이다. 그렇게 나 자신에게 되뇌었다.

두근두근 뛰는 심장을 필사적으로 억누르며 책상에 가방을 내려놓자 짝꿍 구도가 내 옆구리를 쿡 찔렀다. 뭔가 나무라려는 것인가 하고 바짝 긴장했는데 그녀는 상큼한 웃음을 건네고 있었다.

남의 물건을 발로 밟았다. 그것이 나쁜 일이라는 건 구도도 잘 알 것이다. 구도뿐만이 아니다. 교실 안의 인간들에게 그런 정도의 상식은 있을 터였다.

그런데도 구도는 웃고 있고 어느 누구도 나를 나무라지 않는 것은 이곳에서만은 내가 취한 행동이 올바른 것이기 때문이다. 상식보다도 야노에 대한 혐오감이나 분노가 이 교실에서는 하나의 척도로서 승리했기 때문이다. 그 척도야말로 이곳에서는 가장 소중하다.

그건 잘 알고 있다.

그런데도, 거듭거듭 이해했을 텐데도, 내가 이 교실 안의 상식으로는 어떻게도 나 자신의 마음을 달랠 수 없는 것은, 심장의 두근거림이 점점 더 빨라지는 것은, 나밖에, 나와 야노밖에 알지 못할 터인 사실이 그 올바름이라는 것을 자꾸만 방해하고 있었기 때문이다.

온몸이 달아오르고 마음의 어느 부분이 마구 날뛰고 있었다.

만일 허락되기만 한다면 나는 지금 당장 야노에게 따져 묻고 싶었다.

대체 왜!

소중한 것은 낮의 학교에는 가져오지 않기로 한 거 아니었어?

그 희고 두툼한 봉투 안에 든 것이 무엇이었는지는 알지 못한다. 머뭇거리는 모습을 보여서는 안 된다는 생각에 마음이 급해져서 그런 건 돌아보지도 않았다. 하지만 그 봉투가 무엇을 위한 것이었는지, 나는 알고 있었다.

그런데도 발로 밟았다.

"아이, 어떡해."

그렇게 말하며 봉투를 주워든 야노는 안을 들여다보고 "깨져버렸네"라고 중얼거리더니 터벅터벅 교실 뒤쪽으로 걸어가 그 봉투를 자신의 사물함 안에 넣었다. 그 모습을 나는, 고소하다는 표정의 구도와 함께 지켜보았다.

상상력을 발동한 것이 아니다.

단순히 봉투를 언뜻 보고 알아버린 것에 지나지 않는다.

거기에 상상력 같은 건 전혀 필요가 없었다.

마음속에 있는 죄책감의 자리를, 나는 처음으로 알았다.

그 자리가 점점 커져서 금세 터져버릴 것 같았다.

내가 짓밟은 흰 봉투, 거기에 찍힌 발자국 밑에 삐뚤빼뚤한 글자들, 야노의 이름 외에 또 하나의 이름을 나는 봐버렸기 때문이다.

'노토 선생님에게'

께, 잖아.

어쩔 수 없었어, 라고 마음속으로 수없이 말했다.

월요일 · 밤

낮에 건네줄 수밖에 없어서 학교에 가져오지 않으면 안 되었다.

등교 때 전해주지 못하고 교실까지 들고 온 것은 노토 선생님이 부상당한 1학년을 돌보느라 한창 바쁜 참에 양호실에 가는 바람에 만나지 못했던 것인지도 모른다.

이번 주, 라고만 해서 정작 오늘이 노토 선생님의 생일이었다는 건 알지 못했다.

하지만 그런 건 죄책감을 없애는 데 아무 도움도 되지 않았다.

그래서 밤의 나는 사과를 하러 가기로 했다.

낮의 그녀에게 사과하는 건, 못한다. 그래서 최소한 밤에라도 하기로 했다. 괴물인 나라면 그런 정도는 할 수 있으니까.

오랜만에 밤의 야노를 만난다. 그것도 내 쪽에서 분명한 목적을 갖고 만나는 것은 처음인 것 같아서 적잖이 긴장했다.

혹시 야노는 오늘 오지 않을지도 모른다. 그럴 가능성도 있었다. 비도 오고. 어쩌면 나한테 당한 일 때문에 침울해져 있는지도 모른다.

야노가 오늘 밤에 온다고 해도 내 사과에 저항할 가능성도 있다. 사과할 거라면 그런 짓은 하지 말았어야지. 그런 비난을 들어도 당연한 일이고, 내가 한 짓은 우리 교실의 일원으로서는 잘못된 것이 아니지만 야노에게 그걸 이해해달라고 하는 건 어려운 얘기다.

게다가 큰 불안감도 있다. 단순히 불만을 얘기하는 것 정도라면 괜찮다. 하지만 야노가 혹시 그 이상의 반응을 보인다면 나는 어떻게 해야 할까.

야노의 얼굴이 머릿속에 자꾸만 떠올랐다.

평소보다 약간 느지막한 변신을 마치고 나는 학교까지 날아갔다. 상상력으로 거대한 박쥐 날개를 만들어 넓은 하늘을 날았다. 이 날개를 보면 야노는 기뻐해줄까. 속죄처럼 그런 생각도 해봤다.

항상 하던 대로 학교에 도착하자 옥상에 내려섰다. 처음 이곳에 왔을 때가 생각났다. 하지만 그때의 고양감은 이제 없었다. 그때와 똑같은 것은 긴장감뿐이었다.

밤의 학교는 오늘도 고요했다. 낮 동안에는 그토록 시끌시끌하고 사람의 체온으로 가득하고 폐쇄적이었던 교내. 하지만 밤에는 창문 하나 열려 있지 않은데도 낮보다 훨씬 더 개방적으로 보였다.

내가 괴물이기 때문이고 지금 이곳에는 아무도 없기 때문이다. 인간일 때의 나는 벽과 천장이 아니라 인간의 정의감이며 악의, 동료의식 같은 것에 갇혀 있었다.

야노는 분명 나보다 훨씬 더 답답하고 숨 막히는 마음이었을 것이다.

그렇다, 그래서 밤이면 그녀는 이렇게 개방된 학교에서 잠시 쉬는 것인지도 모른다.

이런 때 비로소 그녀가 말했던 밤의 쉬는 시간이라는 말의 의미가 분명하게 이해된다.

곧바로 교실 앞까지 들어가 나는 각오를 다지기도 전에 문을
열었다. 각오가 다져지기를 기다렸다가는 언제까지고 얼굴을 내
밀지 못할 것이다.

교실 안, 항상 앉는 자기 자리에 야노는 앉아 있었다.

그녀는 이쪽을 바라보며 바보같이 입을 헤벌렸다.

"와아, 오 랜만이 야."

밤에 그녀를 만나지 않았던 것은 겨우 이틀, 주말을 끼워도 나
흘이었지만 야노는 시간을 느끼는 방식이 다른 것인지도 모른다.

아마도 낮이 몹시 긴 시간으로 느껴지는 것이리라.

"응, 오랜만."

나는 교실 뒤쪽으로 이동해 앉기 편한 크기로 몸을 바꿨다.

첫말을 어떻게 시작해야 할까, 궁리하고 있는데 야노가 핸드폰
을 호주머니에 챙겨 넣고 이쪽을 돌아보았다.

"앗치, 너."

즉각 오늘 낮의 일을 항의하려는 건가, 하고 불안해졌다.

"어디재 미있는 곳에 갔 었어?"

아니었다.

평소와 똑같이 느닷없는 질문.

밤에 어딘가에 갔었느냐는 뜻이라고 생각하고 나는 고개를 끄
덕였다.

"여기저기 돌아다녔어."

"우.와."

"근데 재밌는 곳은 별로 없었어. 한밤중의 관광지 몇 군데를 둘러봤는데 사람도 하나도 없고, 신사 같은 곳은 진짜 으스스하고."

"그런모 습인주 제에겁 이많구 나."

여전히 야노는 단어 선택을 잘못하고 있다. 주제에, 라는 말은 자칫 싸움이나 착각을 불러올 수 있다. 하지만 오늘은 그런 지적은 하지 않기로 했다.

"앗치는 유럽하 고아시 아하고, 어디파?"

"뭐냐, 또 양자택일? 둘 다 가본 적 없어."

"그렇구 나,걱정 했어. 밤의그 모습으로 외국에 나가면 시차 때문에 낮에는 어떻게 하나,하 고."

"……응, 진짜 어쩌지?"

생각해본 적은 없지만, 야노의 의문은 아닌 게 아니라 그 답이 궁금했다.

"바다위 에있을 때갑자 기낮의 모습으 로변해 버리면 큰일이겠지?"

"……그, 그건 위험하지."

외국에 갈 수 있을지 어떨지, 오늘 새벽에도 생각했었다. 하지만 외국행은 아무래도 관두는 게 좋을 것 같다.

"앗치의 상상력 의힘으 로시간 을조종 할수는 없을까."

"그건 어렵지. 나와 관계없는 일은 아마 안 될걸."

아무리 밤의 나여도 못하는 일은 있다.

"그, 런 가?"

야노는 매우 알아보기 쉽게, 일부러 그러는 것처럼 알아보기 쉽게 유감스러운 표정을 짓고 있었다. 천장을 올려다보며 하아 하고 한숨을 내쉬었다.

"계속밤 에머물 수있을 지도모 른다고 잔뜩기 대했는 데."

"……."

몸이 우글우글 술렁거리는 것을 나는 애써 감췄다.

계속 밤에 머물 수 있다면.

그것은 야노에게는 절실한 바람일 것이다.

하지만 그런 건 안 된다. 그녀에게는 지옥의 시작인 아침은 반드시 와버린다. 열리지 않는 밤이란 없다. 결코 이루어질 수 없는 소원이라니, 너무 아프다.

시도해봤어? 그녀는 그렇게 말할까.

유감스럽게도 만일 내 상상력이 밤을 지속시킬 수 있다면 진즉에 그렇게 되었을 것이다.

밤의 그녀를 만나기 훨씬 이전에 그렇게 되었을 것이다.

나 역시 계속 밤이 이어지면 좋을 텐데, 라고 생각했었다.

밤이 끝나지 않기를, 이라고 내내 바랐었다.

하지만 항상 태양은 떠올랐다. 나는 인간의 모습으로 되돌아와 옷을 갈아입고 아침을 먹고 학교에 갔다.

학교라는 장소를 진심으로 싫어하는 것은 아닌 나도 그런 생각을 하는 것이다.

야노의 말이 그저 얼핏 생각나서 해본 말이 아니라는 것쯤은 아플 만큼 알았다.

상상력으로 실현할 수 있는 힘을 그녀에게 건네줄 수 있다면 좋을 텐데.

나보다 훨씬, 훨씬 더 강한 바람이 영원의 밤을 만들어줄지도 모른다.

"자아, 오늘은 뭐 할까?"

아무래도 술렁거림을 들키지는 않은 모양이다.

"뭘 하느냐면……."

내가 오늘 온 목적은 사과하는 것이라서 물론 다른 할 일은 미처 생각하지 못했다.

생각하지는 못했지만, 나는 야노의 그 말에 한결 마음이 놓였다. 야노가 낮에 있었던 일로 특히 침울해하는 것 없이 평소와 다름없는 제안을 던져준 것에. 아이들 모두가 하는 짓의 연장선상이었고, 어쩔 수 없었을 것이라고, 그렇게 이해해줬는지도 모른다.

그나저나 나는 아직 첫말을 어떻게 꺼내야 할지 생각나지 않았다.

"오늘은 야구부 창문이 깨지지도 않았고……."

"아마따 라잡지 못했을 거야."

"뭐가?"

"체육관 에가보 자."

야노는 내 질문 따위 무시하고 자신의 희망사항을 말했다. 항상 하던 대로다. 항상 하던 대로.

하지만 체육관도 괜찮겠다고 생각했다. 이곳보다 열린 공간이라서 지나치게 분위기가 심각해지는 일 없이 사과할 수 있고, 이래저래 뻘쭘한 시간을 얼버무릴 수도 있을 것이다.

나는 야노의 제안에 응하기로 했다.

"앗치는 의견같 은거, 없 어?"

"밤의 학교에서 딱히 가고 싶은 곳은 없어."

"아, 그래?"

야노의 그 말에 사실은 좀 더 깊은, 내 마음의 밑바탕을 부정하는 속뜻이 담겼는지도 모른다고 얼핏 생각했지만, 분명 내 지레짐작일 것이다.

야노를 먼저 내보내고 나는 문을 잠갔다. 분신을 준비해 앞서 가게 했더니 벌써 몇 번이나 봤으면서도 야노는 "와아, 편 리하다, 편리해"라고 좋아했다.

계단을 내려가 체육관으로 향했다. 야노의 발소리는 평소와 다름없이 저벅저벅 시끄러웠지만, 굳이 주의를 주지는 않았다.

탈의실 앞을 지나고 언젠가 내가 야노를 발로 찼던 곳을 지나갔다. 연결 통로 너머 체육관 문은 굳게 잠겨 있었다.

야노를 문 앞에서 기다리라고 하고 나는 먼저 안으로 들어갔다.

액체 상태에서 괴물의 모습으로 돌아와 살펴본 체육관 내부는 마치 밀폐된 감옥 안 같았다.

지이잉 조용하게 가라앉아 있는데도 낮에 체육 수업과 동아리 활동에서 생겨난 소리가 아직도 갇힌 채 메아리치는 것 같았다.

나는 온몸이 갇혀버린 듯한 감각에 더럭 겁이 나서 재빨리 꼬리로 문을 열었다.

밖에서 기다리던 야노는 고맙다는 인사도 없이 신발을 벗고 체육관에 들어섰다. 일부러 그러는 듯한 동작으로 한껏 숨을 들이쉬고 있었다.

"소리가 나는것 같아."

그녀의 동작을 보면서 소리가 아니라 냄새 아니냐고 생각했지만 소리가 나는 듯한 느낌은 나도 똑같이 느낀 것이라서 이것도 지적하지 않았다.

꼬리로 문을 닫았더니 야노는 "오오, 오" 하고 목소리를 높였다.

"완전깜 깜해."

"응."

비상등이 켜져 있었지만, 그래도 깜깜한 체육관 안에서 인간의 눈은 그 정도 불빛만으로는 몹시 불안한 것이리라.

"잠깐만."

야노를 그 자리에서 기다리라고 하고 나는 2층으로 날아가 높은 곳에 달린 커튼을 꼬리로 모두 꼭꼭 닫고 전깃불을 한 줄만 켰다. 이걸로 인간인 야노도 잘 보일 것이다. 바깥으로는 불빛이

한 줄기도 새어나가지 않기를 빌었다.

내가 아래로 돌아오자 야노는 벽 쪽으로 달려가 체육관 가장자리를 걷기 시작했다. 나는 그 틈에 앉기 편한 사이즈로 몸을 바꿨다.

나와는 다르게 몸집이 작은 야노는 보폭도 작아서 한 바퀴 도는 데 꽤 시간을 들인 끝에 다시 이쪽에 돌아왔다.

돌아오자마자 그녀는 천장을 가리켰다.

"앗치, 저 거좀꺼 내줄래?"

올려다봤지만 처음에는 야노가 말한 '저거'라는 게 무엇인지 알 수 없었다. 그녀가 가리키는 곳에는 천장이 있을 뿐이었다.

"공."

그 말을 듣고서야 눈에 들어왔다. 나도 직감력이 떨어진 모양이다.

어떻게 할까 잠시 생각하다가 야노와 저만치 거리를 두고 날개를 한껏 펼쳤다. 기대했던 대로 야노의 "와아앗" 하는 나지막한 환성을 등으로 받으며 날아올랐다. 점프로도 갈 수 있었지만 일부러 비상한 보람이 있었다.

천장의 철골 사이에 낀 농구공을 꼬리로 툭툭 쳐서 아래로 떨어뜨렸다. 밑에 있는 야노의 얼굴을 맞히면 위험하니까 도중에 캐치해서 체육관 안을 한 바퀴 빙 돌아 착륙했다.

리듬이 엉망인 박수소리 쪽을 향해 살짝 공을 던졌더니 야노가 마침 손뼉을 치려고 벌리고 있던 양 손바닥 사이에 쏙 들어갔다.

이번에도 고마워, 라는 말을 하지 않는 야노는 공을 한 차례 바닥에 튕겼다. 힘과 각도 조절을 제대로 하지 못했는지 공은 엉뚱한 방향으로 튀어 내 쪽으로 굴러왔다. 꼬리로 잡아서 다시 던져주자 야노는 뒤로 놓쳐버린 공을 다다닷 쫓아갔다.

서툴러도 어지간히 서툰 드리블, 높이가 부족해도 한참 부족한 자유투 연습을 한참동안 하던 야노는 이윽고 힘이 빠졌는지 싫증이 났는지, 내 쪽으로 다가와 공을 휙 던졌다. 뭐야, 갑작스럽게.

꼬리로 받아 다시 던져주자 이번에는 정확히 캐치해서 다시 이쪽을 향해 던져왔다. 아무래도 캐치볼로 무료함을 때워볼 모양이었다. 그런 거라면 당연히 나도 함께해주기로 했다.

몇 차례 공이 오가고, 그중 몇 번은 야노가 공을 뒤로 놓쳐버리는 사이에 천장을 때리는 빗소리가 점점 더 강해졌다. 갇혀 있었지만 지켜지고 있었다.

"앗치가 있어서 이아이 다행이 었다, 그 치?"

다시 야노가 느닷없는 말을 했다. 이 아이?

"이 아이라니, 이 공?"

"응, 분명 하게공 으로살 아있는 걸보여 줬어."

"살아있는 건 아니지만."

"침묵할 뿐, 살아 있는지 도몰라."

"무섭다. 마구 던져댔는데."

대화와 캐치볼.

어쩐지 즐거워하는 나 자신이 존재하는 것 같았다.

"해리포 터의세 계에나 오잖아."

"뭐, 그림이니 빗자루 같은 게 말도 하고 움직이기도 하지."

"아하, 그 래서그 바보가 그만뒀 구나."

"뭘?"

"그래도 아직은 조심하 는게좋 아."

"글쎄 무슨 얘기냐고."

"앗치, 는."

여전히 남의 말은 귀담아듣지 않는 야노는 몸의 사용법이 엉망이어서 공을 던질 때는 목소리가 평소보다 더 억양이 이상해졌다.

"응."

"낮의 모습과 밤의 모습, 어느 쪽이 진짜야?"

힘이 조금 전까지보다 더 강하게 들어갔던 것일까.

던져진 공은 내 몸 위를 지나쳐갔다. 등 뒤에서 바닥과의 묵직한 충돌음이 파장이 되어서 검은 알갱이들을 흔들었다.

"응?"

"공, 가져 와."

야노는 자연스러운 느낌으로 이쪽을 똑바로 가리켰다. 나는 그 말대로 몸을 돌려 등 뒤에 있던 공을 꼬리로 건져 올렸다.

"던, 져줘."

내가 둥근 궤적으로 던져준 공을 야노는 능숙하게 캐치했다.

"인간모 습파? 지금그 모습파?"

"아니, 그건."

"어느쪽 인지궁 금해서."

야노는 공은 손에 든 채 말만 내게 던졌다.

"어느쪽 이진짜 인지."

그것은 뭘 가리키는 말일까.

"나,는."

묻지도 않았는데 야노는 여느 때처럼 다시 멋대로 자기 얘기를 하기 시작했다.

"나는어 느쪽도 아니야. 어느쪽 에도없 어. 둘중어 느쪽에 도없어. 낮도밤 도따로 없고. 나는아 무것도 다르지 않아. 주위가 다를뿐 이지. 주위의 시간이 나사람 이나물 건이나 분위기가 다를뿐 이고나 는낮에 도밤에 도똑같 아. 어느쪽 도아무 것도없 어."

"······."

"그데앉 치느낮 과밤에 저혀달 라."

무슨 얘기를, 하고 있는 건가.

"그래서 어느쪽 인지궁 금해."

마치 탐정이 된 것처럼 야노는 나를 손끝으로 쭉 가리켰다.

"못본사 이에내 가생각 을좀해 봤어."

신이 난 듯 야노는 연기를 하고 있었다.

그녀에게 손가락질을 받은 검은 알갱이들이 조용히 떨렸다.

야노는 이쪽을 지그시 바라보며 시선을 피하지 않았다.

"그것이 알고싶 다."

"......."

나는 숨을 한 차례 꿀꺽 삼켰다.

어쩌면 야노에게는 그런 강함이나 현명함은 없는지도 모른다.

실제로 그냥 단순히 궁금하게 생각한 것뿐인지도 모른다.

인간 모습의 나와 괴물 모습의 나, 어느 쪽이 진짜인가. 전에도 물어봤었다, 원래 괴물 모습으로 태어난 것이냐고. 그러니까 야노는 순수하게 질문을 던진 것이라고 보는 게 더 자연스럽다.

그런데도 그녀가 까불까불 연기하는 모습이 나에게는 진짜 감정을 감추기 위한 위장인 것처럼 보였다. 나카가와가 가사이의 따끔한 지적을 웃음으로 얼버무린 것처럼 뭔가를 다른 감정으로 감추고 있는 것이라는 생각이 자꾸 들었다.

죄책감이 그런 생각을 하게 만든 걸까.

나를 추궁하는 거라고 생각했다.

내 눈에는 야노가 나에 대한 원망을 애써 감추고 있는 것처럼 보였다.

물론 인간인 내가 한 그 일에 대해서.

원망을 겉으로 드러내지 않는 것은 지키기 위해서.

이구치나 나카가와와 마찬가지로, 지금 이 시간을 지키기 위해서.

화를 내버리면 밤의 시간이 무너질 테니까. 화를 내버리면 나와 야노 사이에 형성된 관계가 사라질지도 모르니까.

그런 이유로 그녀는 감정을 억누르고 자신이 납득할 만한 대답을 내게서 이끌어내 마음의 타협점을 찾으려고 하는 게 아닌가, 그런 생각이 자꾸 들었다.

그 상상이 정답인지 어떤지, 나는 알지 못한다.

야노의 질문에 어떤 대답을 하면 납득해줄지도, 알지 못한다.

알지 못한 나는 일단 도망쳤다.

"미안……."

나는 질문에 답하지 않았다. 그 대신 야노의 질문을 뛰어넘어 그녀가 정말로 원할 것 같은 말을 내뱉었다.

대충 속이고 넘어가려는 것이기는 했지만, 생각해보면 그게 우리 둘 다의 원래 목적을 이룰 수 있는 말일 것이다.

야노가 자신의 감정을 감추고 던진 질문에 적절한 답을 돌려주는 것보다 훨씬 더 의미가 있는 것처럼 생각되었다.

그래서 솔직히 말하자면, 야노가 의미 있는 질문을 던져준 것은 나에게도 유리한 일이었는지 모른다.

"뭐, 가?"

야노는 공을 손 안에서 빙그르르 굴리면서 일부러 그러는 것처럼 고개를 갸우뚱했다. 역시 나에게서 정식으로 사죄를 받고 싶은 것이구나, 라고 생각했다.

평소라면 그 야박한 태도에 괴물인 나는 불끈했을지도 모른다. 하지만 오늘만은 그녀의 감정은 옳은 것이다. 나에게 분노하는 것도 당연하다. 그런 짓을 했으니까.

하지만 사과하는 건 당연한 것이 아니었다. 낮의 나는 사과할 수 없었다.

괴물인 나라면 할 수 있다.

그래서 나는 정식으로, 괴물의 모습으로 자리에서 일어나 큼직한 머리를 그녀를 향해 한 차례 숙였다.

"미안해."

"엇, 왜?"

야노는 아직도 이상하다는 척 하고 있었다.

어린애처럼 동글동글 큰 눈.

한껏 휘둥그렇게 뜨고 있어서 바보 같아 보였다.

"그게……."

말을 하려다가 한 차례 입을 다물어버렸다. 용기가, 필요했다.

고의로 나쁜 짓을 해본 경험이라고는 거의 없다. 고의로 나쁜 짓을 저지르고 그 상대에게 사과해본 경험이라고는 더더욱 없다. 나 혼자 책임져야 할 나쁜 짓을 한 적은 더더군다나 없다.

하지만 그렇기 때문에 더욱더 사과해야 한다고 생각했다.

나쁜 짓이었다고 생각했기 때문이다.

나빴다.

나빴다고?

어느 쪽이?

"저기, 오늘……."

어느 쪽이?

오늘 저지른 일과 매일매일 저지른 일, 어느 쪽이?

적극적으로 괴롭힌 일과 소극적으로 괴롭힌 일, 어느 쪽이?

모토다와 나카가와와 나, 어느 쪽이?

야노와 나, 어느 쪽이?

"노토 선생님에게 줄 선물, 발로 밟아서, 미안해."

머릿속에는 다른 말과 의문이 가득 차있는데도 나는 개의치 않고 준비했던 말을 그대로 그녀에게 건넸다. 쓸데없는 생각을 하며 미적거렸다가는 언제까지고 말할 수 없다고 생각했기 때문이다.

그래서 그 말을 해낸 것을 나는 다행이라고 생각했다.

다행이라고 생각했는데도, 긴장도 했고 뭐 이런저런 것 때문에 깜빡 눈을 돌려버렸다.

그 즉시 시선을 피한 것이 내 사과를 거짓처럼 보이게 할지 모른다는 것을 깨닫고 다시 야노의 얼굴을 봤다.

봐버렸다.

그 얼굴을 보고 나는 사과를 받아들인 야노의 표정을, 그 변화를, 똑똑히 여덟 개의 눈으로 봐버렸다.

그녀는 입을 실룩거렸다.

야노는 나를 향해 빙긋이, 웃지 않았다.

"낮의일 을사과 하지말 라니까?"

입술을 툭 내민 야노의 대답은 전에도 자주 들었던 그 말이었다.

솔직히 나는 야노가 그렇게 대답하리라는 것을 예상했었다.

예상은 맞아떨어졌다. 그러니까 그건 좋다. 그건 좋은데.

실은 원래 내가 가장 두려워한 것은 말이 아니라 야노의 표정이었다.

나만이 의미를 알고 있는 그 얼굴을 내게 보이면 어떻게 하나, 하고 걱정했었다.

그녀가 지독한 놈에게 향하는 그 얼굴을 내게 보이면 어떻게 하나, 하고 걱정했었다.

하지만 결국 그녀는 그런 표정을 짓지 않았다.

그래서 그것도 다행스러운 일이었어야 하는데.

"안 웃어?"

왜 그런지 쓸데없는 말이 거칠거칠한 괴물의 입에서 새어나왔다.

"응?"

"내가 그런 짓을 했는데."

그런 질문을 할 필요는 없었는데, 스스로 비난의 포인트를 파헤칠 필요는 없었는데, 이미 입 밖으로 내뱉은 말은 괴물인 나도 주위 담을 수 없다.

야노는 눈을 동그랗게 뜨고 "아, 아하" 하고 과장스럽게 타악손을 쳤다.

그러고는 웃었다. 너무 재미있다는 듯이, 웃었다.

빙긋이, 가 아니라 자연스러운 웃음을 내보였다.

"앗치는 안무서 워."

"………왜?"

멋대로 입이 움직였다.

"왜 안 무서워? 내가 그런 짓을 했는데."

목소리가 체육관 안의 빈 공간에 유난히 울려 퍼졌다. 고여 있던 낮의 소리며 냄새가 모조리 사라져버린 것 같았다.

"왜, 냐고?"

야노는 고개를 갸우뚱했다. 뭔가 이상하다는 듯이.

나도 내가 왜 그런 것을 물어보고 있는지 알 수 없었다.

"그, 래도."

"……."

"앗치는 바라봐 주니까."

성의(誠意)라고는 한 조각도 없었던 나의 질문. 그런데도 야노는 분명하게 답해주었다.

하지만 나는 그 대답의 의미도 전혀 알아듣지 못했다.

정말로 이해하지 못했기 때문일 것이다.

"혹시 앗 치는."

이어지는 야노의 말에 나는 벼락을 맞은 듯한 느낌이었다.

"무서워 해줬으 면하는 거야?"

……아.

"이, 상해."

야노가 한 차례 공을 바닥에 튕기자 이번에는 능숙하게 그녀의 손 안으로 돌아왔다. 공과 바닥이 부딪히는 소리가 내 마음속에 있던 막을 찢은 것인지도 모른다.

나는 깨달았다.

막 속에 있던 진실이 단숨에 머릿속에 쏟아지고 깨달음이 되어 내 온몸을 마비시켰다.

아, 그렇구나. 야노의 질문에 나는 말을 돌려줄 수 없었다.

머릿속의 말이 모두 다 없어져버린 게 아니다. 단지 그녀의 질문에 대한 진실한 말이 누군가에게 내보여줄 만한 것이 아니었을 뿐이다.

야노의 말을 듣고, 나는 지금까지 마음속에 품은 것의 이름을 잘못 알고 있었다는 것을 마침내 깨달았다.

그 깨달음은 믿어지지 않는 것이었지만, 어떻게도 속이고 넘어 갈 수가 없었다.

마음속에 품은 죄책감이라고 생각했던 그 자리에 바늘 하나가 박힌 듯한 아픔을 느꼈다.

야노의 말에 찔렸기 때문이다.

정곡을.

"앗치가 더이상 해."

"……."

"옥상에 서나한 테이상 하다고 놀렸던 거같아 줬다, 키히힛."

나는 야노가 나를 무서워해줬으면 했다. 그녀의 말이 맞았다.

이유는 간단하다. 그러면 더 이상 그녀에 대해 신경쓰고 걱정하지 않아도 될 테니까.

나를 무서워하고 싫어하고 지독한 놈이라고 생각해주기를.

그래서 나를 떼어내준다면 그게 더 마음 편해서 좋다고 생각했던 게 아닐까.

일단 사과는 했다, 하지만 상대가 거부했으니 나는 더 이상 아무것도 할 수 없다. 그렇게 되는 게 더 마음 편해서 좋다고 생각했던 게 아닐까.

내 마음속에 그런 생각은 없었다, 라고 자신 있게 말할 수 없었다.

나는 계속 야노가 내게 도움을 청할까봐 두려워했었다.

그래서 길게 망설일 것도 없이 이렇게 태평하게 사과하러 올 수 있었던 게 아닐까.

분명 마음속 어딘가에서 오늘 일을 마침 잘됐다고 생각했다.

마음속에서 발견한 검은 영혼의 자리, 그것의 이름은 분명 죄책감 따위가 아니었다.

"아, 그게 아니면 혹시?"

내 검은 속셈 따위 알지 못하는 것이리라. 야노는 나를 가리키며 이상하다는 듯 고개를 쭈우욱 한쪽으로 기울인 채 말했다.

"앗치는 앗치가 무서운 거야?"

"……응?"

"괜찮아, 괜찮아, 무섭지 않아."

나우시카* 같은 소리를 하는 야노는 빙긋이, 가 아니라 깔깔깔 웃었다. 하지만 내가 아무 말도 않자 다시 한 번 고개를 반대 방향으로 쭈우욱 기울였다.

"아, 넌가?"

"……."

"아, 그러 면혹시."

야노는 내가 아니라 자신을 손끝으로 가리켰다.

"앗치는 앗치가 아니라 내가무 서워?"

그것은 조금 전부터 연달아 내게 던진 질문 중에서 내가 고개를 끄덕일 수 있는 유일한 질문이었다.

고개를 끄덕이자 야노는 자연스럽게 기분이 상한 듯한 얼굴을 했다. 당연한 그 반응에 나는 멈칫했다.

"왜? 나는 지독한 짓하나 도안했 는데?"

맞는 말이었다. 야노는 분위기 파악을 못하고 이상하고 둔하지만, 나한테 지독한 짓은 하나도 하지 않았다.

다만 뭔가를 무서워하는 것은 그런 간단한 이유 때문만이 아니다.

"……모르니까."

"뭘, 몰라?"

나 자신 속의 검은 부분을 들키고 싶지 않았던 교활한 나는 손바닥의 내보일 수 있는 부분만 내보여 대충 속이고 넘어가는 식

---

* 지브리 애니메이션 〈바람계곡의 나우시카〉의 주인공. 괴물과 소통하는 능력을 갖고 있다.

으로 결백을 증명하려고 했던 것이다.

계속 품고 있던 본심을 꺼내보였다.

"나하고 너무 달라서 야노가 생각하는 게 뭔지 모르니까."

그래서 어쩔 수 없다, 라는 말을 하고 싶었다.

"그야다 른게당 연한 거아냐?"

야노의 그 말투는 나를 경멸하는 것 같지는 않았다.

"생각하 는게뭔 지, 그런 건원래 모르는 거아냐?"

야노는 정말로 내가 생각하는 것도 말하는 것도 전혀 모른다는 듯이 미간에 주름을 잡았다. 저 얼굴이다. 알지 못한다는 것을 전혀 감추려 하지 않는 저 얼굴이, 무섭고 두렵다.

"나하고 는너무 다른앗 치는그 러면누 구하고 똑같은데?"

누구하고 똑같으냐고? 다양한 사람의 얼굴이 머릿속을 스쳐갔다. 야노는 자신의 얼굴 앞에 손바닥을 펼치고 엄지를 꼽았다.

"괴롭히 는것을 좋아하 는척하 지만사 실은누 군가를 아래로 내려다 보지않 으면불 안해서견딜수 없는여 자애하 고?"

누구 얘기일까.

다음은 검지를 꼽았다.

"머리가 좋아서 자기가 어떻게 하면 주위사 람들이 어떻게 움직여 주는지 훤히알 고제마 음대로 갖고노 는남자 애하고?"

누구 얘기일까.

그리고 중지를 꼽았다.

"말다툼 을해버 린예전 친구가 지독한 일을당 해도화 해도못

하고,누 구에게 나고개 를끄덕 이는것 밖에못 하는습 관에자 기
멋대 로책임 감을느 끼고본 인대신 앙갚음 을하는 바보같 은클래
스메이 트하고?"

야노는 대체 누구 얘기를 하는 건가.

마지막으로 약지와 엄지를 모두 함께 꺾어 바위를 만들더니 그
주먹을 야노는 내게로 향했다.

"나도앗 치도그 애들도 제각각 달라. 다른게 당연하 지. 그러니
까생각 하는게 뭔지는 아무도 모르는 거야."

"……."

"그래도 앗치는 내가무 서워?"

그 물음에 이번에는 고개를 끄덕이지 않았다. 야노가 말하는
것은 내가 말하려는 것과는 전혀 동떨어진 것처럼 느껴졌다. 동
시에 그녀가 하는 말에 그럴지도 모른다고 고개를 끄덕이는 내가
존재했다.

망설이는 사이에 야노의 표정이 바뀌었다.

야노는 눈썹 끝을 축 늘어뜨리고 입가를 아주 조금 올렸다. 그
것이 기쁨이나 즐거움에서 나온 것이 아니라는 건 금세 알았다.
빙긋이, 와는 또 다른, 하지만 거짓 감정을 지어낸 웃음. 일부러
그러는 것처럼 보일 만큼 진짜 감정을 감추려고 짐짓 보여주는
얼굴.

"슬,프다."

그 순간, 야노의 호주머니에서 요란한 알람 소리가 울렸다.

교문에서 헤어질 때 "내일 또 만나"라고 둘 다 말하지 않았다.

혼자가 되자 마구 내달렸다. 아무 의미도 없었지만, 가만히 있을 수 없어서 달렸다.

문득 정신을 차리자 어두운 산 속에 있었다. 나무들 사이를 빠져나오고 동물들과 마주치고 강가로 나섰다. 머리 위에 있던 나뭇가지와 잎사귀가 없어지면서 비가 직접 내 몸에 떨어졌다.

괴물의 몸이다. 춥지는 않았다. 춥지는 않았지만 마음 저 밑바닥이 떨리는 것을 느꼈다.

지그시 눈을 감고 심호흡을 해도 그 떨림은 어디로도 사라져주지 않았다.

슬프다. 슬프다. 슬,프다.

야노의 그 웃는 얼굴이 머릿속을 떠나지 않았다.

오늘의 목적은 잘 해냈다.

나는 사과했다. 그리고 야노는 아마도 나를 용서해주었다.

그걸로 다 잘됐다.

그런데도 내 마음은 떨리고 있었다.

야노는 내가 자신을 무서워하는 것을, 슬프다고 말했다.

괴롭힘을 당하는 것에도 상황이 더 나빠진 것에도, 내가 소중한 생일 선물을 발로 밟은 것에도, 슬프다고 말하지 않았던 야노가 슬프다고 말했다.

내가 자신을 무서워하는 것은 슬프다고 말했다.

그것이 어떤 의미인지, 생각해봐도 알아차리지 못할 만큼 내 머리는 나쁘지 않았다.

이를테면 나라면 누군가가 나를 무서워한다고 하면, 슬플까. 아무도 내 곁에 오고 싶지 않다고 생각한다면, 슬플까. 그렇게 생각해보면 충분히 알 수 있다.

믿고 있는 사람이다.

그 전부가 아니더라도 그 사람의 어딘가를 믿을 수 있는 사람.

분명 야노는 믿고 있는 것이다, 나를.

아니, 그냥 내가 아니다.

낮에 그런 지독한 짓을 했어도 밤에는 분명하게 사과하러 와주는 나를.

그래서 낮의 나와 밤의 나, 어느 쪽이 진짜냐고 물어본 것이다.

분명 밤의 내가 진짜 나, 사과해주는 쪽이 진짜 나라는 것을, 지독한 짓을 하는 쪽은 가짜라는 것을 확인하고 싶었을 것이다.

사실은 그렇지 않은데.

죄책감 따위 어디에도 없었는데.

강가를 걷고 있는데 저 앞에 작은 동물과 큰 동물이 있었다.

"×××."

사냥하는 장면이라는 생각에 내가 소리 높여 크르릉거렸더니 두 마리 모두 다른 방향으로 쏜살같이 달아났다.

괴물을 마주하고서도, 거대한 클래스메이트를 마주하고서도, 도망치지 않는 야노를 생각했다.

애초에 나는 사과를 해서 뭘 어쩌겠다는 생각이었을까.

사과하고 설마 내일 다시 내 발밑에 뭔가 날아오면 밟을 테니까, 라고 말할 생각이었는가.

내일도 마찬가지로 무시할 테지만, 미안해, 라고 말할 생각이었는가.

나한테만 편리한 타협점을 만들려고 한 것뿐이다.

즉 나를 위한 것이었다, 사과하려고 한 것은.

착한 사람인 척하면서. 모범생인 척하면서.

"………미안해."

아무도 없는 암흑 속에서 내가 누구에게 사과했는지는 알지 못한다.

내가 알게 된 것은 야노를 적극적으로 괴롭히는 놈들보다 내가 훨씬 더 끔찍한 생물이었다는 것.

자신보다 약한 놈을 사냥해서 그걸로 연명하는 야수가 오히려 훨씬 더 투명하다.

싫은 놈은 괴롭힌다, 그런 식으로 자신의 위치를 결정해버리는 그들 쪽이 훨씬 더 투명하다.

천천히 땅을 기어가는 여섯 개의 다리를 보았다.

표면을 검은 알갱이가 우글우글 꿈틀거리면서 작은 벌레들이 몸을 맞대듯이 한 생물의 형태를 만들고 있었다. 보면 볼수록 역겹다.

하지만 어느 쪽이?

야노는 분명 오늘 밤 나를 기다리고 있었다.

밤의 쉬는 시간에 함께해줄 나를.

밤 시간만이라도 친구 같은 나를.

그녀의 뭔가를 바라봐주는 나를.

괴물인 나를.

이런 역겨운 모습의 나를, 기다리고 있었다.

속고 있는 것이다.

나라는 끔찍한 생물에.

여덟 개의 눈으로 암흑을 비추며, 네 개의 꼬리를 흔들며, 나는 산을 올라갔다.

어떤 생물보다 넓을 터인 시야는 이제 생각 속에 매몰되어 앞을 가로지르는 동물도 바위에 뿌리를 뻗은 큰 나무도 발밑에서 조용히 피어나는 작은 꽃도 찾아내지 못했다.

대체 어떤 쪽을 말하는 것인가.

밤 시간, 검은 알갱이를 걸치고 여섯 개의 다리가 나고 여덟 개의 눈을 부릅뜬 모습.

낮 시간, 인간의 모습을 하고 반 친구들이 가는 방향에서 어긋나가지 않으려고 괴롭힘에 가담하는 행동.

아니면 항상 마음속에 둥지를 틀고 살아가는, 야노가 믿고 있는 그런 나를 뒤덮어버릴 만큼 크게 자란 이 검은 것.

어떤 것을 말하는 것인가.

괴물이란, 진짜로는 무엇인가.

화요일·낮

무엇인지 알지 못한 채 아침이 와버렸다.

머리가 무지근했다. 그런 모습이라도 장시간 젖어 있으면 감기에 걸리는 걸까.

몸도 어쩐지 나른한데 학교 가지 말까 하는 생각이 무지근한 머릿속을 스쳤지만, 잠깐 스치기만 했을 뿐 나는 1층으로 내려가 어머니가 차려준 아침밥을 먹었다. 오늘은 토스트 한 장밖에 먹지 못했다.

교복으로 갈아입는 중에 생각은 났지만 열은 재지 않았다. 직접 숫자로 보면 분명 기운이 빠질 것이다.

컨디션이 안 좋은 것을 느끼면서 새삼 내 몸이 존재한다는 게 실감났다. 밤에 넓은 하늘을 뛰어다닐 때와는 정반대의 감각이다. 주위의 공기나 소리로 나 자신이 전혀 다른 존재라는 것을 온몸으로 알 수 있었다. 알아서 별로 좋을 것도 없지만.

집을 나서자 비는 이제 그쳐 있었다. 하지만 걷기로 했다.

한 걸음 한 걸음, 어제와 완전히 똑같은 길을 갔다. 이미 셀 수 없이 걸어서, 또는 자전거로 드나들었던 길인데 지금까지와는 전혀 다르게 느껴진 순간이 있었다. 감기 기운 때문인가.

시선을 한껏 낮추고 사방의 물웅덩이를 살피며 걸어가는데 앞쪽에 작은 운동화가 보였다.

"안녕?"

얼굴을 들자 여자 목소리가 들려왔다. 누구인지는 그 목소리로 알았지만, 뜻밖이었다.

"어, 안녕? 구도, 너 이쪽 아니잖아."

'이쪽'이라는 것은 통학로 얘기다. 우리 학교 학생이 이용하는 통학로는 주로 세 방향으로 나뉘는데, 구도는 그중 북쪽 방향의 큰길 쪽에 살고 있다.

구도는 가볍게 소리 내어 웃더니 "뭐, 그냥"이라고 말했다. 건들건들 하는 그 대답에 묵직한 기분을 안고 있던 나도 덩달아 피식 웃어버렸다.

"그냥이라니, 그게 뭐야?"

"어제 언니네 집에서 잤걸랑. 차로 데려다줬는데, 항상 자전거더니 웬일이냐봐 애들이 놀릴까봐 미리 내렸어."

"그래?"

운동부 쪽 친구들끼리 항상 농담을 주고받는 구도가 그걸 싫어한다는 것에 놀랐지만, 말은 하지 않았다.

"우리 학교 검도부 사상 최강의 선수였다는 그 언니?"

"응, 맞아. 덕분에 내가 압박감을 엄청 받고 있잖아."

혀를 쏙 내미는 구도는 힘든 일이나 불쾌한 일도 웃는 얼굴로 감싸서 얘기할 줄 아는 강한 아이다. 항상 힘을 북돋아주는 그녀를 응원하는 나는 "화이팅!"이라고 진심어린 말을 건넸다. 그녀는 쪽 고른 이를 내보이며 "응!"이라고 크게 고개를 끄덕였다.

고개를 끄덕이는 구도를 보며 문득 생각난 것이 있었다. 분명

감기 기운 때문에 머리가 맛이 간 모양이다.

어느 쪽일까.

"그러고 보니, 앗치 너⋯⋯."

"응?"

어느 쪽인 걸까.

항상 씩씩하고 후배들도 잘 돌봐주고 열심히 즐거운 시간을 꾸려가는 구도.

"요즘 좀 기운 없는 때가 있더라. 괜찮아?"

대화 중간에 클래스메이트의 뒤통수를 향해 망설임 없이 주스 팩을 던지는 구도.

"그랬나? 완전 괜찮은데."

어느 쪽이 진짜 구도일까.

"그렇다면 다행이지만 뭔가 고민거리 있으면 말해, 들어줄게. 우리, 짝꿍이잖아."

"⋯⋯별로 없을걸?"

내가 괴물인지도 모른다는 말 따위, 할 수 있을 리가 없다.

"정말이야?"

"⋯⋯응, 이제 슬슬 입시 공부 시작해야 하나, 고민 중이긴 해."

"와아."

구도가 멈춰 서서 놀란 소리를 올려서 나는 머리를 더듬으며 돌아보았다.

"왜?"

"아니, 역시 앗치는 착실하구나 하고."

착실하다는 말에, 비꼬는 소리인가 하고 내심 긴장했다.

하지만 아니었다.

"나도 진지하게 고민 좀 해야겠다. 검도로 고등학교 합격할 만큼 잘하는 것도 아니잖아. 앗치 덕분에 배우는 거 많네. 음, 그 대신 나의 천하태평을 줄게."

"필요 없거든?"

"아하하핫."

구도는 소리 높여 웃었다. 사실은 매사에 태평한 구도의 성격에 나도 덩달아 힘이 났던 적이 지금까지 여러 번 있었다.

그래서 이번에도 뭔가 힌트를 줄지도 모른다고 생각했다.

착실한 것, 자신과 다른 인간인 것, 그런 것을 비웃지 않는 구도에게라면 물어봐도 괜찮을 것 같았다.

그런 질문조차 사실은 어긋나가는 것인지도 모르는데.

나는 구도를 믿고 있었다.

"그러고 보니 고민거리라고 할 것까지는 없는데, 실은……"

마음먹고 첫말을 떼자 구도는 짐짓 심각한 얼굴을 보였다.

"응, 뭐든 얘기해, 얘기해."

"구도 너는…… 검도부 후배들과 어울릴 때하고 우리 반 애들과 함께 있을 때하고, 아, 지금 남자친구 있다고 했던가?"

"아니, 없어, 없어."

"그럼 전에 남자친구와 있을 때하고, 어떤 때의 내가 진짜 나인가, 그런 생각 해봤어?"

"에엥, 어려운 질문이네. 흐음, 글쎄."

구도는 물웅덩이를 폴짝 뛰어넘었다. 나는 피해서 돌아갔다.

"앗치나 우리 반 애들하고 있을 때인가? 검도부에서는 내가 일단 3학년이라 평소와 달리 똑바로 정신을 차려야 해. 그리고 전에 선배랑 사귈 때는 이래저래 나답지 않게 신경을 쓰게 되더라고."

"그렇구나. 미안하다, 이상한 거 물어봐서."

"아니, 전혀."

정말로 아무렇지도 않다는 구도의 기색에 나는 마음이 놓였다. 그리고 구도가 나름대로 진짜 자신에 대해 잘 알고 있는 것에 내심 초조해졌다. 다른 애들도 그런가. 알지 못하는 건 나뿐인가.

사실은, 그렇다면 구도에게는 야노를 괴롭히는 행동이 어떤 식으로 마음속에 자리잡고 있는지 그것도 알고 싶었지만, 그렇게까지 깊이 파고드는 질문은 던지지 못했다.

그 뒤로 학교에 도착할 때까지 구도와 나는 평소와 다름없는 그저 그런 이야기를 나눴다.

마치 우리 반에는 무시나 따돌림이나 복수 같은 건 전혀 없는 듯한 시간이었다.

나는 계속 생각하고 있었다. 하지만 여전히 아무런 답도 나오지 않았다.

교문 근처에 다다르자 아이들이 부쩍 많아졌고 그 속에서 크게 하품을 하는 가사이의 모습도 보였다. 그쪽에서도 알아보고 손을 흔들어서 나와 구도도 손을 높이 들었다.

그러자 구도가 갑자기 한숨을 내쉬었다.

"난 역시 틀려먹었어."

"뭐가?"

"응? 아, 아니, 아무것도 아냐."

무의식중이었는지 뭐였는지 구도가 입을 가린 채 그녀답지 않게 수줍어해서 뭔지 궁금했지만 나는 더 이상 캐묻지 않았다. 어떻든 구도가 틀려먹은 녀석이라고는 생각되지 않았다.

가사이는 교문 앞에서 우리를 기다려주었다.

"오, 안녕? 앗치하고 구도, 통학로 같았던가?"

"안녕? 언니가 근처까지 차로 데려다줬는데, 중간에서 앗치를 딱 만났어."

오호, 하고 히죽히죽 웃으며 맞장구를 치는 가사이가 귀찮은 농담을 날리는 것을 미리 피하고 싶었는지 구도는 "비 그쳐서 다행이다, 그렇지?"라고 얼른 화제를 바꿨다.

구도의 뻔한 말에 함께 웃으면서 우리는 각자의 부폭으로 학교로 들어갔다.

이렇게 오늘도 평소와 다름없는 학교생활이 시작되었다.

나는 구도의 조금 전의 말을 머릿속에서 곱씹어보았다.

정말로 틀려먹은 것은 바로 나였다.

구도는 자기 자신을 확실하게 알고 하루하루를 살아간다.

나는 다르다. 낮이고 밤이고 생각하는 것에 시간을 쓰면서도 나 자신에 대해서조차 아무것도 알지 못한 채 오늘도 또 이곳에 와버렸다.

분명 좀 더 빨리 결정했어야 했다.

뭔지는 모르겠다. 하지만 최소한 오늘, 학교에 도착하기 전에 뭔가를 결정했어야 했다.

전혀 결정하지도 못했는데 또다시 지금부터 평소와 똑같은 하루가 시작된다.

내가 누구인지도, 교실에서 어느 위치에 설 것인가 하는 것도, 명확한 답을 내리지 못한 채.

신발장 앞에서 물벼락을 맞는 일도 없이, 실내화가 갈기갈기 찢기는 일도 없이, 무사히 신발을 갈아 신고 나오는 달리 교활한 기색 따위는 없는 클래스메이트들과 계단을 올랐다.

복도를 지나 교실에 들어가 자리에 앉았다. 수백 번을 되풀이한 동작이다.

교실에는 웃는 얼굴로 인사를 건네주는 친구가 있고 어제의 텔레비전 방송에 대해 열나게 얘기하고 있는 친구가 있고 책상에 엎드려 자는 친구도 있다.

아무도 알아차리지 못하고 있다.

여기에 괴물이 앉아 있는데.

여기에 교활한 내가 앉아 있는데.

진짜 모습 같은 거, 겉으로만 봐서는 알지 못한다.

나 자신조차 진짜 나를 알지 못하는 것이다.

아직 아무것도 제대로 결정하지 못했다.

"안녕, 좋은 아침!"

아직 아무것도 결정하지 못했는데…….

평소와 다름없이 우리 모두에게서 어긋난 목소리가 들려왔다.

얼굴을 들자 오늘도 시야의 한쪽 귀퉁이에 들어왔다. 야노가 빙긋이 웃으며 앞문으로 교실에 들어오고 있다. 물론 아무도 답하지 않는다. 교실에 냉랭한 공기가 흐른다.

야노에 대해 신경을 꺼버릴 수 있다면 마음 편할 텐데, 라고 생각했다.

하지만 신경을 꺼버린다는 것은 신경을 쓰는 것과 똑같은 것인지도 모른다.

항상 똑같다.

무시당한다는 것을 뻔히 알면서도 상대에게 인사를 하고, 항상 똑같이 야노는 빙긋이 웃는다.

그게 머리가 이상해서 짓는 웃음이 아니라는 것, 알고 있는 사람은 나뿐이다.

사실은 무서워서라는 것, 알고 있는 사람은 나뿐이다.

매일 아침, 무엇이 무섭고 두려워서 그녀는 웃는 것일까. 자기가 먼저 뻔히 무시당하는 줄 아는 인사를 했으면서.

자신의 존재를 들키는 것이 무서운 건가.

괴롭히는 상대에게 말을 건네는 것이 무서운 건가.

평범하지 않은 자기 자신의 행동이 무서운 건가.

그것 모두 다인가. 하지만 전부 그녀 스스로 관두면 되는 것뿐인 일이다.

그렇다면 그 모두가 똑같이, 가장 무섭고 가장 두려운 것인가.

어쩌면 좀 더 단순하게.

따돌림 당하는 아이니까, 다른 누구도 아닌 야노니까, 라는 식의 답이 아니라.

뭔가 좀 더 누구나 갖고 있을 만한 단순한 마음으로.

오늘도 무시당한다는 것을 아는 것이 무섭고 두려운 건가.

야노의 한 걸음 한 걸음이 마치 슬로모션처럼, 혹은 빨리 감기처럼 보였다.

사실은 그중 어느 쪽도 아니고, 그녀는 평소와 똑같이 휘적휘적 몸의 중심축을 흔들면서 이따금 클래스메이트와 옷자락이 닿아 질색하게 하면서, 걷고 있었다.

머릿속에서는 어제 저녁부터 하룻밤을 꼬박 새우며 태어난 수많은 생각과 감정들이 소용돌이쳤다.

오늘, 야노를 만나기 전에 뭔가를 결정하고 가자고 생각했었다.

뭔가를 선택하고 가자고 생각했었다.

내가 누구인지에 대해서 라든가.

뭐가 괴물인가에 대해서 라든가.

야노에 대해 어떤 태도를 취할 것인지에 대해서 라든가.

교실 안에서 어느 편에 설 것인지에 대해서 라든가.

그걸 결정하지 못했기 때문에 어젯밤에는 어느 누구에게도 도움이 되지 않을 행동을 취해버렸다.

그래서 결정해버리면 끙끙 고민하는 일도 분명 없어질 거라고 생각했다.

그런데도, 하룻밤을 꼬박 새웠는데도, 아무것도 선택하지 못했다. 아무것도 결정하지 못했다.

아무 생각도 하지 않는다는 선택 역시 가능했을 것이다.

하지만 그렇게 할지 말지조차 결정하지 못했다.

정말로 아무것도 결정하지 못했는데.

"……안녕?"

그 목소리는 교실에 있는 아이들 모두의 틈새를 누비듯이 울렸다.

억양이 이상하고 떨리는 목소리의, 웃기는 인사.

우리는 민감하다.

어른들이 생각하는 것보다 귀도 밝고 눈도 빠르다. 그래서 자신보다 약한 것, 안 좋은 것을 순식간에 알아챈다. 이질적인 것을, 순식간에 찾아낸다.

분명 아이들 모두에게 그 괴상한 인사가 들렸을 것이다.

야노의 인사였다면, 이질적이기는 해도 이미 일상이 되어서 교실 안의 시간은 금세 원래 모습을 되찾았을 것이다.

다만 누가 한 인사인지, 누구에게 던진 인사인지, 아이들은 미처 알지 못한 것 같았다.

나 역시 알지 못했다.

아무것도 결정하지 않았는데 왜 내가 그런 인사를 했는지, 알지 못했다.

항상 빙긋이 웃는 그녀만 놀란 얼굴로, 똑바로 이쪽을 보고 있었다.

인간인 나를, 괴물인 나를, 똑바로 보고 있었다.

앗치를 보고 있었다.

나는 꿀꺽 침을 삼켰다.

양쪽을 다 알고 있는 것은 그녀뿐이다.

양쪽의 무서운 모습까지 다 알고 있는 것은 그녀뿐이다.

그런데도 야노는 결코 눈을 피하지 않았다.

나를 앗치로서, 똑똑히, 그 큰 두 눈에 담아주었다.

둘 다를 바라봐주었다.

그것을 깨달았을 때, 나는 다시 한 번 입을 열었다

"안녕?"

나를 포함한 아이들 모두가 그 두 번째 말에 마침내 그 인사가 누구에게서 나왔고 누구에게로 가는 것인지 알았다.

야노에게도 전해졌다.

인사가 분명하게 전해졌다.

그녀가 천천히 웃었기 때문에, 알았다.

빙긋이, 가 아니다.

아주 조금 입 끝을 올리고, 조심스럽게, 무리하지 않는 자연스러운 웃음을 내게 보여주었다.

알고 있는 사람은, 어쩌면 나뿐인지도 모른다.

그게 진짜 웃는 얼굴이라는 것.

"드디어, 만났네."

그녀는 쓸데없을 만큼 큰 소리로 그렇게 말했다.

나는 그것을 나무라지 않았다.

내가 한 일의 의미를 생각하고 있었다.

동료의식에 대한 배반인가.

야노파로 돌아선 것인가.

쓸데없는 의미들을 많이 찾아냈다. 하지만 실은 그런 대단한 것이 아니라고 나는 생각했다.

야노는 드디어, 라고 말했지만 그런 것도 아니었다.

생각해보면, 인사일 뿐이다. 그냥 인사일 뿐이다.

어느 쪽의 앗치라도 할 수 있는.

그것뿐인데……

"왜?"

야노가 그 짧은 목을 갸우뚱했다.

나는, 오늘에야 갑작스럽게 인사를 받아준 것에 대해 왜냐고 묻는 거라고 생각했다.

원래 왜냐고 되물을 만한 일도 아니다, 인사쯤은.

나 스스로도 느껴질 만큼 파르르 떨리는 입술로 그렇게 대답하려고 했지만, 그게 아니었다.

"왜앗치 가울고 있어?"

그 말을 듣고 나는 비로소 깨달았다.

시야가 흐려지고 뭔가가 뺨을 타고 흐르고 목이 메었다.

왜일까. 알 수 없었다. 왜 내가 울어야 할 필요가 있는가.

슬픈 것도 아닌데.

당황해서 팔소매로 눈가를 닦았다.

"앗치, 왜 그래?"

옆자리에서 구도의 목소리가 들렸다.

그녀의 의문은 분명 내가 울고 있는 것에 대한 질문이 아닐 것이다.

구도는 내가 어긋나버렸다고 생각했을까.

그렇다고 한다면, 미안하지만 틀렸다.

야노는 이상한 아이다. 그것을 사실이라고 생각하는 내가 아직 여기에 엄연히 존재한다.

미도리카와에게 한 짓도, 이구치에게 한 짓도, 정말로 잘못된 짓이다. 그것을 올바르다고는 도저히 생각할 수 없다. 그런 나 자신을 어딘가에 내다버릴 수는 없다.

다만 사실은 또 다른 내가 계속 이곳에 있었다는 것을, 깨달았을 뿐이다.

야노는 완전한 악이 아닐지도 모른다고 생각하는 나.

음악을 좋아하고 만화를 좋아하고 영화를 좋아하고 그것을 신이 나서 이야기하는 그녀를, 따돌리고 괴롭혀도 괜찮다고는 더

이상 생각할 수 없게 된 내가 밤뿐만이 아니라 계속 여기 이곳에
도 있었다.

나는 아무것도 결정하지 못했다.

하룻밤을 들여서도 어느 한쪽을 선택하는 것 따위 할 수 없었다.

하지만 야노의 눈에 두 개의 나 자신이 비친 것을 보고, 깨달
았다.

야노를 무시하지 못하는 밤의 나도.

모두에게서 자칫 미움을 살까봐 전전긍긍하는 낮의 나도.

어느 쪽도 착한 놈이 아니다.

그래서 너를 구해주는 일은 하지 못한다.

하지만 너의 목소리를 받아주고 거기에 답해주는 정도의 일이
라면.

어느 쪽도, 나고, 나였다.

그런 건 비겁한 일인지도 모른다. 투명하지 않은 것인지도 모
른다.

어긋난 것인지도 모른다.

다만 이것이 어긋난 것이라고 한다면, 여태까지도 계속 어긋나
갔었다.

계속 양쪽 다 나였고, 언제 어느 편을 드느냐는 것 따위 알지
못한 채 여태까지 계속 살고 있다.

그런 나 자신인 채로 지금 할 수 있는 것을 한 것뿐이다.

아, 그래, 나는 항상 깨닫는 것이 야노보다 한 걸음 늦다.

내가 울고 있는 이유를 이제야 깨달았다.

그녀가 말한 대로였다.

드디어 만났다.

그래서 구도에게 똑똑히 대답했다.

"별거 안 했어."

그 대답은, 내 의지에 따라 야노를 편들었다는 결별의 의미로 구도에게는 들렸을지도 모른다.

하지만 아니다. 나는 지금까지의 나와 똑같다.

밤에 조금 고민되는 일이 있었다. 아침에 구도를 만나 이야기했더니 조금 기운이 났다. 그런 하루하루를 살았던 지금까지의 나와 똑같다.

아이들 모두가 어긋난 놈은 아니라고 생각해줬던 그 나와 똑같다.

물론 아이들이 양자택일을 못하는 나를 그리 쉽게 받아들여줄 리 없다는 것은 알고 있다.

어중간한 자리에 서 있는 것을 들켜버린 이구치에게 어떤 일이 일어났는지, 잊어버린 것도 아니다.

그래도 나는 바람을 갖고 있었다.

아이들도 깨달아주기를.

쓸데없는 상상력 속에, 내가 있는지도 모른다.

상대의 아픔 속에, 내가 있는지도 모른다.

미리 정해놓은 나를 나라고 착각하는 것뿐인지도 모른다.

모두가 제각기 다른 방향으로 어긋나고 있는 것뿐인지도 모른다.

정해진 위치 따위, 어디에도 없는지도 모른다.

나는 그것을 알아버렸다.

그래서 구도가 나를 노려본 것도, 내가 앉은 쪽과는 반대 방향으로 자기 책상을 끌어간 것도, 그녀가 자기 나름대로 어긋나는 중에 생각해낸 답이 나와는 달랐던 거라고 이해했다.

그녀의 눈은 언젠가 이구치를 쳐다보던 나카가와의 눈을 닮아 있었다.

그것을 받아들이는 게 너무 힘들어서,

마음 깊은 곳에서부터, 슬펐다.

막상 내 일이 되고 보니, 어쩔 수 없다, 라고는 생각할 수 없었다.

그것을 이제야 알았다는 것이 다시금 충격이었다.

그날 밤에는 오랜만에 푹 잘 수 있었다.

시야 한가운데로 포착하고, 상상력으로 깊이 공감한다면

양윤옥

밤이면 괴물이 되는 주인공 '나'는 맨 처음 변신이 일어난 날 밤, 우글우글 꿈틀거리는 검은 알갱이로 뒤덮인 자신의 몸에 너무 놀라서 방 안의 물건들을 후려치며 폭주한다. 하지만 의외로 간단히 괴물인 자신을 받아들인다. 텔레비전 게임의 몬스터, 애니메이션의 괴수 등을 자주 보면서 자란 덕분이다. 몸의 크기를 자유자재로 변형시키고, 무시무시한 속도로 하늘을 날고, 악당(?)을 향해서는 화염 공격도 가능하다. 과거와는 달리 현대에 태어난 우리에게는 괴물이 되는 것도 신나는 일이다.

야노 사쓰키는 학교에서 음습한 따돌림과 괴롭힘을 당하지만, 겁 많고 실수 많고 고민도 많은 이상한 괴물의 등장으로 이 이야기는 그리 어둡지 않게, 오히려 순수한 감수성이 돋보이는 대화와 사건들로 흥미진진하게 펼쳐진다. 상상력으로 무엇이든 가능하다, 라는 믿음을 마음속에 간직하면 세상의 암울한 문제들은 조금씩, 천천히 그 본모습을 드러내는 것인가.

따돌림 피해자의 고통을 상상하고, 위해를 가하는 자들의 그 이유를 상상하고, 잘잘못을 따지는 데서 범하게 되는 오류를 상상한다. 교실 안의 암묵적인 '정의' 밖으로 떨려나거나 스스로 어긋나가서 자신조차 따돌림의 대상이 되는 두려움을 상상한다. 집단의 잔혹함을 통제하는 명쾌한 방법을 찾아내기란 쉬운 일이 아니다. 어른들조차, 친절한 양호교사조차 섣불리 개입하지 못하는 것이다. 이 이야기는 인간이 가진 놀라운 능력인 상상력을 자극해 그 문제를 들여다보고 함께 즐기고 함께 고민하는 소중한 경험을 줄 뿐이다.

야노 사쓰키는 밤의 괴물인 너와 낮의 인간인 너, 어느 쪽이 진짜냐고 묻는다. 그녀는 교실 안의 질서를 깨뜨린 '악'의 존재로서 모두의 제재를 받고, 그 제재의 강도가 점점 심해지면서 교실 안은 어느새 집단 따돌림이라는 괴기한 모습으로 변해간다. 이구치의 말처럼 뭔가 이상한 상황이지만, 그 흐름에 이의를 제기하는 것은 이 교실에서는 올바른 선택이 아니다. 그것이 이상하다고 생각하는 것조차 세심하고 신중한 주의를 기울여 감춰야 할 일이다. 우리 반의 중심인물로 남을 배려해줄 줄 아는 가사이, 쪽 고른 이를 내보이는 웃음으로 기운을 북돋아주는 내 옆자리의 구도, 토토로를 가방에 달고 다니는 이구치, 책 읽기를 좋아하는 미도리카와 후타바, 그 친구들을 따돌림의 가해자라고 쉽게 단정할 수 있는가. 기운이 넘치는 야구부 모토다의 단순함을 간단히 비난할 수 있는가. 따돌림의 단초를 제공한 야노는 가엾은 피해자일 뿐인가. 무엇보다 '나'만은 가해자가 아니라고 자신 있게 말할 수 있는가. 마음을 다잡고 친구들과 함께 가는 방향에서 어긋나지 않도록 정신을 바짝 차려야 한다.

그런데도 왜 그런지 야노 사쓰키의 존재는 항상 나의 '시선 한 귀퉁이'에 자꾸만 포착된다. 괴물과 인간 사이를 오고가는 2주일 동안의 낮과 밤. 그녀를 시선의 한 귀퉁이에서 한가운데로 옮겨 정면으로 바라봐주기까지 그만큼 많은 고민이 필요했던 것인지도 모른다.

등장인물 모두가 우리 주변의 평범한 학생들이고 동시에 특이한 개성을 가진 친구들이다. 그들은 때로는 괴물이고 때로는 인간이다. 저마다 착한 부분과 착하지 않은 부분을 갖고 있다. 상황과 각자의 입장에 따라 피해자가 되기도 하고 가해자가 되기도 한다. 어떤 부분이 어떤 식으로 어긋나서 뜻하지 않게 상황이 반전될지 알 수 없는 요소가 항상 잠재하고 있다. 그렇다면 옳고 그름에 대한 판단은, 선악의 결정은, 서두르기보다 최대한 미뤄두는 것이 좋을지도 모른다.

작가는 나와 야노, 가사이와 후타바, 이구치와 구도에 관한 복선을 선명하게 풀어내는 스토리보다 수수께끼가 많은 상태로 열어두었다. 번역을 끝내고 다시 작품을 되짚어보면서, 그 학생들 한 명 한 명을 주인공으로 하는 이야기가 있어도 좋겠다고 생각했다. 그들이 제각각 품고 있는 두려움을, 잘못으로 내달린 이유를 정면으로 바라보고 상상력을 발휘해 깊이 공감한다. 그리고 괴물과 인간 사이를 오가며 머뭇거리고 고민하는 한 사람 한 사람의 2주일을 독자들이 그려낼 수 있게 이 작가는 여지를 남겨둔 것이 아닐까. 우리들 모두가 그야말로 별일도 아닌 "안녕?"이라는 인사를 주고받을 줄 아는 친구들이 되는 결말, 그 힘겨운 첫 걸음을 떼는 용기를 가질 줄 아는 주인공이 되는 해피엔딩의 아름다운 상상력을 위해서.

작가 스미노 요루는 첫 출간한 〈너의 췌장을 먹고 싶어〉라는 소설로 우리 독자들에게 그 이름이 알려졌다. 일본에서 대 베스트셀러가 되면서 연일 매스컴에 오르내리고 영화로도 제작되어 극장에서 이 작품을 만난 분들도 많을 것이다. 첫 작품의 대성공이라는 예상치 못한 결과는 작가에게 무엇보다 기쁜 일이겠지만, 한편으로는 큰 부담이기도 했을 것이다.

록밴드 〈플러드 오브 서클(a flood of circle)〉의 보컬 사사키 료스케와 나는 대담 기사를 우연히 보게 되었지만, 두 사람은 작가와 가수로서 새 작품을 발표할 때마다 느끼는 압박감에 대해 말하고 있었다. 스미노 요루는 특히 〈너의 췌장을 먹고 싶어〉가 대성공을 거두면서 그것을 뛰어넘는 다음 작품을 써야 한다는 압박감이 컸다고 토로한다. 두 번째로 출간된 〈또다시 같은 꿈을 꾸었어〉는 데뷔 전에 써둔 작품이어서 실제적인 차기작은 이 책 〈밤의 괴물〉이었다. 〈너의 췌장을 먹고 싶어〉를 읽은 독자들 사이에 고

교생의 청춘 감동물, 따뜻한 분위기의 스토리를 쓰는 작가라는 이미지가 고착되는 것에서 어떻게든 벗어나기 위해 최대한 앞의 두 작품과는 다른 이야기를 쓰고 싶었다고 한다.

참고로, 두 사람의 대담은 한 음악잡지에 실린 것이다. 이번 소설의 스토리가 아직 흐릿한 이미지로 머릿속을 떠돌 때, 오래 전부터 좋아하던 사사키 료스케의 공연을 보러 갔다가 〈월면(月面)의 풀(pool)〉이라는 노래를 듣고 '〈밤의 괴물〉의 주제가는 이거다!'라고 생각했다고 한다. 이후로 마치 〈밤의 괴물〉에서 쓰고 싶은 것들이 〈월면의 풀〉과 링크되는 듯한 느낌을 받아서 글을 쓰는 내내 테마송처럼 이 노래가 흘렀다. 그런 얘기가 알려지면서 마련된 대담 자리였다. 사사키 료스케는 '소설 〈밤의 괴물〉에는 한밤의 장면이 많았다. 그것이 내 노래의 서늘한 공기와 비슷한 분위기'라고 말했는데, 음악을 찾아 들어보고 그 말에 고개가 끄덕여졌다. 〈밤의 괴물〉이 애니메이션으로 만들어질 때는 사사키 료스케에게 주제가의 작곡을 부탁하고 싶다는 얘기도 있어서 이것 또한 기대해볼 만하다.

소미미디어 대표님도 작가를 찾아가 편집장과 역자의 궁금증에 대해 대화하는 기회를 가졌다. 이번 소설과 관련하여 흥미로운 이야기를 듣고 올 수 있었다. 독자들이 〈밤의 괴물〉을 좀 더 재미있게 읽는 데 도움이 되었으면 하는 바람을 담아 인터뷰 형식으로 정리해보았다. 이 대담은 2018년 5월 10일, 도쿄에 있는 후타바샤(双葉社) 회의실에서 진행한 것이다.

Q. 등장인물의 대화의 리듬이 무척 경쾌합니다만, 대화 장면을 쓸 때 특히 주의하는 것이 있습니까. 주인공들이 서로 다쟈레[*]로 대화하는 경우도 많은데 실제로 그런 대화를 좋아하시는지요.

A. 주인공 나이대의 아이들이 평소에 쓰는 말이 그대로 소설의 대사가 될 수 있도록 주의하고 있습니다. 문학적으로, 라는 것보다 그들과 같은 나이대의 말투를 문자화한다, 라는 것을 의식하면서 써내려갑니다. 그리고 다쟈레는 아주 좋아해요(웃음). 요즘 유행하는 다쟈레 중에서 특히 좋아하는 것은 '야바타니엔!'입니다. 일본에 인스턴트 오차즈케[**]로 유명한 '나가타니엔(永谷園)'이라는 식품회사가 있는데, 여고생들이 '야바이(큰일 났다)!'라는 말을 해야 할 때, 엉뚱하게도 발음이 비슷한 '야바타니엔!'이라고 하는 것이 아주 재미있게 들렸습니다.

Q. 등장인물의 이름을 정할 때, 뭔가 규칙이나 이유, 혹은 비화 등이 있으신지요. 그리고 '미도리카와 후타바'라는 이름이 눈에 띄던데, 그건 이번 〈밤의 괴물〉을 출간한 후타바샤[***]에서 따온 것인가요.

---

[*]동일하거나 흡사한 소리를 가진 말들을 연결하여 전혀 다른 의미를 만들어내는 언어유희.
[**]밤에 녹차를 부어 먹는 일본의 대표적인 요리. 다양한 재료를 첨가하여 먹기도 한다.
[***]후타바샤(双葉社)는 무명의 스미노 요루를 발굴하여 첫 작품 〈너의 췌장을 먹고 싶어〉를 시작으로 〈또다시 같은 꿈을 꾸었어〉와 〈밤의 괴물〉을 연달아 간행한 출판사. 이번 대담도 후타바샤에서 이루어졌다.

A. 등장인물의 이름이 잘 떠오르지 않을 때, 연예인의 성씨를 자주 활용합니다. 〈너의 췌장을 먹고 싶어〉의 주인공 '사쿠라'의 성씨 '야마우치'도 그렇습니다. 〈밤의 괴물〉의 '야노 사쓰키'의 '야노'도 연예인의 성씨입니다. 〈밤의 괴물〉과 〈또다시 같은 꿈을 꾸었어〉와 〈너의 췌장을 먹고 싶어〉, 이 세 작품은 여주인공의 이름을 봄꽃에서 가져오기로 미리 정해두었던 경우였죠. 사쿠라(벚꽃)와 나노카(유채꽃)는 딱히 꽃말을 의식하지 않았지만 이번 사쓰키의 경우에는 꽃말도 찾아봤습니다. 사쓰키(영산홍)의 꽃말은 '서로 돕기'였던 것으로 기억합니다. '미도리카와 후타바'라는 이름은, 짐작하신 대로 출판사 후타바샤에서 따왔습니다. 거기에 1992년부터 지금까지도 방영중인 애니메이션 〈짱구는 못 말려〉에서 짱구 아빠가 다니는 회사가 '후타바 상사*'입니다만, 이 애니메이션에 대한 리스펙트의 의미를 담아 '후타바'라는 이름을 붙였습니다.

Q. 문학이 지나치게 근엄한 것이 아닌가 하는 의견이 많은 듯합니다. 문학이 근엄함에 대해서 어떤 생각을 갖고 계십니끼. 한편으로는, 독자가 소설을 통해 얻고 싶은 것이 무엇인지를 중요하게 의식하는 작가도 많아진 것 같습니다. 대중과 함께하는 것에 대해서는 어떻게 생각하십니까.

---

*한국어판에서는 '떡잎 상사'.

A. 문학이 책을 좋아하는 사람들을 위한 것만이 아니었으면 좋겠다고 생각합니다. 딱딱함, 근엄함은 없으면 없을수록 좋겠지요. 사람들이 일상적으로 스마트폰을 사용하는 것처럼 책도 좀 더 다양한 사람들이 친근하게 읽고 즐길 수 있는 세상이 되었으면 합니다. 가능한 한 평소 책을 가까이 하지 않는 사람도 읽어보고 재미있다고 생각할 만한 글을 만들자고 항상 의식하면서 쓰고 있습니다.

첫 작품 〈너의 췌장을 먹고 싶어〉는 독자를 상당히 의식한 소설입니다. 어떻게 쓰면 독자가 재미있다고 생각할까 라는 것을 생각하면서 썼습니다. 〈또다시 같은 꿈을 꾸었어〉의 경우는 나 자신을 위해서 쓴 작품이라서 약간 종류가 다르다고 생각해요. 〈밤의 괴물〉은 수많은 사람에게 전하고 싶다기보다 '너에게만 전해지기를'이라는 마음으로 썼습니다.

Q. 〈밤의 괴물〉에 담은 특별한 감정 등이 있다면 들려주십시오. 처음에 염두에 둔 테마 같은 것은 있었는지요.

A. 〈밤의 괴물〉은 소설가가 된 나 자신을 그려보자고 생각했습니다. 내가 이 상태 그대로 소설가로 살아간다면, 언젠가 어느 누구도 제어할 수 없는 괴물이 되어버리는 게 아닌가 하는 느낌을 품고 썼다고 할까요. '밤이면 나는 괴물이 된다'라는 첫 문장이 먼저 머릿속에 떠올랐고, 이 문장으로 어떤 이야기를 만들어

볼까 고민하던 무렵에 한 여학생의 팬레터를 받았어요. 〈또다시 같은 꿈을 꾸었어〉의 주인공 여학생처럼 친구들에게 따돌림을 받고 있는데 이 소설을 도피처 삼아 하루하루를 견뎌내고 있다, 라는 내용이었습니다. 〈밤의 괴물〉은 그 아이를 위해서만, 그런 아이들을 향해서만 집필한 것이라고 생각합니다.

Q. 〈밤의 괴물〉의 번역에 있어서 특히 유의해주었으면 하는 것이 있다면 말씀해주십시오.

A. 한국어로는 '사쓰키'의 말투가 어떤 식으로 번역될지 궁금하군요. 직역이 아니라도 좋으니까 한국의 문화에 맞춰서, 누구나 재미있게 읽을 수 있도록 번역해주셨으면 합니다.

Q. 다음 작품으로 뭔가 생각하고 계시는 것이 있습니까.

A. 지금 연재 중인 작품은 후타바샤가 아닌 곳에서 출간됩니다 (웃음). 스물네 살의 여주인공이 도서관에서 일하는 이야기가 담긴 단편집이 올 연말이나 내년 초쯤에 나올 것 같습니다. 제가 열심히 글을 쓴다면 그렇다는 얘기지만요(웃음). 그밖에 또 다른 작품도 일단 쓰고는 있습니다.

Q. 한국에서 〈너의 췌장을 먹고 싶어〉가 베스트셀러가 되었다는 것에 대해서는 어떤 느낌을 갖고 계신지요.

A. 아직 한국에 가볼 기회가 없었습니다만, 그래도 제가 쓴 책

을 읽어주시는 분들이 있어서 트위터에 제가 읽지 못하는 언어 (한국어)로 댓글이 올라오곤 합니다. 구글 번역으로 하나하나 읽어 보고 있습니다. 정말 신기하고 멋진 일입니다. 지난번에 한국에 서 일본어를 공부를 한다는 분에게서 '스미노 요루 님'이라는 호 칭의 댓글이 올라왔는데 '님'이라는 것이 일본어로 '사마(さま, 様)' 라는 뜻이라는 것을 알았습니다. 정말 예쁜 어감이고 기쁜 일이 었어요. 알지 못하는 곳에서 저의 소설을 즐겨주시는 분이 있구 나, 실감했습니다. 깊이 감사드립니다.